PATSY MALONE

GAY

EIN KOMISCHER KAUZ

Ein komischer Kauz

Mann oder Maus

Zwei etwas andere Wandler-Geschichten

von Patsy Malone

Impressum

Copyright © 2019 | Patsy Malone

https://www.facebook.com/EinkomischerKauz/

Bildquellen: Adobe Stock

Covergestaltung, Korrektorat, Lektorat:

Nicole Henser

Herstellung und Verlag:
BoD – Books on Demand, Norderstedt
ISBN-13: 978 - 3750416932

Kapitel 1

Drei – zwei – eins.

„Ja, okay, ich bin keiner von diesen tollen Typen, die sich im *Shapeshifter* jeden Abend einen anderen Kerl mit nach Hause schleppen. Kein Hengst, trotzdem stehe ich auf Hengste. Nicht unbedingt wörtlich, weil ich schmal gebaut bin und mir nicht den Arsch aufreißen lassen will. Aber hey, ich habe gerne Sex. Richtig geilen, heftigen Sex.

Klar, ich bin auch ein Gestaltwandler, wir sind ziemlich triebgesteuert. Nicht so spektakulär wie ein Wolf, ein Bär oder eine Wildkatze. Natürlich fahre ich auf diese Jungs ab, ihre Stärke und die Muskeln sind unwiderstehlich.

Nein, ich bin ein Kauz, ein vogelartiges Wesen. Das sieht man mir auch an, ich habe große blaue Augen, die wohl immer ein bisschen wirr gucken. Mit dem Körperbau eines Twinks: schmale Schultern, ein leicht vorstehendes Brustbein. Der Adamsapfel ragt aus meinem Hals, wenn ich aufgeregt bin, tanzt er wild.

Hehehe, lasst mich mal in Paarungsstimmung geraten, dann entwickle ich meinen Killerinstinkt. Ich bin ein Raubvogel, wisst ihr? Obwohl ich klein bin, bekomme ich, was ich will. Immer. Ganz ohne die Kerle mit meinen scharfen Dolchen zu bedrohen, ich bin wohl ganz hübsch und ein lohnender Fick. Und jetzt juckt und kribbelt es gerade in meinen Testikeln, verflucht, die Dinger platzen gleich.

Achso, ich bin Patsy, Patsy Malone. Meine Abstammung ist irisch, doch ich lebe gerade in London.

Es gibt hier viel mehr Möglichkeiten für einen Dämmerungsjäger mit dicken Eiern. Während meine Hormone purzeln, putzen sich die großen starken Wolfswandler und anderen scharfen Bärchen heraus, um so einen Leckerbissen wie mich aufzureißen. Einen geilen Bottom. Schuhuuuu."

Ich schalte das uralte Diktiergerät ab und spule zurück, um mir die Aufnahme anzuhören. Meine Stimme klingt tiefer und etwas leiernd, weil die Batterien fast leer sind. Das soll ein Buch werden. Niemand würde sich an einen Kauz wie mich erinnern, wenn ich mein Leben nicht auf Papier festhalte.

Vielleicht kommt die Geschichte sogar heraus und findet Leser, die sich mit mir an meinem hammermäßigen Liebesleben erfreuen. Alle denken, Vögel können nicht vögeln, aber ich habe ja diesen menschlichen Körper. Ich werde ihn einsetzen. Gnadenlos. Er schuldet mir Spaß, Leidenschaft und Genuss, wirklich, das tut er.

Der Speiseplan eines Kauzes ist nicht so angenehm, selbst für mich. Zumindest in meiner humanen Form mag ich keine Käfer und Würmer. Als Highlight genehmige ich mir mal eine saftige Maus oder einen Frosch.

Mir bleibt nicht viel anderes übrig, als mich meist in meiner Vogelgestalt aufzuhalten, denn da lebt es sich viel billiger. Selbst diesen schmächtigen Burschen könnte ich nicht ernähren oder sogar eine Wohnung bezahlen. Darum brauche ich einen Lover mit Bett – ich liebe Betten und dazu den Duft von frisch aufgebrühtem Tee.

Ach, das mit dem Buch wird wohl nichts werden, ich muss ja geheim halten, dass es mich und meine Spezies gibt. Mist! Keine Berühmtheit für Patsy Malone. Das wäre auch ungewöhnlich für meine Familie.

Jetzt gehe ich auf die Jagd ...

Kapitel 2

Hey, hey, heute führe ich meinen neuen Lieblingsanzug aus. Er ist noch ganz neu und über und über mit Blumen bedruckt, wie ich sie auch auf einer Teetasse habe. Das ist ein Erbstück meiner Oma, ich hüte sie wie meinen Augapfel.

Der Anzug ist ein Leuchtfeuer, wenn ich die Bar betrete. Normalerweise reicht schon eine Bundfaltenhose oder ein Paar Bommel vorn auf dem Schuh, aber dieser geile Fummel lässt mich in den grellsten Farben blinken: B. O. T. T. O. M.!!! Ihr würdet nicht glauben, was das für einen Tumult auslöst. In Wandlerkreisen ist es viel beliebter, ein Macho zu sein, so ein richtiger Top. Und ich liebe es. Freie Auswahl für mich, sie werden plötzlich anschmiegsam wie die Kätzchen.

Was mich zu der Frau bringt, die schon die ganze Zeit schweigend neben mir herläuft. Es ist Cat und sie redet nicht viel – aber, wenn sie ihr Schandmaul aufmacht, möchte man ihr den Mund mit Seife auswaschen. Dieses Weib kann lästern, dass einem das Hören und Sehen vergeht. Meine beste Freundin ist schrullig, auch das liebe ich. Wir machen gemeinsam das *Shapeshifter* unsicher, aber die rosa Seite gehört mir. Hinter der imaginären Grenze gibt es die Heteros. Na ja, jeder, wie er will.

Übrigens hat Cat keinen Namen. Sie heißt einfach so, wie sie ist. Das macht es für mich nicht wenig brisant, mit ihr befreundet zu sein, denn manchmal schaut sie mich so hungrig an. In solchen Momenten versuche ich, sie mit einer kleinen Mäusejagd abzulenken, danach ist ihr meist noch weniger nach Reden. Aber sie ist satt. Ja, ja, ich gehöre zur Luftwaffe, sie muss damit klarkommen, die Zweitbeste zu sein, wenn es darum geht, die kleinen Nager zu erwischen.

Lautlos schwebe ich heran, meine Federn bewegen sich völlig, ohne Geräusche zu machen. Kein Wunder, wenn ich so erfolgreich bin – und schneller. Der Gedanke an den Mauswandler Archie taucht kurz auf und zerfasert wieder. Vertrackte Sache, wen man isst und wen nicht.

„Wie findest du meinen neuen Anzug?" Ich habe den ganzen Tag allein verbracht, da muss ich es wenigstens versuchen, Cat eine Unterhaltung aufzuzwingen. Okay, ich habe geschlafen, aber ich plappere furchtbar gern vor mich hin, es hört nur niemand zu.

Sie hebt eine ihrer buschigen Brauen, die über ihren leicht schrägstehenden Augen wuchern. Cat ist keine klassische Schönheit, aber ich wünsche mir, mal so ein paar Beauty-Tipps ausprobieren zu dürfen. Da lässt sich etwas machen und sie müsste sich nicht immer mit den räudigen Hunden zufriedengeben. Sex am Limit, man weiß nie, ob sie die nächste Nummer überlebt. Tja, sie braucht es ebenso wie ich, das kleine Luder.

Mit ihrem starren Blick tastet sie mich ab, als wäre ich ihr Abendessen. Da weiß ich ja, wie sich meine Beute fühlt, wenn ich sie fixiere. Diese heißen Kerle, die vernascht werden, während sie denken, sie hätten die Zügel in den Händen.

„Du brauchst es aber dringend. Ich bin froh, dass wir nicht im selben Tümpel fischen, du würdest mir jeden Kater ausspannen. So lecker. Jetzt will ich eine Tasse Tee", verkündet Cat rigoros. Sie schmeichelt mir, denn mit meinem feinen Assam gehe ich sehr sparsam um.

Hoffentlich wirkt das Stoffmuster anders auf meine Lover. Sie sollen sich nicht mit einem wohligen Schnurren vor dem Ofen einrollen, wenn sie mich sehen. Teerosen purzeln über mein Jackett und die Hose. Wenn ich die Jacke ausziehe, habe ich eine blaue Weste über dem blitzsauberen weißen Hemd an. Das ist bei der Hitze im Club sowieso schlauer.

Ich bin stolz auf meine gepflegte Garderobe, immerhin lebe ich an einer stillgelegten Bushaltestelle. Das Wartehäuschen ist vorn offen und der Wind fegt hinein, aber ich habe einen Kleiderschrank, bei dem eine Tür ganz böse klemmt. Darin bewahre ich meine Klamotten auf, wenn sie sich nicht gerade in der Reinigung befinden. Ansonsten gehört mir nicht viel, ich bewahre nur ein paar Erinnerungsstücke auf wie einen Schatz.

„Warum der Bart?"

Liebelein, ich besitze kein Badezimmer, Rasieren funktioniert am besten, wenn ich irgendwo eingekehrt bin. Es gibt zwar einen alten Nassrasierer in meinem Fundus, aber ohne heißes Wasser macht es einfach keinen Spaß, sich die Matte vom Gesicht zu schaben.

„Der Anzug gleicht das aus. Damit sehe ich sicher nicht zu männlich aus", grummle ich ein bisschen, weil ich auch lieber glatte Haut zeigen würde. So musste es eine Schere tun, zumindest ist mein Bart ordentlich gestutzt.

Leider wachsen meine Haare ganz normal weiter, während ich mich in der Vogelgestalt aufhalte. Ich werde schließlich auch älter, was mich immer wieder in Angst versetzt, denn mein gefiederter Po wird mit der Zeit auch nicht knackiger. Noch halten mich meine wechselnden Liebhaber über Wasser, doch irgendwann werde ich ein freudloses Dasein als Kauz führen müssen. Bis ich einfach vom Ast falle.

„Weg mit den trüben Gedanken, Eulerich. Du wirst gleich einen dicken Schwanz in dir spüren."

Cat muntert mich auf? Was ist denn mit ihr los? „Hast du einen besonderen Kater für dich im Auge? Du wirkst ja fast aufgekratzt", frage ich vorsichtig, um die Lage zu sondieren.

Immerhin hat sie mich nicht ‚Käuzchen' genannt, das hasse ich besonders. Dabei fühle ich mich klein und irgendwie verwundbar, dabei bin ich das Wahrzeichen der Weisheit, Begleiter der Göttin Athene. Mir gehört die Nacht, ich führe das ‚Noctua' sogar in meinem lateinischen Namen.

Trotzdem könnte Cat mich im Schlaf erwischen. Das würde sie tun … wegen dieser Mäusegeschichte und, weil ich mindestens so gut miauen kann wie sie. Katzen sind rachsüchtige kleine Biester.

„Kann schon sein, ich hoffe, dieser Orson ist heute da." Bei der Nennung seines Namens lächelt sie genüsslich und schnurrt leise.

Okay, ich bin ein Waschweib, ich gebe es ja zu. „Ich habe ihn letztens gesehen, wie er um einen schwangeren Omega-Wolf herumscharwenzelt ist. Da wird man doch glatt unsicher, ob er nicht auf meine Seite des *Shapeshifter* gehört", säusle ich unheilvoll. Es ist zwar gemein, ihr die Hoffnung zu nehmen, aber sie ist meine Freundin und ich will nicht, dass sie sich in den Untiefen eines Rudels verliert.

11

Da landen Kätzchen schnell auf dem Grill.

Das werde ich nie verstehen. Wie kann man so einen prallen Männerbauch bitte erotisch finden? Schon, wenn ich die Wölbung sehe, vergeht mir alles und ich muss an eine Arschgeburt denken. Aber der Kerl hat ganz verzückt darübergestreichelt. Ob er etwas damit zu tun hat, wie der Nachwuchs hineingekommen ist? Für mich wäre das völlig nachvollziehbar, nur der Vorgang des Gebärens verursacht mir eine fette Gänsehaut.

„Denkst du, er hat ihn da reingesteckt?"

Meint Cat den Braten in die Röhre oder seinen Schwanz? „Willst du wissen, ob er auf beiden Seiten fischt? Ich habe ihn noch nie in der Reihe meiner Verehrer gesehen." Um meine Aussage zu unterstreichen, schenke ich ihr einen traurigen Eulenblick, das kann ich richtig gut. Schuhu.

„Lass bloß deine Krallen von ihm, Patsy, sonst bekommst du meine zu spüren", faucht Cat.

Offensichtlich verkennt sie meine Absichten vollkommen. Der Kerl hat zwar meine Aufmerksamkeit geweckt, aber er fällt eher durch Passivität auf. Nicht mein Beuteschema. Ich lasse lieber die Platzhirsche aufmarschieren und suche mir den prächtigsten aus.

Cats Katzenaugen leuchten im Dunkeln, aber da sehe ich nicht hin. Verfluchte Angst, leider sitzt sie tief. Ihre Drohung lasse ich unkommentiert, denn wir sind gleich da. Auf einem Hinterhof geht es hinunter in die Bar der besonderen Art. Man kommt nur mit einer Member Card hinein und ich lächle dem Türsteher zu, nachdem wir den Treppenabgang hinter uns gebracht haben.

12

Bisher hat sich nur die Klappe geöffnet.

„Mach schon auf, Barney, du kennst uns doch: Cat und Patsy." Noch einmal schenke ich ihm ein gewinnendes Lächeln und drücke ihm unsere Karten in die Hand, als er seine Finger durch die Luke streckt.

„Die Kitty und ein *Adler*", bemerkt Barney, ein riesiger Bursche, spöttisch. Ja, okay, er ist für diverse Zuwendungen empfänglich und hat ein wenig geschummelt, als er mir den Mitgliedsausweis ausgestellt hat. Bei dem Gedanken daran brennt mir noch immer der Arsch.

In einem Nebenraum muss man sich wandeln, damit er einem die Zugehörigkeit zur Wandlergemeinde bescheinigen kann. Das ist die einzige Aufnahmebedingung, aber es ist durchaus möglich, ein Upgrade zu bekommen, wenn man besonders freundlich zu Barney ist. Seitdem bin ich offiziell ein Adler, ein Steinadler, um genau zu sein, immerhin zähle ich zu den Steinkäuzen. Wir sind sowieso miteinander verwandt.

Welcher Spezies Barney angehört, weiß übrigens niemand, er ist neben dem Clubbesitzer der Einzige, der keine Member Card trägt. Sehr dubios, manchmal finde ich ihn richtig unheimlich. Trotzdem ist er okay, wenn man sich grundsätzlich an die Regeln hält.

Mit ein bisschen Hinhalten lösen sich die Blockaden und man kann sich die Gunst der wichtigen Leute sichern. Auf diesem Weg verdiene ich mir hin und wieder ein paar Pfund – auch ein bescheidener Lebensstil will finanziert sein. So ein sexy Körper ist ganz nützlich. Ich habe kein Problem damit, obwohl ich es bevorzuge, ein paar Tage bei ein und demselben Kerl zu bleiben, dort zu schlafen, möglichst oft zu vögeln und mich durchzufressen.

„Was ist los, Patsy? Willst du nun rein oder nicht?", fragt Barney ungeduldig. Er muss die Tür und die Klappe wieder schließen, weil hinter uns neue Gäste die Treppe herunterkommen. Das Effektvolle steht und fällt natürlich damit, bereit für die Besucher zu sein. Diese Show scheint er zu lieben.

Cat ist bereits in der Menschenmenge verschwunden, sie kann es sicher nicht erwarten, zu diesem Typen zu kommen. Wie heißt er noch? Orson, richtig. Das ist ein Langweiler-Name. Ich denke an ihre scharfen Krallen und ein angenehmer Grusel durchfährt mich, trotzdem will ein kleines Teufelchen in mir wissen, wohin dieser Orson seinen Schwengel hängt. Wenn er Teil der rosa Fraktion ist, gehört er mir. Mist! Jetzt werde ich diese Frage nicht mehr los.

Da ist er ja! Orson lehnt an der Theke und schlürft ein Ale. Männersaft nenne ich das Zeug insgeheim und male mir aus, wie er mir seinen Saft ins Gesicht spritzt. Pfui, Patsy, du wolltest doch Cat nicht ins Gehege kommen. Aber ich habe ihr nichts versprochen. Zählt das? Bei einem richtigen Kerl setzt der Freundschafts-Codex bei mir aus. Überhaupt … wo ist denn die Frau, wenn ihr Schwarm hier herumhängt? In meinem Bereich der Bar wohlgemerkt.

Hey, ich merke erst jetzt, wie mein Outfit aufgenommen wird, die Herrenriege formiert sich. Ich hatte ganz vergessen, dass ich meinen Jagdanzug trage. Mit Fliege. Die Tops werden mir aus der Hand fressen, um mich dominieren zu dürfen. Mein Blick wandert zufrieden über die gestählten Bodys, die in knappem Leder zu Markte getragen werden. Einer schöner als der Nächste, ich seufze.

Und da ist wieder dieser Orson, als würde ein Spot von oben auf ihn gerichtet. Der Name bedeutet, er ist ein Bär, aber ich würde gern wissen, ob ich es wirklich mit einem Bärenwandler zu tun habe. Er ist groß, breit gebaut. Außerdem hat er ein interessantes Gesicht und regelrechte Pranken, die sich wunderbar um meinen kleinen Hintern legen können. Warum sieht er mich an und lächelt? O Himmel, er hat vorn eine kleine Zahnlücke, manchmal verfluche ich meine Adleraugen. Gerade im Halbdunkel des Clubs sehe ich gestochen scharf. Ich registriere jede Bewegung und er kratzt sich gerade an der Brust. Hat er dort Haare? Sind sie so schön braun wie die auf seinem Kopf?

„Ich bin im Arsch!", murmle ich und nehme den Drink, den mir jemand reicht, dankend an. Dabei registriere ich gar nicht, mit wem ich diesen Pakt eingehe und ihm einen Platz auf meiner Tanzkarte gewähre.

Momentan bin ich mit der vollen Aufmerksamkeit bei Orsons Wange, denn dort hat er eine kleine Narbe. Winzig, aber sie ist da. Kaum wahrnehmbar wie das Interesse, das ich diesem Mann entgegenbringe und damit mein Todesurteil unterschreibe.

Cat wird wiederkommen, aber ich kann nichts für dieses Lächeln. Er hat angefangen. Als Antwort fällt mir nichts Besseres ein, als hilflos mit den Augen zu klimpern.

„O Mist!", entfährt es mir, als ich mein Gegenüber näher betrachte. Der Kerl sieht wirklich gut aus, er ist muskulös, trägt einen kurzen Backenbart und ein neckisches Bärtchen unter der Lippe. Optisch ist er ein wahrer Genuss, aber auf der Member Card, die um seinen Hals baumelt, steht, dass er ein Panther ist.

Im *Shapeshifter* gibt es die feste Regel, seine Tiergattung für andere gut sichtbar zu tragen, damit man das Risiko bei sexuellem Kontakt einschätzen kann: Während des Höhepunkts verwandeln wir uns in unsere animalische Gestalt, dagegen sind wir machtlos.

Es ist schon sehr prekär, im Bett einem Fressfeind entgegenzusehen, zumal der Appetit zu dem Zeitpunkt sehr gesteigert ist. Verflucht, kommen wollen wir doch alle! Aber so ein kleiner Vogel wie ich wird nach dem Beischlaf schnell zum Häppchen, darum lasse ich mich ungern mit einem Raubtierblick taxieren.

Schon wegen Cats ständiger Präsenz meide ich Katzen jeder Art, ganz besonders die großen. Sie sind von unstetem Gemüt, ihren Stimmungen unterworfen und unberechenbar. Ich wage es kaum, den Panther anzusehen.

„Was ist los, Steinadler? Gehst du mit mir auf Tour?", raunt er mir zu. „Ich bin Shawn, ein Ire wie du. Du verströmst den unwiderstehlichen Duft der Heimat."

Denkt er an Großmutters gerösteten Truthahn? Oder an Hühnersuppe? Heute ist nicht der Tag für solche Wagnisse. Normalerweise bin ich bei der Auswahl meiner Gespielen ein wenig wagemutiger, aber gerade jetzt lenkt mich dieser Bär ab. Elegant schippert mein Blick an meinem Gesprächspartner vorbei und landet wieder bei dem langweiligen Orson. Auf seiner Member Card behauptet er, ein Wolf zu sein. Interessant. Bisher habe ich ihn immer allein gesehen, bevor er den schwangeren Isegrim so innig gestreichelt hat. Gehören sie zum selben Rudel? Ist er ein Einzelgänger, ein Verstoßener?

„Hey, bist du noch da? Wir sollten zu mir nach Hause gehen, du bist echt heiß in deinem Blümchenanzug." Ein bisschen verunsichert klingt mein Prachtkätzchen schon, weil ich mich ihm noch nicht sichtbar unterworfen habe.

Das Herz schlägt mir bis in den Hals. Aus der Nummer mit Shawn komme ich nicht mehr heraus, ich hätte seinen Drink nicht annehmen dürfen. Natürlich habe ich die freie Wahl, aber das Akzeptieren eines spendierten Getränks ist ein Vertrag. Auch das gehört zu den ungeschriebenen Gesetzen des *Shapeshifter.*

Er gefällt mir eigentlich gut, er sieht besser aus als Orson, der sowieso nicht in meiner Reichweite ist. Wenn ich ihn anfasse, würde ich ganz sicher in den Fängen meiner lieben Freundin Cat landen, während ich gerade sorglos meinem Kauz-Dasein nachgehe. Wenn ich an ihre spitzen Zähne denke, wird mir ganz anders, da klappert mir der Schnabel vor Angst. Auch ich überrasche meine Opfer, schwebe lautlos heran, um dann blitzschnell zuzugreifen – aber sie ist eindeutig ausdauernder und ich möchte nicht von ihr belauert werden.

„Gehen wir", willige ich schicksalsergeben ein und stürze den Inhalt meines Glases herunter, das mich in diese Scheiße hineingeritten hat. Wenigstens ist die Flüssigkeit hochprozentig, wahrscheinlich ein Whiskey. „Ich bin Patsy. Mir läuft schon der Saft vor Erwartung an den Beinen herunter."

Das Paarungsritual beherrsche ich, ich schenke ihm noch einen Augenaufschlag. Soll er sich ruhig wie der große Wurf des Abends fühlen. Dabei kann ich nur hoffen, dass Shawn als Mensch nicht zu viel mit seinem Katzenwesen gemeinsam hat. Widerhaken am Schwanz sind nicht witzig, genauso wie eine Turbo-Begattung, die nur Sekunden dauert und stundenlang wiederholt wird. Es ist bei jedem Wandler anders ausgeprägt, man erlebt da schräge Dinge.

Ich habe noch immer rote Punkte vom zärtlichen Nackenbiss eines Löwen. Daran sollte ich jetzt nicht denken, immerhin muss ich voll bei der Sache sein. Wenn Shawn vor mir kommt, muss ich im passenden Moment fliehen. Zu früh darf ich mit dem Orgasmus allerdings auch nicht sein, sonst zerreißt es mir den kauzigen Hintern. Da soll man noch Lust haben, es ist kompliziert, auf den Punkt zu vögeln.

„Wir werden spielen", kündigt Shawn mit einem tiefgründigen Lächeln an und verursacht doch wirklich ein Kribbeln in meinem Unterbauch. O ja, Katzen lieben es, sich im Vorfeld eingehend mit ihrem Essen zu befassen, zumindest darauf kann ich mich freuen. „Ganz langsam, bis du wimmerst vor Lust."

Mein Mund ist staubtrocken, als ich wie in Trance nicke. Unschlüssig betrachte ich das leere Glas in meiner Hand, dann gebe ich mir einen Ruck. Bevor wir gehen, drehe ich mich noch einmal zu Orson um, aber sein Platz ist leer.

Ob er sich endlich rüber in Cats Bereich bewegt hat? Sie achtet akribisch darauf, die imaginäre Grenze nicht zu überschreiten, die wir gezogen haben. Solange wir uns daran halten, kommen wir uns nicht in die Quere. Es ist also seine Entscheidung.

Kapitel 4

„Du bist mutig, das hätte ich dir in deiner Aufmachung gar nicht zugetraut", sagt Shawn und lächelt mich an. „Ich stehe irgendwie auf diese Blumen. Du siehst voll nach Sissy aus, aber du bist nicht so affektiert: Kein abgespreizter Finger und deine Handgelenke sind wohl auch nicht gebrochen."

Ich gluckse ein bisschen vor mich hin, während wir durch die Straßen von London rollen. Es reicht, ich selbst zu sein, das ist oft anstrengend genug. Shawns Auto ist irgendwas Spritziges in Rot, voll der Aufreißer. Er muss es ganz schön brauchen, aber als Einzelgänger ist er ja nur an Spaß interessiert. Jetzt schleppt er mich in die Lusthöhle des schwarzen Panthers ... Mir ist egal, wohin wir fahren, zur Not habe ich immer die Vogelperspektive, um mich zurechtzufinden.

„Und wenn ich eine Tunte vor dem Herrn wäre? Was hättest du dann mit mir angestellt?", frage ich kichernd. Wenn ich will, kann ich schon schrullig sein und auch mal die Prinzessin raushängen lassen. Allerdings fördert eine Diät aus Käfern und Würmern die Demut, ich war schon länger nicht mehr so unbeschwert.

Lachend schaut mich Shawn an und ich sehe das Grün seiner Augen im Dunkeln leuchten. Nicht zu sehr einlullen lassen, er ist auch ein Dämmerungsjäger wie ich. Für eine Katze ist er ganz okay, ich beginne, ihn zu mögen. Zumindest wirkt er nicht so bedrohlich wie Cat, sie ist einfach eine Bitch. Aber ich liebe sie trotzdem.

„Dann würde ich dich zum Quieken bringen." Sein leises Schnurren zeigt, wie sehr er diese Vorstellung genießt. Bei mir verursacht sie einen wohligen Schauer, ich würde mich als Kauz jetzt aufplustern, denn ich gehöre mit etwa zweihundert Gramm Körpergewicht nicht gerade zu den Großen. Trotzdem macht mich das an, ich mag den Kitzel der Gefahr.

„Spielst du sehr rau?" Ich schicke ihm einen ängstlichen Blick, schließlich weiß ich, was von mir erwartet wird. Ihm gefällt es, wenn er der Boss ist, da soll er ruhig denken, ich würde mich ganz seiner Gnade ausliefern. Hoffentlich hat er ein bisschen Fantasie und kommt nicht gleich zur Sache. Den Schwanz nehme ich erstmal in Augenschein, bevor ich ihn in meine intimen Regionen lasse, bei einem Wandler weiß man nie, was einen erwartet.

Vorwitzig lege ich ihm meine Hand auf den Oberschenkel und beuge mich zu ihm herüber, um ihm einen Kuss auf die Wange zu hauchen. Hmm, er riecht lecker nach Testosteron. Natürlich darf er mich gern etwas härter anfassen, wenn ich dabei keine Höllenqualen erleide. Die Widerhaken tun schon weh, sie richten sich bei jedem Herausziehen auf. Diese mehr oder weniger sanfte Folter hält an, bis er gekommen ist, dann zeigt er auch noch seine Krallen. Wie gut, dass ich meine Erfahrung mit solchen Begegnungen habe. Zumindest geht mir gerade heftig die Düse.

„Du gehst ja ganz schön ran, Patsy." Er betrachtet mich amüsiert. „Keine Sorge, du majestätischer Adler, ich habe Respekt vor dir. Ganz ohne Kratzer wirst du vielleicht nicht davonkommen, aber das sollte es dir wert sein. Überlasse dich ganz mir."

Ja, ja, aber ich bin nicht lebensmüde. „Keine Fesseln."

Ich kenne Shawn noch nicht einmal vom Sehen, obwohl er mir ganz sicher aufgefallen wäre. Also ist er ein Fremder, es war sein erster Besuch im *Shapeshifter*. Vertrauen und Dummheit gehen Hand in Hand. Auf diese Weise muss ich mir keine Gedanken machen, irgendwann altersschwach vom Ast zu kippen.

„Okay. Hast du noch mehr Wünsche? Wenn das Spiel begonnen hat, werde ich nicht mehr fragen." Es soll wohl ein Lächeln sein, aber es kommt mir vor, als wollte er seine scharfen Eckzähne zeigen. Man muss schon genau hinsehen, um sie zu entdecken, sie fallen nicht zu sehr auf. Eine Gänsehaut überläuft mich.

„Gab es schon jemanden, der mehr als ein One-Night-Stand wollte?", hake ich argwöhnisch nach. So direkt mag ich es nicht sagen, aber ich würde gern einen seiner Gespielen sehen, der eine Nacht mit dem hübschen Shawn überlebt hat.

„Der edle Vogel scheißt sich in die Hosen." Jetzt lacht er recht sympathisch und legt seine Hand über meine. „Ich bin neu in der Stadt. Du darfst mich willkommen heißen."

Ehe ich mich versehen, fühle ich seinen Schwanz, der sich schon in Angriffsstellung gebracht hat. Unter meinen Fingern bewegt er sich und pumpt sich zur vollen Größe auf. Es kribbelt bei jeder Berührung. Der ist nicht von schlechten Eltern.

„Vielversprechend", lautet mein Urteil.

Wenn diese Erektion ohne Stacheln ist und es kein schnelles Rein und Raus gibt, kann ich mich auf eine ausgedehnte Session freuen – bei der natürlich ich die

Richtung vorgebe. Mit einem Augenaufschlag und gezieltem Stöhnen lässt sich jeder Dom leicht lenken. „Bevor du diese Waffe benutzen darfst, möchte ich ihren Geschmack testen."

Es ist immer gut, sich einen unbekannten Gegner vom Leib zu halten, bis er sich gezeigt hat. Und wie ich ihn schmecken will, mir läuft das Wasser im Mund zusammen. Meine Angst lässt langsam nach und macht der Hüpfeligkeit Platz.

Auf diesen Abend musste ich verdammt lange warten, leider konnte ich mir nicht leisten, früher in den Club zu gehen. Ich rutsche ein bisschen herum, während ich diesen prächtigen Männerschwanz massiere. Die Katze habe ich noch im Hinterkopf, doch da ist sie aus dem Weg und stört nicht.

„Okay, das darfst du. Aber meine nicht, ein Raubvogelschnabel an meinen Bällchen würde mich kaltlassen." Ich sehe seinen Kehlkopf hüpfen und grinse breit. O ja, ich könnte ihn kräftig kneifen. Lässt sich doch alles ganz gut an.

„Hast du eine richtige Wohnung?"

Vielleicht kann ich ein bisschen bei ihm bleiben, wenn es weiter so laufen sollte. Ich würde so gern mal wieder in einem richtigen Bett schlafen und Shawn ist ein netter Bursche. Und Muskeln hat er ... wirklich ansprechend.

„Wir sind da. Hier lebe ich."

Der Stolz in Shawns Stimme ist unüberhörbar und mir klappt der Mund auf. Das ist eine Bleibe für einen Kauz, nicht für einen Panther. So ein richtig süßes Hexenhaus mit verschlafenem Rosengarten.

„Darum mag ich deinen Anzug, schätze ich mal", fügt Shawn hinzu und lacht leise. „Meine Tante hat hier gewohnt, als Kind war ich oft bei ihr."

Moment mal, das ist gerade alles zu schön, um wahr zu sein. Gleich werde ich gefressen! Das ist wie das Netz einer Spinne: Er wickelt mich ein, macht mich wehrlos, damit er sich an mir gütlich tun kann. Alarmiert reiße ich die Augen auf und würde am liebsten ... wegfliegen.

„Na komm, oder willst du allein im Wagen sitzen?", fragt Shawn spöttisch.

Ich bin nur zum Ficken hier, ich bin nur zum Ficken hier ... Die Erinnerung wiederhole ich im Geiste immer wieder, um nicht in Entzücken auszubrechen, nachdem ich ausgestiegen bin. Schon dieses signalrote Auto ist eine Beleidigung für das schnuckelige Häuschen. Er hat seinen Köder ausgeworfen. Wenn ich nicht auf die Angeberkarre angebissen habe, dann auf sein Zuhause.

„Würdest du mir einen Gefallen tun?", fragt Shawn unvermutet und schaut mich dabei so intensiv an, dass mir das Herz in die geblümte Hose rutscht.

„Ähhhh, was?" Ehrlich, es holpert wild in meiner Brust und die Panik greift nach mir. Mein Gesicht ist ein einziges Augenklimpern. „Nur heraus damit."

„Könntest du dir den Bart abnehmen? Ich mache das auch gern für dich."

Ha! Es stört Mr. Macho wohl, wenn er nicht der Einzige ist, dem etwas auf den Wangen wächst. Immerhin ist sein kurzer Backenbart schön dicht und unter der Lippe hat er ja auch das kleine Dreieck. Das gefällt mir, trotzdem überlege ich, ihm seine Bitte schon aus Trotz abzuschlagen. Wer ist der Kerl, dass er direkt vorhat, mich zu verändern?

„Willst du Barbier spielen? Aber nicht mit einem Rasiermesser, klar?" Slice me nice. Mag er sein Geflügel entbeint? Wahrscheinlich kocht seine Tante gerade eine Suppe und wartet auf das Hühnchen. Ich schnuppere verstohlen, aber leider ist das nicht mein ausgeprägtester Sinn.

„Du riechst nach Angst", behauptet Shawn, während er aufschließt.

Auf der kleinen Terrasse vor der Tür stehen große Blumentöpfe, die die unterschiedlichsten Rosen beherbergen. „Ich schicke dich noch duschen, wenn du dich in etwas hineinsteigerst."

Iiiiiiich steigere mich in was hinein? Niemals reagiere ich über, ich bin nur auf der Hut, um mein zartes Leben zu schützen. Wäre ich so ein Brocken wie die große Wildkatze, sähe das anders aus. Gut, ich atme tief durch und stelle mir kein scharfes Messer an meiner Kehle vor.

„Gar kein Problem. Ich bin ja nur zum Ficken hier." So, das musste klargestellt werden. „Können wir anfangen?"

„Kaltstart ist die neue Romantik", knurrt Shawn. „Nicht, dass ich vorher schmusen will, aber so ein bisschen direkt finde ich dich schon. Ich sage, wo es langgeht."

Hat mein potenzieller Mörder gerade von Romantik gesprochen? In Gedanken sage ich mein Mantra wieder auf, ich kann mich nur verhört haben. Ja, Herr und Meister, natürlich werde ich deine Überlegenheit anerkennen.

Als ich einen Schritt in das Haus mache, fällt mir schon wieder die Kinnlade herunter, der Schnabel steht weit offen. Auch von innen ist alles die Puppenstube aus meinen wildesten Träumen, das kann nur die Handschrift seiner Tante sein, die ihm dieses kleine Anwesen sicher vermacht hat.

Außer uns ist niemand hier. Vielleicht sitzt sie auch als vertrocknete Leiche im Ohrensessel, sie hören ja irgendwann auf, zu riechen.

Wo ist Shawn hin? Bin ich in eine Falle getappt? Hektisch sehe ich mich um und schaue ihm direkt in die Augen.

„Ich habe nur das Rasierzeug geholt. Entspann dich, Adlerchen."

Plötzlich ist mir diese großspurige Lüge unendlich peinlich. Er wird schon bald mitbekommen, dass ich nur ein Kauz bin. Von meiner Sorte passen mindestens zehn in einen ausgewachsenen Adler, wenn nicht noch mehr. Ich bin kein König der Lüfte, nur ein Spatz im Vergleich.

Mir entschlüpft ein leises Kichern: Dafür bin ich in der Nacht kein blindes Huhn, wir haben uns nicht ohne Grund den Tag aufgeteilt. Es ist zu wenig Platz für uns beide.

Trotzdem wäre mir ganz lieb, wenn Shawn nicht dauernd darauf herumreiten würde. „Nenne mich einfach Patsy. Das machen die meisten Leute, du würdest dich wundern."

Sein Blick macht meine Knie wackelig, aber zumindest sehe ich einen ganz normalen Nassrasierer. Mich damit zu ermorden, wäre schon eine Kunst, solange die Klinge in ihrem Käfig bleibt.

„Du bist nicht der erste Patsy, den ich treffe", erzählt mir Shawn und drückt mich aufs Bett. Ich habe gar nicht gemerkt, dass ich ihm hinterhergelaufen bin und wir im Schlafzimmer gelandet sind. „Normalerweise sind sie sehr hochnäsig, aber du wirkst gar nicht arrogant für einen König. Die anderen sind so schlimm wie ein Löwe, du kannst dir sicher vorstellen, wie das abgeht, wenn einer von der Sorte auftaucht. Sie brüllen und meinen, mit allem recht zu haben."

Ja, es braucht schon ein gesundes Ego, um mit fremder Dominanz klarzukommen. Kenne ich. Ich schnelle wieder hoch von der Matratze und ziehe meinen Anzug aus, damit er nicht vollgekleckert wird. Feinsäuberlich hänge ich ihn über einen Stuhl.

Was denn jetzt? Er schäumt mit dem Pinsel die Seife auf und kaum sitze ich wieder, habe ich die Pampe im Gesicht. Völlig überrumpelt schlucke ich hart. Die Hand mit der Klinge zittert ein bisschen, als Shawn den ersten Strich macht und eine Schneise in meinen Bart mäht.

„Lehn dich zurück, Pats", haucht er und kommt näher. Dann fühle ich die Lippen auf meinen und habe den verführerischen Raubtiergeruch in der Nase. O ja, das ist der Duft, aus dem die Träume sind, mit einer irritierenden Lavendelnote.

Meine Lider klappen einfach zu, als ich das Zungenspiel erwidere. Es kribbelt und krabbelt in meinem Körper, als wäre eine Armee Ameisen unterwegs.

Ich sollte besser auf mich aufpassen: Holzauge, sei wachsam.

Kapitel 5

Es wummert heftig in meiner Brust, denn Shawns Zärtlichkeit haut mir gerade die Schuhe weg. Damit hätte ich zuletzt gerechnet. Sein Streicheln und sanftes Stupsen ist so schön, dass ich alle Vorsicht verliere. Ich mache genau das, was er mir aufgetragen hat: mich entspannen.

Dann ist sein Mund wieder weg und ich öffne langsam ein Auge. Blinzelnd beobachte ich, wie der Rasierer erneut zum Einsatz kommt. Er führt ihn behutsam über meine Haut und ich höre nur das leise Schaben und Knistern der Haare. Das kenne ich bestens, es lullt mich ein. Beim Frisör genieße ich es, so verwöhnt zu werden. Gleich möchte ich ein heißes Handtuch aufs Gesicht gelegt bekommen.

„Hoch mit dem Kinn, jetzt ist der Hals dran." Shawn setzt sich dichter zu mir und ich spüre die Wärme seines Körpers. Ich will mich gerade an seinen harten Schwanz erinnern, aber ganz plötzlich schießt mir durch den Kopf, ein Messer an der Kehle zu haben.

„Pass aber auf", bringe ich mühsam hervor, während ich ihm meinen tanzenden Adamsapfel präsentiere.

„Gerade warst du gelöster." Ich spüre Shawns Wange an meiner und frage mich, ob er jetzt die Schaumreste im Backenbart hat. Hat er, um das zu sehen, habe ich sogar doppelt geblinzelt.

„Wenn ich dich fressen wollte, hätte ich das schon getan", flüstert er rau und saugt an meiner Unterlippe. „Ich habe zwar Respekt vor deinen Dolchen, aber ich könnte mich jederzeit wandeln und dich überrumpeln. Können wir uns einfach darauf einigen, es nicht zu tun? Wir sind doch keine Feinde."

„Hmmm", antworte ich unbestimmt. Wenn ich vorhätte, mir das Kätzchen in die Pfanne zu hauen, würde ich wohl Ähnliches behaupten. Trotzdem recke ich mutig meinen Hals. Was bringt so ein fragiles Leben, wenn man ständig auf der Hut ist und vergisst, Spaß zu haben? Das leise Rascheln macht meine Nerven hellwach, ich bin gerade so feinjustiert, ich müsste jede Bewegung erahnen, bevor Shawn sie plant. Ich fühle mich lebendig. Mein Schwanz füllt sich mit Blut, eine Nahtoderfahrung scheint zu stimulieren.

Behutsam fahren seine Finger in mein Haar, um mir den Kopf weiter in den Nacken zu ziehen. „Du stehst darauf, wenn du dich hilflos fühlst. Das habe ich gewusst. Vertrau mir einfach", sagt er leise, während er mein Kinn rasiert.

Es hämmert förmlich in meiner Brust. Sein Mund ist so nah an meinem, dass ich seinen Atem spüre. Pfefferminz! Er muss im Bad etwas eingeschmissen haben. Raubtiere sind nicht dafür berühmt, aus dem Maul zu duften, aber bei Shawn bemerke ich nichts davon. Hihi, ich würge ja auch kein Gewölle hoch und spucke mit Wattebäuschchen. Einige kauzige Eigenschaften kann ich allerdings nicht verbergen, wie dieses doofe Augenklimpern.

„Willst du wirklich nicht gefesselt werden?"

„Nein, wirklich nicht", beeile ich mich, zu antworten.

Es ist, als würde er mir den Nacken kraulen. Damit kann man mich in kürzester Zeit so schläfrig machen, dass ich einfach umfalle. Meine Sinne erleben ein Wechselbad, es geht ständig hin und her zwischen Wachsamkeit und Entwarnung. Das macht mich ganz wuschig … ähm vogelig.

Die Klinge liebkost mich und ist zugleich bedrohlich, aber jetzt scheint er die letzten Fusseln meines Bartes weggeschabt zu haben.

„Du bist so hübsch, ich möchte dein Gesicht richtig sehen können", liefert Shawn endlich die Erklärung zu der ganzen Aktion, während er mir die Schaumreste mit einem Handtuch wegwischt. Dann grinst er und reibt sich selbst sauber. „Falls dir solche Schmierereien gefallen, können wir das demnächst mit Sahne wiederholen."

Bei dem Gedanken an das Schlabberkätzchen wird mir ganz warm, zumindest, wenn der Kerl keine kratzige Zunge hat. Moaaaah, da bin ich auch wieder bei den Widerhaken. Ich muss diesen Schwanz jetzt endlich sehen, nackt genug, damit keine Geheimnisse mehr bleiben. Meine Befürchtungen machen mir die unanständigen Fantasien kaputt.

Dabei taste ich Shawn mit Blicken ab. Männlich genug ist er, um absolut in mein Beuteschema zu passen. Hach, und dieses Knusperhäuschen. Das kitzelt meine monogame Ader, aber ich werde in diesem Leben keinen festen Partner finden. Wir Eulen sind da sehr konservativ, dieses Herumgevögel liegt eigentlich nicht in meiner Natur – aber ich wehre mich dagegen. Wer fliegen kann, sollte frei sein, wozu diese blöden Instinkte? Sie quälen mich nur. Shawn will mich ganz sicher nicht behalten wollen, er ist ein Streuner.

Vorsichtig fühle ich mal vor und ziehe ihn näher an mich heran, während ich nach seiner Lippe schnappe. Am liebsten würde ich ihm jetzt die Zunge langziehen wie einen Wurm, ich bin gerade neckisch drauf. Man sagt mir nach, mich wie ein Kobold zu verhalten. Aber seine Küsse schmecken nach mehr. Eigentlich stehe ich gar nicht darauf, darum erstaunt es mich, als ich sanft über seine stoppelige Haut streichle und dann an seinem Mundwinkel knabbere.

Er erwidert meine Einladung mit einem plötzlichen Schnurren, das tief aus seiner Kehle zu kommen scheint. Offenbar ist er mehr als zufrieden, denn in seiner Hose hat sich richtig was getan und er steigt gerade voll auf den Kuss ein, während er sich gierig an mir reibt. O ja, o ja, genau so ist es richtig. Der Druck in meinen Eiern bringt mich fast um und ich hebe ihm meinen Unterleib entgegen. Mach's mir, schwarzer Kater! Ich bin willig und muss dringend gefüllt werden.

„Schöne Boxers", haucht mir Shawn zu und greift mir ziemlich direkt an den Prachtständer, der den Eiffelturm auf meinen Shorts steil aufragen lässt. Strategische Unterwäsche, der Phalluseffekt steigert enorm die optische Wirkung des guten Stücks. Ich hatte diesen Begleiter beinahe vergessen, aber wir waren ja auf ein Abenteuer aufgebrochen. Nur hatte ich mir den Ausgang harmloser vorgestellt.

Ein Kribbeln durchläuft meinen Schaft und lässt die Eichel fast explodieren. Himmel, ich hätte nicht so lange warten sollen und vielleicht zwischendurch mal wichsen. Doch dafür muss ich mich wandeln, fühle ich mich dreckig und einsam. Nackt an einem

Wartehäuschen an sich herumzuspielen, ist schon irgendwie seltsam. Man fühlt sich wie ein Triebtäter, obwohl die Buslinie eingestellt wurde.

Ansonsten bleibt einem schwulen Kauz nur, sich an einem hervorstehenden Stöckchen zu rubbeln. Das ist noch erniedrigender.

Jedenfalls kommt gerade ein fettes Stöhnen aus meiner Brust und ich schmeiße mich Shawn vollends an den Hals. Er dürfte mich jetzt mit allem ficken, was er hat. Und fesseln oder sonst was mit mir anstellen. Gut, dass wir vorher verhandelt haben, ich werde butterweich von dem Blick in seine Augen und diesem tiefen Brummton, der anscheinend bleibt und sein Wohlbefinden anzeigt.

Ob er das steuern kann? Vielleicht soll mich das Geräusch besänftigen, damit ich *ihn* nicht fresse … Kater haben Angst vor ihren Weibchen, sie bekommen nicht selten Backpfeifen nach der Begattung. Es tut ja weh wegen der … lassen wir das. Ob das genetisch so programmiert ist?

„Ich will deinen Schwanz sehen", keuche ich atemlos und lege meine Hand über die beachtliche Beule in seiner Jeans. Und ja, ich will ihn in den Mund nehmen. Wenn er dafür gut genug ist, darf er auch tiefer in meinen Körper eindringen. Er fühlt sich wunderbar an: heiß und hart, mit einem verführerischen Geruch. Wir Käuze punkten auch nicht gerade mit Ausdauer, also sollten wir uns eine schnelle Nummer gönnen.

Muss ich mit den Lidern klimpern oder reicht es, ihm einen Augenaufschlag zu schenken? Her mit dem Freudenspender, du darfst entscheiden, wie du ihn mir gibst. Irgendwie habe ich meinen Dom im Verdacht: Er möchte Blümchensex – passend zu dem Anzug, der ihn so angemacht hat. Ich hätte es mir denken können. Aber, wenn ich ehrlich bin, ist mir auch nicht nach einer Unterwerfungsgeschichte. Der Kerl weckt meinen Kuschelsinn. Angriff!

Shawn lacht, als ich ihn entschieden aufs Bett drücke und dann über ihn krabble. „Na hallo, du hast es ja gut vor."

Habe ich, solange er mich lässt, liege ich oben und habe das Sagen. Ich will mehr von diesem Schnurren hören, es kitzelt etwas tief in mir und lässt meinen Beckenboden beben. Wenn er seinen Schwanz in mir hat, muss es sich anfühlen, wie ein fleischgewordener Vibrator. Herrlich, das will ich.

Ich schlüpfe schnell aus meinen Shorts, damit unserer Vereinigung nichts mehr im Wege steht, wenn ich ihm ordentlich eingeheizt habe. Wer weiß schon, wie lange sie dauert. Dann öffne ich endlich seine Jeans und atme erleichtert aus, als ich seinen schönen glatten Schaft sehe. Wenig katzenartig, keine Spikes. Sie werden auch nicht wie bei einem Wurfstern herausschnellen, das wäre selbst für einen Wandler zu ungewöhnlich.

„Oh, ich liebe diesen Schwanz", höre ich mich seufzen, während ich das feste und doch nachgiebige Gewebe der Gliedspitze an meinen Lippen fühle. Meine Zunge gleitet durch den kleinen Spalt, stupst in die Öffnung und umrundet dann den wulstigen Rand bis zum Bändchen. Saulecker! Ich bin ein glücklicher Kauz und betrachte sein Gesicht unter halb gesenkten Augenlidern. Mit einem Ruck stoße ich vor und nehme das Prachtstück tief in meinen Rachen auf. Mein Lieblingslolly! Gierig lutsche ich daran herum und lasse ihn dabei hinaus- und hereingleiten. Das Herz schlägt dabei Trommelwirbel, während mein eigener Kumpel zuckt und sich wollüstig unter meinem Bauch bewegt.

„Patsyyyy", schnurrt er, zumindest vermischt es sich mit dem immer lauter werdenden Ton. Völlig ergeben legt er den Kopf zurück und scheint alles um sich herum vergessen zu haben. Ja, ich kann's. Mein Herr liegt auf dem Rücken und bettelt um mehr.

„Patsy. PATSY!!!"

Was? Wieso, was ist los? In dem Moment füllt sich mein Mund mit seiner Sahne … und ich drücke das Gesicht in schwarzes Fell. Ich schlucke brav und voller Genuss, aber dann wird mir klar, dass dieses Unaussprechliche in meinem Mund ein verdammter Katzenschwanz ist. Brrrrr! So schnell war ich noch nie vom Bett hoch.

Ein Brüllen kommt aus Shawns Kehle. Er ist der gottverflucht größte Panther, den ich je gesehen habe. Yuk!!! Das sind Fänge! Demonstrativ zeigt er mir seine riesigen Zähne und kommt viel zu schnell auf die Pfoten. Was soll ich jetzt tun? Mein Herz zerspringt gleich, es hüpft in meiner Brust, als wollte es ausbrechen.

Ehe ich mich versehe, sitze ich auf einem massiven Holzkleiderschrank. Keine Ahnung, wie ich hier hochgekommen bin, aber ich habe mir das rechte Ei geklemmt. Das rechte! Es pocht und puckert, aber vor allem bekomme ich fast keine Luft mehr vor aufkommender Panik.

Blinzeln, Klimpern, Liderklappern!

„Shawn, du Flitzpiepe! Hättest du mich nicht vorwarnen können?" Mir kippt fast die Stimme, sie hat einen ziemlich hysterischen Unterton, als ich die Pranken sehe, die mit messerscharfen Krallen versehen sind und die Bettdecke zerfetzen. Mir schlägt das Herz bis in den Hals.

„Kitty, Kitty, Kitty, braves Kätzchen!", flöte ich so beherrscht es geht. Trotzdem kiekse ich erbärmlich.

Aber dann werde ich für eine Sekunde ganz ruhig und fixiere ihn eiskalt: Dieses Panthervieh springt auf meinen Anzug zu! Der mit den Blumen. Shawn ist tot!

Mit einem Satz bin ich wieder auf dem Boden und komme recht ungelenk auf. Aber ich muss meinen Liebling retten! Beschissener Fuß! Dann ist er eben verstaucht, trotzdem schnappe ich mir das Jackett und die Hose. Das Hemd mit der blauen Weste kann er meinetwegen in Streifchen schneiden. Nicht meinen Anzug!

„Mach's gut!", keuche ich und klemme mir das Bündel unter den Arm.

Der Panther verfolgt mich mit glühenden Augen. Ich höre, wie er gegen den Türrahmen knallt. Haha, zu spät, du Wichser! Aber er ist hinter mir her und er ist wütend. Brüllend springt er mir nach, als ich nackt und humpelnd aus dem Haus flitze.

Der Garten! Da ist viel Gebüsch, ich brauche ein bisschen Strecke, um mich wandeln zu können – und, um meinen Anzug zu verstecken. Scheiße, er hat mich gleich! Auf vier Beinen ist Shawn schneller als ich.

Meine Brust fliegt auseinander, das wilde Keuchen muss von mir sein, nur Shawns Fauchen kommt immer näher. Was für ein Chaos! Ich muss alles auf eine Karte setzen. Das ist Wahnsinn! Trotzdem, ich muss es versuchen. Es kribbelt in meinen Armen und Beinen, in vollem Lauf setzt die Verwandlung ein und ich spüre einen heißen Schmerz an meinem Arsch. Hat er mich noch erwischt?

„Auuu-kiwitt!" Mittendrin wird es ein durchdringender Eulenruf, der ihm hoffentlich die Trommelfelle zerschmettert. Das ist mein Kampfschrei! Die Todesfee holt dich, Elender!

Jetzt fehlen mir ein paar Schwanzfedern, nur komme ich nicht hoch. Pumpen, pumpen! Ich flattere hilflos gegen das Gewicht in meinen Krallen an, das Anzugbündel wiegt wesentlich mehr als ich. Höher als einen halben Meter komme ich nicht, es zieht mich runter. Verzweifelt sehe ich mich um. Wo kann ich meinen Schatz deponieren?

„Patsy!"

Sieh an, Shawn ist wieder zurückverwandelt, wie es scheint. Aber er muss nicht denken, ich würde ihm sein Sakrileg verzeihen. Niemals!

Da sehe ich einen Baum und kämpfe verzweifelt gegen die Schwerkraft. Jaaaaa, noch ein bisschen, Patsy. Gib alles! Ich kämpfe mich hoch und schaffe es mit einem letzten Flügelschlag, das Klamottenbündel in eine Astgabel fallenzulassen, die man nicht so einfach vom Boden aus erreichen kann. Aaaah, erstmal ein Häufchen fallenlassen.

Dann fliege ich torkelnd weiter. Ich werde Shawn nicht den Gefallen tun, ihm völlig entkräftet vor die

Füße zu fallen. Ein letzter Schrei: „Kwiauuuuu-kiiiiiwitttl!"

Es steckt die Seele eines Adlers in diesem Kauz, jawohl.

Kapitel 6

Ich trete von einem Fuß auf den anderen. Auf dem Dach meines Bushäuschens kann ich mich nicht richtig festhalten, dafür tut mein Gelenk fies weh. Von meinem rechten Bällchen reden wir nicht, es ist sicher doppelt so groß wie sein Bruder, und meinen Arsch hat es auch erwischt. Ich bin ein Wrack!

Den blöden Regenwurm klemme ich mir unter eine Zehe, ziehe ihn so lang, dass ich mir fast den Hals ausrenke. Dann rupfe ich genüsslich Stück für Stück davon ab und verschlinge ihn. Gleich folgen noch ein paar Käfer, die von der saftigen Sorte, die so schön spritzen. Orientierungslos laufen die leckeren Biester im Kreis, bis ich sie auf den Rücken drehe. Jetzt zappeln sie nur noch und können mir nicht entkommen. Das ist der Nachtisch. Ja, dieser Kauz ist angepisst!

Eine Wandlung kostet jedes Mal Kraft, wenn nicht gerade die Energie, die beim Orgasmus freigesetzt wird, für den richtigen Boost sorgt. Also hocke ich sparsam und mies gelaunt herum, bis zumindest dieses vermaledeite Fußgelenk aufhört zu schmerzen.

Meine Gedanken wandern immer wieder zu Shawn, dabei ist diese verfluchte Miezekatze für mich gestorben. Pfui, pfui, pfui! Was für ein brutaler Angriff auf meinen Lieblingsanzug. Der Blütentraum! Ich muss ihn gleich retten. Immerhin habe ich mir gemerkt, in welcher Astgabel ich ihn deponiert habe. Aber vorher muss ich mir noch etwas einfallen lassen, ich brauche einen Schlachtplan.

Wenn ich als Kauz zu Shawns Garten fliege, schlage ich dort nackt auf, sobald ich mich zum Menschen wandle. Dann muss ich mich anziehen, so schnell ich kann, bevor er mich noch entdeckt. Das könnte sonst böse enden, ich will ihm vor allem nicht begegnen.

Hehe, ich gackere vergnügt, als mir einfällt, wie blöd er geguckt haben muss, als er einen recht mickrigen Adler gesehen hat. Einen, der wie ein angeschossener Hubschrauber versucht hat, eine Last zu schleppen. Ich schnappe mir den fettesten Käfer und lasse es krachen. Mjam, der ist gut. Leider habe ich keinen mehr von der Sorte, die anderen sind weniger Richtung Cremetörtchen. „Schuhu-gei-gei-gei-gei!"

Mein Heiterkeitsausbruch versetzt die Vögel im Wald in Angst und Schrecken, immerhin sollte ich tagsüber schlafen. Aber jetzt den Kopf unter den Flügel zu stecken, käme mir unpassend vor, mein Schatz ist in großer Gefahr. Erst, wenn wir wieder vereint sind und er in seinem Schrank hängt, bin ich beruhigt. Spätestens morgen bringe ich ihn dann in die Reinigung, den kleinen Dreckspatz. Hoffentlich hat er keine Löcher von den Krallen.

Mein Puls ist noch immer viel zu schnell von den ganzen Ereignissen. Zum Glück ist im *Shapeshifter* alles in Ordnung, der Club ist meine Verbindung zum Leben. Ohne diese Bar wäre ich wohl dazu verdammt, ständig in meiner Kauzgestalt zu bleiben. Mit anderen Käuzen zu leben, die mitnichten schwul sind und immer dieselbe Eulenmama vögeln, wenn sie ein paar Eier legen wollen. Für meine Eier hat da niemand Verständnis … das habe ich bei meiner Familie deutlich zu spüren bekommen. Sie haben mich davongejagt, weil ich kein Weibchen hatte und ein Störfaktor war.

Ich bin nicht ohne Grund von Irland hierhergekommen. Selbst unter Wandlern ist es üblich, sich nach dem zu richten, was in der Kirche gepredigt wird. Das ist für sie sogar oberwichtig und ihre einzige Orientierung.

Wahrscheinlich könnte ich gar nicht dauerhaft Mensch sein, selbst, wenn ich die Möglichkeit hätte, eine Bleibe und meinen Unterhalt zu finanzieren. Es ist zwischendurch eine Wohltat, die animalische Form anzunehmen, denn leider ist die Menschengestalt wohl eine Art Verkleidung. Man muss sich gut ernähren, um sie aufrechtzuerhalten. Das kostet viel Energie, nicht so viel wie bei einer Wandlung, aber es ist schon sehr anstrengend.

Was soll ich zum Geld verdienen machen? Wir sind darauf bedacht, unauffällig zu sein und immer wieder abzutauchen. Niemand darf von uns Wandlern erfahren, wir führen ein Schattendasein und mischen uns nicht unter Menschen. Das wäre einfach zu gefährlich.

Darum bin ich auch nicht nach Dublin gezogen: Es gibt dort keine nennenswerte Community von Meinesgleichen, kein *Shapeshifter*. Außer den Wölfen lebt kaum jemand in Familienverbänden, es bleibt jeder für sich. Ich kann schon froh sein, Cat als Freundin zu haben.

O ja, Cat. Ich plustere mich auf und mache auf Federball. Wie gut, dass ich die Finger von diesem Orson gelassen habe, denn heute wäre ich eine leichte Beute. Wäre schön, sie zu sehen, aber sie weiß ja, wo sie mich findet. Wir rutschen uns nicht auf die Pelle und haben einen eher lockeren Kontakt. Schade, so

ein Kätzchen ist kuschelig, wenn man darauf vertrau-
en kann, nicht als Mahlzeit zu enden. Ich würde ein
weiches Fell zum Anschmiegen gerade sehr zu schätzen wissen.

Nein, an Shawn will ich jetzt wirklich zuletzt denken! Weg, ihr blöden Gedanken! Er hat gar nicht so
schlecht geschmeckt und ich hätte mich gern an den
warmen plüschigen Bauch gekuschelt. Selbst der Pan-
thergeruch war irgendwie angenehm.

Ich muss doch verrückt sein! Dieser Katzendödel
ging gar nicht! Igitt! Und ich bin noch immer so not-
geil, beinahe schlimmer als vorher. Obwohl mir mein
rechter Hoden Sorgen macht, produziert er offenbar
lustig weiter Hormone. Er ist geschwollen, ich bin die
einzige Eule, die auf ihren Eiern schaukeln kann. Vielleicht sollte ich mir einen kleinen Ast suchen und ihn
… in Form knabbern. Mit meinem Schnabel bin ich
ganz geschickt. Die Vorstellung macht mich ganz
hüpfelig. Ich könnte dem Hölzchen das Aussehen
von Shawns Schwanz geben.

Warum nicht? Ich bin erwachsen und habe ein
Recht auf meine Sexualität. Allerdings ist ein Eulen-
orgasmus wie ein Nieser, es macht wenig Spaß, so
schnell zu kommen und es befriedigt auch nicht in
der Tiefe. Es ist nicht mehr als ein spasmischer Tropfen.

Vielleicht ergibt sich später etwas, wenn ich mich
sowieso in meiner Menschengestalt befinde.

Kapitel 7

„O Mann, du würdest es nicht glauben, was ich dir zu erzählen habe", sage ich zu Cat und verdrehe theatralisch die Augen. Sie hat sich zu meiner Bushaltestelle verirrt, also will sie wohl irgendetwas von mir.

„Ach Patsy, gibt es wirklich etwas Interessantes zu berichten?" Vielen Dank, sie klingt herrlich gelangweilt und zieht die Augenbüschel hoch. „Bei dir ist doch alles immer auf One-Night-Stands ausgelegt, du vögelst nie denselben Kerl zweimal. Da gibt es doch nichts außer hopp oder top."

Ja, ja, entweder hatte ich eine heiße Nacht oder ich habe einen Rohrkrepier erwischt. Wie ich sie kenne, hört sie wesentlich lieber Geschichten, die mich als Pleitegeier dastehen lassen. Das ausgerechnet von ihr, wo sie den Charme einer Kettensäge mit sich herumträgt.

„Wirklich schicke Unterhosen."

Ich bin heute zu schwach zum Kämpfen und seufze nur. Das waren jetzt mehrere Wandlungen in Folge, ich sollte mit meinen Kräften haushalten. Da sie mich überrascht hat, musste ich mir schnell etwas anziehen, um ihr nicht im Adamskostüm entgegenzutreten.

„Dieser Eiffelturm kommt sicher besser, wenn du einen Ständer hast, oder? Im Moment sieht das Ding eher traurig aus", lästert sie gleich weiter.

Auch, wenn sie weiß, dass ich schwul bin, schaut sie mich manchmal mit einem Ausdruck an, als wollte sie mich nicht unbedingt fressen, sondern vernaschen.

Muss ich mich rechtfertigen? Die Testikelprellung kommt jetzt wesentlich deutlicher heraus, weil die Kullerchen außerhalb meines Körpers baumeln. Ich leide also offiziell unter meinen Blessuren. Ihr Blick irritiert mich, er hat sich dort festgesaugt. Und ja, die Shorts gab es im Doppelpack, das andere Exemplar liegt noch bei Shawn.

„Ich habe keine Bullenklöten, ich bin schwer verletzt." Das sollte ich ihr vielleicht sagen, bevor sie sich falsche Vorstellungen von meiner Männlichkeit macht.

„Klettere nie nackt auf einen Schrank, wenn du …" Augenblicklich höre ich auf, zu reden, denn ich will mir nicht vorstellen, was sie sich dabei einklemmen könnte. Das war Flucht, ein Akt der Verzweiflung, sie wüsste die Situation sowieso nicht nachzuvollziehen.

„Erzähl", schnurrt sie und ich möchte sie schlagen, weil sie mich so an Shawn erinnert. Allerdings ist er im Gegensatz zu ihr ein richtig stattlicher Kater.

„Hast du dich schon mal mit einem Panther eingelassen? Oder mit einer anderen Wildkatze? Da bist du nicht weniger Futter als ich." Ich schaue ihr fest in die Augen, aus dieser Nummer kommt sie mir nicht heraus.

Sie kann sich ruhig winden wie ein Wurm, natürlich kenne ich sie in ihrer Tiergestalt. So eine Hauskatze benutzt Shawn als Zahnstocher.

„Sehe ich so aus?", fragt sie patzig und ich weiß genau, sie ist ein feiges Aas. Nur zugeben wird sie es ums Verrecken nicht. „Ich spiele nur mit den großen Jungs. Was denkst du denn?"

Ja, was denke ich? Dass sie alles nimmt, was sie um Aufmerksamkeit anbettelt? Nennt mich überheblich, aber ich bin froh, nicht zu viel von „ihrer Seite" des *Shapeshifter* mitzubekommen.

„Ich hätte beinahe mit Orson geredet, aber er ist dann abgehauen, um sich an die Bar zu setzen", erklärt sie jetzt in einem Tonfall, der beinahe Mitleid in mir weckt.

Wie ich Cat kenne, hätte sie gern eine spannende Story zu erzählen, es gibt nur leider keine Erfolgsmeldungen. Vielleicht sollte ich ihr mit diesem Pseudowolf oder -bären ein bisschen auf die Sprünge helfen. Ich wäre wohl kein übler Freund, wenn ich auf einen möglichen Verehrer verzichte und ihr Orson überlasse. Obwohl das müßig erscheint, wenn er sich freiwillig zur Rosa-Fraktion gesellt.

„Hilfst du mir gleich, meinen Anzug zurückzubekommen? Dann versuche ich, ob ich in Sachen Orson etwas für dich tun kann. Nur erwarte keine Wunder." Okay, den Nachsatz hätte ich mir klemmen können, aber sie hat ihn verdient. Immerhin lässt sie nichts aus, um mich durch den Kakao zu ziehen.

„Reden wir von diesem Albtraum mit den rosafarbenen Blumen?"

Bingo, sie hätte noch viel mehr verdient. „Wir reden von meinem neuen *Lieblings*anzug", knurre ich zurück. Sieh an, sie wirkt gleich viel interessierter.

„Wieso hast du ihn verloren? Bist du nackt herumgerannt?" Ihr Gesichtsausdruck hat auch ohne Fell etwas Katzenhaftes. Die Augen sprühen vor Begeisterung und ich sehe förmlich, wie sich ihre imaginären Barthaare sträuben.

„Das erzähle ich dir gleich. Ich brauche jemanden, der mir Räuberleiter hält, damit ich als Mensch wieder vom Baum komme, nachdem ich rüber geflogen bin."

Zumindest in meiner Erinnerung hatte er einen hohen Stamm, ich will mir meinen frisch zurückeroberten Zwirn nicht gleich an der rauen Borke aufscheuern. Das tut dem feinen Stoff gar nicht gut. Dieser Anzug ist ein Schmuckstück. Auch, wenn er nicht übertrieben teuer war, finde ich ein derartiges Kleinod so schnell nicht wieder. Außerdem habe ich nach zwei weiteren Wandlungen eine katastrophale Energiebilanz, ich werde ohne eine helfende Hand herunterplumpsen wie eine reife Frucht.

„Was bekomme ich dafür?" Cats Miene hat sich verfinstert und sie streicht sich über den Pullover, als wäre sie bei der Fellpflege.

Ich übersetze: Sie ist neugierig und versucht, sich zu beruhigen. Mit meiner Geschichte habe ich sie so richtig angefüttert, jetzt bringt es sie um, sie nicht sofort hören zu dürfen. Aber sie will nicht fragen, damit ich mir bloß nicht wichtig vorkomme.

Perfekt!

„Ich möchte dich vor unserem nächsten Clubbesuch ein bisschen herrichten. Orson sollen die Augen rausfallen. Und ich werde dir wehtun, wenn du nicht zumindest mit ihm redest", flöte ich mit zuckersüßer Stimme. Miez, Miez.

Wieder sitze ich im Geiste auf diesem Schrank und versuche, einen Panther zu besänftigen. Shawn ist ja so penetrant, er hat kein Recht, dauernd in meinem Kopf aufzutauchen. Ich will das nicht. Es tut irgendwie weh.

„Hältst du mich für feige?" Mit verschränkten Armen lehnt Cat sich zurück, gegen die Wand des Wartehäuschens, unter dem wir gemeinschaftlich hocken.

Draußen nieselt es und als Mensch gefällt mir das gar nicht. Von meinem Gefieder wäre das gute englische Wetter einfach abgeperlt. Zum Glück ist die alte Bank noch intakt, außer dem klemmenden Kleiderschrank besitze ich ja keine weiteren Möbel. Auf Dauer ist das ganz schön trostlos für meinen Geschmack.

„Möchtest du Tee?" Blinzelnd wende ich mich Cat zu und versuche, möglichst unschuldig auszusehen. Statt zu antworten, lenke ich sie lieber ab, die Wahrheit sieht traurig aus. Außerdem ist es eine Ehre, wenn ich ihr etwas anbiete. Mit dem Gaskocher ist die ganze Prozedur umständlich, aber ich fröstle so leichtbekleidet und wir können wohl beide einen heißen Schluck vertragen.

„Ja." Cat schneidet eine Grimasse und starrt auf ihre abgekauten Fingernägel. Sicher ist sie die einzige Katze, die ihren Krallen das antut.

„Empfindest du wirklich etwas für diesen Orson?", frage ich vorsichtig. Irgendwie muss ich mich ja an sie herantasten, sie hat ihr Herz nicht gerade auf der Zunge liegen. Für eine Frau ist sie mächtig verstockt.

Sie lästert wie ein Waschweib, dabei kann es ihr gar nicht gehässig genug sein. Und fluchen kann die liebe Cat, holla!

Aber selbst mich lässt sie kein bisschen näher an sich heran, wir sind seltsame Freunde. Am meisten fühlen wir uns verbunden, wenn wir uns gegenseitig heruntermachen können. Die klassische Hassliebe, wir brauchen uns.

„Warum sollte ich?"

Also ja. Jetzt wird es wirklich bedenklich, denn Cat züppelt an ihrem kurzen Rock, als wollte sie ihn langziehen. Ihr Fahrgestell ist recht sehenswert, das muss ich neidlos anerkennen. Vielleicht lässt sich damit etwas anstellen.

„Setz dich mal gerade hin, ich möchte sehen, ob du mit deinen Titten Eindruck schinden kannst", bitte ich sie in möglichst neutralem Tonfall, um sie nicht zu reizen. Das aufbrausende Temperament will beherrscht sein.

„Also, Patsy! Du bist ein Arsch!" Mit weit aufgerissenen Augen faucht sie mich an. Gleich bekomme ich einen Hieb. „Fällt dir nach der ganzen Zeit auf, dass ich Möpse habe?"

Zum Glück pfeift der Wasserkessel gerade und ich bin ihm ehrlich dankbar. Ich drehe schnell das Gas am Kocher ab, um nichts zu verschwenden. Die Anschreib-Liste in dem kleinen Lebensmittelgeschäft wird länger und länger, ich muss am nächsten Wochenende jemanden finden, der für Sex ein bisschen was springen lässt.

„Oh, so lange kennen wir uns schon?", frage ich scheinheilig, während ich den Tee aufschütte. Wir teilen uns die Tasse, weil ich nur die von meiner Großmutter besitze. „Stimmt, ich beneide dich schon länger um die Dinger, weil man sie in so schöne Dessous stecken kann. Mit Schleifchen und Spitze."

Meine Ohren bekommen Besuch, weil ich ihr mein breitestes Grinsen präsentiere. Sie weiß, ich stehe nicht auf Damenwäsche, aber ich mag es glamourös. „An mir sähen Brüste viel besser aus."

„Wird das wieder so eine Manipulations-Geschichte, damit ich mich aufreizender anziehe?" Muffelig schaut sie an ihrem Körper herab. „Denkst du wirklich, das würde Orson gefallen?"

Leider fällt mir als Erstes ein, wie versonnen der gute Orson den männlichen Babybauch dieses Wolfs gestreichelt hat. Das geht gar nicht, ich deute das als persönlichen Affront gegen mich – und gegen Cat natürlich. Laut dieser Geste ist Orson wirklich ein Wolf, obendrein wirkte sie auf mich ziemlich schwul.

„Ich würde die Titten so in Szene setzen, dass er gar keine Chance hat, sie nicht zu bemerken." Okay, wir tun jetzt einfach mal so, als würde er sich für Frauen interessieren. Es wird schon schwer genug, seine Aufmerksamkeit auf Cat zu lenken. „Außerdem lässt du mich deine Augenbrauen trimmen und zupfen, dann lege ich dir ein dezentes Make-up auf und frisiere dich."

„Darf ich überhaupt noch ich selbst sein?", grummelt Cat.

So langsam hat sie das Problem erfasst. Aber ich muss mich ins Zeug legen, damit ich nicht jede Nacht auf die dünnsten Ästchen klettere, um mich halbwegs sicher zu fühlen. In eine Baumhöhle traue ich mich schon gar nicht mehr. Mein Name bedeutet mitunter ‚Sündenbock' und als solchen betrachtet sie mich gern, wenn sie frustriert ist.

„Lass dich einmal darauf ein. Wenn es nicht klappt, bist du wieder das süße Kätzchen, das du sonst bist."

Ich gurre die Worte beinahe, denn der erste Schluck Tee ist immer der beste. Das Assam-Aroma macht mich ganz benommen, zumindest trinke ich das Gebräu mit größerer Wonne als den Alkohol, den ich im Club in rauen Mengen genießen kann, wenn ich will.

Manchmal tue ich so, als hätte ich aus Versehen Drinks von zwei verschiedenen Männern angenommen und meine Verehrer kriegen sich in die Haare. Das ist ein Spaß, aber ich fliege beim nächsten Mal raus, hat mir Barney, der Türsteher, angedroht. Darum hatte ich auch bei Shawn keine Chance, mich herauszuwinden, nachdem ich seine Einladung akzeptierte. Im *Shapeshifter* verdiene ich bei Bedarf meinen Lebensunterhalt, ich sollte es mir also nicht mit Barney verscherzen, er ist ein echter Kumpel.

„Ich sehe dich schon nackt auf dem Baum", stellt Cat wieder erstaunlich vergnügt fest. „Soll ich dir dein Eiffelturm-Höschen hochwerfen, wenn ich unten stehe?"

Aaaah! Wir sind wieder beim Thema. „Das wäre ganz entzückend von dir."

Nur ungern stelle ich mir vor, was mein geschwollenes Ei von der rauen Oberfläche hält, und wie es in den Reißverschluss der Hose geraten könnte, wenn ich auf Unterwäsche verzichte.

Cat krallt sich kichernd an meiner Schulter fest. Offensichtlich verträgt sie keinen Tee und ich warte grimmig, bis sie sich wieder einkriegt. Jetzt würde ich gern einen Wurm zerlegen und das gibt mir wirklich zu denken. Schuhu!

„Was war das jetzt mit dem Panther? Ich habe ihn gesehen, als ihr abgezogen seid, er ist schon ein hübscher Bursche. So männlich." Cat schaut mich an und seufzt. „Viel zu schade für dich."

Ja klar, sie ist ja auch diejenige, die an jedem Finger zwei Kerle hängen hat. Da spricht die Eifersucht. Die heißesten Hengste sind schwul – und gehören mir.

Wir laufen gerade durch die Stadt, das ist mit meinem angeschlagenen Fuß recht mühsam. Aber es muss sein, wenn ich Cats Hilfe haben will. Es ist eine ganz schöne Strecke, ich wohne ja ein wenig außerhalb.

„Unser Timing war nicht so gut. Ich hatte plötzlich so ein Gummiteil mit Borsten im Mund." Ob sie wohl versteht, dass ich den Katzenschwanz meine? Eigentlich habe ich ihn viel zu schnell ausgespuckt, um zu wissen, wie er sich angefühlt hat. Aber den Geschmack habe ich nicht vergessen und der war okay.

„Du hast …?" Ihre Augen sprühen Funken und sicher würde sie einen Buckel machen, wenn sie gewandelt wäre. Dabei ist das ihre Spezies.

„Nur ganz kurz, ich bin doch nicht pervers", antworte ich betont entrüstet.

„Was ist dann passiert?" Ihr Blick wird lauernd, anscheinend habe ich sie voll am Haken mit meiner Geschichte.

„Nichts." Grinsend überlege ich, ob ich einfach losfliegen soll, ich muss mich ja sowieso wandeln, wenn ich auf dem Baum landen will. Es ist nicht mehr weit bis Shawns Garten, wir schleichen uns von hinten an das Haus. Nein, ich will ihm nicht begegnen. Bloß nicht!

„Patsy! Rück raus damit, du bist nackt herumgehüpft. Wie kam es dazu?"

Heheheeeeeee, da ist aber jemand angefixt, die Neugier bringt Cat fast um. „Ich musste mich retten. Aber dann war der Anzug das Opfer und brauchte dringend meine Hilfe."

Soll ich ihr von den Kratzern auf meinem Arsch erzählen? Von der heroischen Flatteraktion, bei der ich auf Kniehöhe versucht habe, das Blumenmuster zu schonen? Sicher nicht, das Klatschweib hat schon genug Spaß.

„Das Luftkommando gestaltete sich etwas mühsam. Ich musste alle Kräfte mobilisieren, um auf den Baum zu kommen", erkläre ich vage, den Rest kann sie sich bestimmt ausmalen. Immerhin hat sie eine sehr schadenfrohe Fantasie.

„Mehr war nicht?"

Okay, sie klingt wieder gelangweilt, als fände sie mein Abenteuer zum Einschlafen. Bei mir sind die Bilder noch sehr präsent, so schnell werde ich diese Flucht nicht vergessen.

„Habt ihr wenigstens gefickt?" Jetzt mustert sie mich intensiv und scheint zu überlegen, ob sich das mit mir wohl lohnt. Ihre Augen saugen sich wieder am Eiffelturm fest, der bei der Erinnerung an die Ereignisse plötzlich munter geworden ist.

Sie ist nicht die Einzige, die guckt. Einige Leute bleiben sogar stehen, wenn wir vorbeilaufen, es ist eine etwas spießige Gegend. Es wäre wohl besser gewesen, eine Hose überzuziehen – aber ich lege ja gleich den Anzug an. Obwohl der Schmutzfink erst in die Reinigung muss, bevor ich ihn erneut zum Ausgehen ausführen kann. Am Wochenende brauche ich ihn dringend, immerhin muss ich ein bisschen Geld nebenher verdienen, da will ich ordentlich aussehen.

„Wir sind nicht dazu gekommen. Ich habe nicht so lange gewartet, sicher hätte er sich wieder beruhigt. Aber die Gefahr hat mich gezwungen, schnell zu handeln", schiebe ich als Erklärung hinterher, um ihr doch noch ein bisschen die Dramatik klarzumachen. „Darum habe ich dich gefragt, ob du dich schon mal mit einer Wildkatze eingelassen hast."

Cat bleibt stehen wie vom Donner gerührt, dann lacht sie ungehemmt los. „Sei froh, dass du dich nicht gewandelt hast. So einen Federball wie dich hätte der Panther verschluckt und sofort wieder ausgefurzt."

Schuhu! Ich plustere mich innerlich auf und schaue sie vernichtend an. „Du bist doch selbst ein Fliegenpfiff. Rammelst du nur mit Hasen oder Ratten, damit du diejenige bist, die sich einen Happen danach gönnen kann? Da bleibt ja nicht viel Auswahl."

Streng klimpere ich mit den Augenlidern, aber ich verkneife mir jeden weiteren Spott. So fiese Sprüche wie sie habe ich schon lange drauf, trotzdem weiß ich, wann ich den Schnabel halten soll. Außerdem sind wir da, der Garten müsste direkt hinter diesem Busch liegen.

„Lauf nicht weg und warte unten auf mich. Ich fliege hoch und werfe dir den Anzug am besten zu. Pass auf, er sollte nicht unnötig im Dreck landen." Wir schleichen durch die Büsche und ich muss aufpassen, mich nicht am obligatorischen Jägerzaun zu verletzen. Ein geprelltes Bällchen reicht vollkommen.

„Was machst du, wenn der Panther auf der Lauer liegt?", fragt Cat mit einem Grinsen. „Immerhin gehören wir zur geduldigen Sorte und ich würde es mir nicht nehmen lassen, dich doch noch zwischen die Fänge zu bekommen. Schon aus Prinzip."

Ich schaue sie genervt an und muss mir wirklich ins Gedächtnis rufen, dass sie meine Freundin ist. „So schlecht habe ich auch wieder nicht geblasen. Er will mich nicht fressen, es hat sich nur unglücklich ergeben. Heute könnte ich sicher vernünftig mit ihm reden, ich verspüre nur so gar keine Lust dazu."

„Patsyyyy …", druckst Cat herum und betrachtet mich wohl plötzlich aus einem ganz anderen Blickwinkel. „Kannst du mir beibringen, wie man es gut macht? Noch bevor wir wieder ins *Shapeshifter* gehen?"

„Blasen?" Ich reiße die Augen auf und blinzle entsetzt. Wie soll ich das bitte anstellen? Aber sie scheint ja doch zu glauben, dass ich bei Orson etwas bewirken kann. Meinen Schwanz werde ich ihr zumindest nicht als Lernobjekt zur Verfügung stellen. „Besorg eine Banane, dann zeige ich es dir vielleicht."

Dafür müsste allerdings die Hölle zufrieren und die Maiglöckchen im Dezember blühen. Meine Zungenkunst behalte ich schön für mich, immerhin habe ich lange geübt, um sie zu perfektionieren.

Lippen sind ja nun viiiiel gefühlvoller als ein Schnabel, drum genieße ich es, an der Eichelsaite zu zupfen, sie zum Schwingen zu bringen und die Kehle unter brünftigem Stöhnen vibrieren zu lassen.. Dribbeln, sanfte Schläge, dann das Einkreiskommando mit dem finalen Hineintauchen als Crescendo. Das muss mir erstmal jemand nachmachen. Bei Shawn bin ich gar nicht dazu gekommen, alle Register zu ziehen.

Da ist der Baum. Tagsüber sind meine Augen empfindlich, darum muss ich sie mit der Hand beschatten, während ich den Stamm absuche. Die Pupillen lassen zu viel Licht hinein. Irgendwo auf halber Höhe müsste die Astgabel sein, in der ich meinen Schatz deponiert habe. Aber ich sehe keinen Zipfel davon.

Mir wird ganz schwummerig. Das Herz schlägt mir bis in den Hals, während der Kehlkopf auf und ab hüpft. „Er ist weg", kiekse ich kaum hörbar. „Mein Anzug."

„Ach, komm …", will mich Cat gerade beschwichtigen, aber ich höre kaum zu. „Patsy!"

Es kribbelt in meinem ganzen Körper, jede meiner Zellen wird in einer Welle davon erfasst, bis ich mich fühle, wie in einer Hitzewallung. Das geht bis in die kleine Zehe. Ich hyperventiliere beinahe und gebe seltsam verunglückte Krächzlaute von mir. Es kommt mir vor, als würde ich an einem Gewölle ersticken.

„Kwiaaauuuuuuuu! Kjuuuu!", schreie ich gellend meinen besten Alarmruf heraus und es fliegt doch tatsächlich ein kleiner Ball aus meinem Schnabel. Dann spüre ich die Luft unter meinen Flügeln und pumpe mich in die Höhe.

Da hätte mein Lieblingsanzug sein müssen, ganz, ganz sicher. Genau da! Panther klettern nicht unbedingt gern, aber hier ist mir jemand zuvorgekommen. Shawn hat ihn in Geiselhaft genommen! Meinen Schatz! Völlig kraftlos flattere ich auf den Ast.

Ich falle gleich vor Aufregung vom Stängel. Zu allem Überfluss höre ich das Kratzen von scharfen Krallen und sehe im nächsten Augenblick, wie mich zwei Augen fixieren: Im Halbdunkel des Blätterdachs leuchten sie in unheimlichem Grün. Jetzt hat mein letztes Stündlein geschlagen! Das Katzentier will mich endgültig vernaschen!

Das Letzte, was ich mitbekomme, ist ein unsanfter Pfotenstüber.

Kapitel 9

Ich hocke auf der Bank unter dem Wartehäuschen und schaue mir Cat an, die noch immer versucht, auf den hohen Hacken zu laufen. Bisher konnte ich ihr nur wenig weiblichen Charme einhauchen. Sie ist noch „graziöser" als ich mit meiner ausgeleierten Jogginghose.

„Soll ich es mal probieren?", biete ich ganz gentlemanlike an. Verzweifelt stakst sie durch den Regen, dabei wird ihr Gang immer hölzerner. Mit der Zeit ist sie nass wie eine Katze und es tut mir in der Seele weh, sie so zu sehen.

„Kommst du mit deinen Riesenfüßen in meine Pumps?" Ein verstohlenes Lächeln schleicht sich auf ihr Gesicht und verleiht ihr einen ungewohnten Ausdruck. Das sollte sie mal öfter tun, es steht ihr gut.

„Ich passe auch mit meinem ... in einen Tanga", bemerke ich wenig passend, wenn ich an ihre gestrigen Ambitionen denke, mich im Eiffelturm-Dress anzustarren. „Warum helfe ich dir eigentlich immer noch? Du hast mich vom Baum geschubst wie Fallobst."

Es schmerzt noch immer, dass sie den schwachen Moment der Trauer ausgenutzt hat, um ihre kranken Spielchen mit mir zu treiben. Der Schreck hatte mich in seinen Klauen, weil mein geliebter Anzug nicht da war. So eine zum Himmel stinkende Gemeinheit! Ich bin viel zu nachsichtig mit ihr.

„Ach Patsy, du Dramaqueen." Kichernd hält sie sich an meiner Schulter fest, nachdem ich aufgestanden bin. „Soviel ich weiß, hast du Flügel. Ist ja auch nichts passiert und du hast einfach so blöd aus der Wäsche geguckt, dass ich dich aufwecken musste."

Aufwecken? Sie hat mir fast einen Herzinfarkt beschert, weil ich im ersten Moment dachte, Shawn hätte mir aufgelauert. Aber auch diese kleine Kröte von Katze ist hinterfotzig genug, um mich ernsthaft zu gefährden. Besonders oft schaltet sie nicht ihren Verstand ein, bevor sie etwas tut.

„Das hast du nun davon. Mein Angebot, das Blasen direkt vom Meister zu lernen, ist leider hinfällig", knurre ich. Pech gehabt, Bitch. „Es reicht, wenn ich dein Äußeres aufpoliere, immerhin ist das die Grundvoraussetzung, überhaupt einen Lolli zum Lutschen zu bekommen."

Ihr langes Haar tropft, aber es ist so schön seidig, wie man es von einem Flauschfell kennt. Wenn man mich fragt, ist es das Schönste an ihr und sie pflegt es auch. Mich irritieren diese schrägen Augen, aber ich kann mit ein paar Kniffen zumindest optisch etwas daran retten. Ich selbst schminke mich nicht, trotzdem habe ich einen sicheren Blick für so etwas.

Das sollte ich mal probieren, ich bin gezwungen, beim nächsten Clubbesuch Jeans zu tragen, weil Shawn meinen Bling-Bling-Anzug hat. Meine Signale müssen deutlicher sein, sonst finde ich keinen passenden Lover, der ein kleines Taschengeld springen lässt. Nicht auszudenken, wenn ich plötzlich für einen Top gehalten werde. Weißes Hemd und Fliege wären wohl overdressed, obwohl das zur Jeans schon wieder klargeht.

Ein wenig sollte ich meine großen Augen mit Make-up betonen, aber nicht zu sehr. Sie fallen sowieso auf, wenn ich mit den Lidern klimpere. Die Wimpern sind schön lang und haben einen Schwung nach oben, für den mich Cat beneidet. Ich werde ihr mit der Zange zu Leibe rücken, um es ähnlich hübsch hinzubekommen.

„Zeig es mir, verdammt!" Jetzt ist die Dame richtig angepisst, sie ist umgeknickt und wirkt noch mehr wie eine Katze, die in den Gartenteich gefallen ist. Arme Pussy.

„Dein Vater war der Hofhund", spotte ich grinsend, denn ich weiß, wie ich sie zur Weißglut bringen kann. Wir schenken uns nichts und sie hat es mal wieder verdient. „Sollte ein Wesen, dem man Eleganz nachsagt, nicht zumindest einen kleinen Hüftschwung hinbekommen?"

Resigniert ziehe ich mir die Strümpfe von den Füßen. Mit den Dingern komme ich ganz sicher nicht in die Schuhe und ich will mich nicht blamieren. Das überlasse ich Cat, wenn sie Orson unfreiwillig um den Hals fällt, um sich festzuhalten.

Die Pumps sind eng, ich komme so gerade mit den Zehen hinein. Unter den besorgten Blicken meiner Katzenfreundin zwänge ich mich ins Leder.

„Lass es lieber", stoppt sie mich und verzieht das Gesicht zu einer theatralischen Grimasse. „Du machst sie nur kaputt. Kannst du es mir nicht barfuß vormachen?"

Schade, irgendwie will ich diese Hochhackigen anprobieren, aber ich weiß, dass Cat auch nicht mal eben neue kaufen kann, wenn ich sie mit meinem Gewicht ruiniere. Sie wohnt in einer Scheune, dort fängt sie Mäuse und Ratten. Wovon sie sonst so lebt, will sie mir nicht sagen, aber ich vermute, sie arbeitet als Aushilfe auf dem Bauernhof. Ist uncool, sie achtet sehr auf ihren Ruf.

Im Moment hält sich Cat ziemlich zurück mit ihren Bemerkungen. Daraus schließe ich, es ist ihr wohl ernst mit Orson und sie will nichts falschmachen. Respekt, sie bekommt das diesmal vielleicht sogar hin.

Nur ich bleibe der Käferfresser, der ich nun einmal bin. In meinem Hirn spuken noch immer Bilder von Shawn mit seinem Traumkörper herum, aber ich werde keine Chance haben, mehr als ein Fußabtreter für ihn zu sein. Er hat mich gesehen. Wie ein stolzer Adler hat das Manöver mit Sicherheit nicht ausgesehen und er wird nur noch Verachtung für mich übrighaben. Am liebsten würde ich ihm gar nicht mehr begegnen.

Es schmerzt in meiner Brust, aber ich schiebe das Gefühl weg. Ich schulde Cat ein wenig gute Laune, weil sie heute so locker drauf ist. So ist sie mir viel lieber als die bärbeißige Mieze, die sie sonst gibt. Wählerisch kann ich nicht sein, ich muss sie nehmen, wie sie ist, oder auf Gesellschaft verzichten.

Mehr als Cat habe ich nicht – verstoßen von meiner Familie und weit weg von den Freunden aus der Kindheit. Zuhause war niemand so wie ich, aber hier leben die Wandler derart anonym, man kommt sich vor, als wäre man der Einzige seiner Art. Auf einen schwulen Kauz kann ich wohl kaum hoffen.

Wenn ich ehrlich bin, will ich das auch gar nicht, der Aufregungsfaktor wäre gering bei so einer Verbindung. Ein bisschen etwas Gefährliches muss so ein Lover schon haben, sonst schlafe ich ein vor Langeweile. Shawn ist mit diesem zärtlichen Geschmuse schon genau nach meinem Geschmack, es ist wie das Kuscheln mit einer Splitterbombe. Dabei komme ich mir vor, als wäre ich viel mehr als so ein mickriger Vogel. Aber er hat mich auch für den König der Lüfte gehalten ...

„Lass die Schuhe, wir balancieren jetzt gemeinsam mit nackten Füßen über die Baumstämme", rufe ich beinahe euphorisch, um mich abzulenken. „Wenn du auf den Zehenspitzen laufen lernst, wird es weniger schwierig, bei den hohen Hacken das Gleichgewicht zu halten."

Ich muss auf meine Arme achten. Wenn ich zu sehr damit wedle und sie ahnt, dass ich dabei an meine Flügel denke, bekomme ich einen Schlag in den Nacken.

Cat ist sehr sensibel, wenn es darum geht, nicht benachteiligt zu werden. So ist das, wenn man in den Augen der Menschen für die Beseitigung von Ungeziefer zuständig ist. Meine Stellung ist da anders, ich stehe für die Weisheit und kann ihnen in der Nacht einen gehörigen Schrecken einjagen.

„Komm schon, du Hupfdohle!" Lachend kremple ich mir die Jogginghose hoch. „Schau auf meine Füße und mache es mir nach."

„Ja, ja", brummelt sie und zupft an den Nylon-Kniestrümpfen, die sie trägt. Das sind sowieso Liebestöter. Wer will schon mit solchen halbgaren Söckchen vor seinem Lover stehen? Strümpfe gehen nur, wenn sie bis zum Oberschenkel reichen und an einem Strapsgürtel befestigt sind. Dann sind sie heiß. Megaheiß.

Ein Stück in den Wald hinein, hinter meiner Busstation, haben Holzfäller ihr Lager aufgeschlagen und sich einige dicke Stämme zum Sitzen hingelegt. Die sind wunderbar für unsere Zwecke geeignet, nur ist die Oberfläche nach dem Regen sehr glitschig. Das wird lustig.

„Gib mir deine Hand, Patsy!", schreit Cat, nachdem sie auf einen der herumliegenden Bäume gestiegen ist. Sie will mich doch foppen. Als wenn eine Katze nicht die Balance halten könnte.

„Bist du eine Fußboden-Mieze? Du kletterst im Gebälk der Scheune herum und holst dir da die Schwalben und Spatzen." Argwöhnisch beäuge ich sie.

„Aber doch nicht als Mensch!"

Ihre Angst sieht echt aus und ich bin wirklich erstaunt. Soll das heißen, sie hat so gar keine animalischen Fähigkeiten, wenn sie sich gewandelt hat? Okay, jeder von uns ist anders, aber das schockt mich jetzt doch irgendwie. Wir wissen viel zu wenig voneinander.

Ich hüpfe mühelos auf den Stamm und reiche ihr meine Hand. „Du musst mir unbedingt bei einem Tee mehr darüber erzählen." Es ist nicht genug, selbst ein Wandler zu sein. Selbst von meiner besten Freundin scheine ich mich sehr zu unterscheiden, ohne auch nur etwas davon zu ahnen.

„Kann sein." Cat gibt sich wieder geheimnisvoll und zwinkert mir zu. „Wenn ich einen heißen Tee zum Auftauen bekomme."

„Sicher." Ich nicke huldvoll und spaziere einfach los. Hinter mir quietscht Cat vor Panik, während sie

61

sich über die nasse Borke hangelt und wie ein Bremsklotz an meiner Hand hängt. Na gut, ein wenig langsamer.

Schon bald füllt sich die Luft mit unserem albernen Gekicher und auch meine Beste hat ihren Spaß. Am Wochenende wird sie Orson wie eine Primaballerina entgegenfliegen. Das bekommen wir hin. Wenn es mehr nicht ist.

Kapitel 10

Endlich ist es soweit, wir haben Samstagabend und gehen gemeinsam ins *Shapeshifter*. Cat ist aufgeregt, als hätte sie einen großen Auftritt. Ist ja auch so, sie kann zumindest ihr anderes, besseres Selbst vorführen, zu dem ich ihr verholfen habe.

Ja, das Lampenfieber ist berechtigt. Bisher hat sie sich nicht besonders zurechtgemacht, es wundert also wenig, dass ihr begehrte Kerle wie Orson keine Beachtung geschenkt haben. Aber jetzt … ts, ts, tsssss. Echt, für eine Frau gar nicht so übel.

Ich habe mich auch in Schale geworfen und sehe mit einer Löcher-Jeans, einem schicken Hemd mit Stehkragen und einer brombeerfarbenen Weste rattenscharf aus. Natürlich bringen die Risse meinen Allerwertesten gut zur Geltung – falls noch Fragen offen sein sollten. Mein Gesicht ist blitzeblank rasiert. Für diesen Leckerbissen findet sich ganz sicher ein Käufer.

Wir sind wieder einmal auf dem Fußweg in die Stadt. So eine nervige Art, sich fortzubewegen. Vor allem mit Cat auf ihren hohen Pinnen. Der Regen hat nachgelassen, er zerstört also nicht diese wandelnden Kunstwerke, die wir heute sind.

„Wo lagerst du eigentlich deine blanken Schuhe? Sie sehen aus, als könnte man sich darin spiegeln", bemerkt Cat und lächelt mir verhalten zu. „Du wohnst doch quasi im Wald und scheißt selbst alles zu."

„Ich kacke doch nicht auf mein Zuhause!", dramatisiere ich mal ein bisschen. Die Schuhe stelle ich in den Schrank, ich lasse generell nichts liegen. Die Bus-station soll nicht bewohnt aussehen, wenn sich mal jemand dorthin verirrt. „Ob du es glaubst, oder nicht, ich erleichtere mich im Flug."

Sollte mal ein Häufchen mein Wartehäuschen tref-fen, ist das echt ein Unfall. Hey, ich bin ja kein Tier, das sollte sie doch wissen.

„Hahahhhahhhahhhahhhhaaaaaaaaaaaa!" Cat brüllt fast vor Lachen. „Das sind dann kleine Scheißbom-ben. Hast du damit schon mal jemandem auf den Kopf gemacht?"

Alle Haare an meinem Körper sträuben sich. „Na-türlich!"

„Was?" Sie reißt begeistert die Augen auf. „Wem?"

Es soll ein paar Lover geben, auf die ich nicht gut zu sprechen war, nachdem wir uns getrennt haben. Daran will ich mich nicht erinnern. Immerhin muss man auf alle verfügbaren Ressourcen zurückgreifen, wenn man nur zwanzig Zentimeter groß ist und ein Leichtgewicht.

„Egal, aber ich kann meine Biowaffen gezielt ein-setzen. Du solltest dich ducken, wenn demnächst ein Vogel angeflogen kommt."

„Ach, Patsy", stöhnt Cat und hält sich noch immer den Bauch. Leise kichernd stellt sie sich wohl vor, wen ich für sie vollkacken soll. Ich kann ihre Gedan-ken lesen, ist nicht weiter schwer. Dafür wird sie bei jedem Angriff von oben auf der Hut sein, auch das ist eine amüsante Vorstellung.

„Benimm du dich lieber wie eine Dame. Sicher willst du Orson nicht fragen, ob er schon mal jeman-den beschissen hat." Resigniert beäuge ich sie. „Das wirft kein gutes Licht auf deinen Gesprächspartner. Es ist gar nicht so schwer, ihm ein bisschen zu schmeicheln. Du hast einfach keine Ahnung vom maskulinen Ego."

Sie hat doch mich zum Üben, aber ich schüttle innerlich den Kopf. Ich habe ein Monster geschaffen, eine Mogelpackung. Unter ihrem wirklich passablen Make-up ist sie noch immer die alte Cat. Von Männern und ihren Bedürfnissen hat sie keinen Schimmer. Ein Seufzer entkommt mir und dafür kassiere ich einen Mörderblick.

„Bilde dir mal nicht ein, du wärst so männlich", nölt Cat und strafft ihren Rücken. Sie trägt die Titten hübsch vor sich her wie eine Brustwehr, genau, wie ich es ihr gezeigt habe.

Warum stört mich das jetzt?

„Habe ich das behauptet? Aber ich weiß, wie man mit den ach so überlegenen Alphas umgeht. Ich beobachte sie nicht nur aus der Deckung heraus und starre auf ihre dicken Pakete, wie du es zu tun pflegst."

Das hat gesessen. Ich versuche, sie mit einem wohlwollenden Blick zu betrachten. Die ganze Arbeit soll ja nicht umsonst gewesen sein. „Heute hast du keinen Grund, dich zu verstecken. Vertrau mir. Würdest du aussehen wie eine Vogelscheuche, hätte ich es dir längst gesagt."

Als Antwort faucht sie nur und hebt die Hand zur Kralle. Soll sie mir nur drohen, sie verdankt es mir, dass wir den abgefressenen Fingernägeln noch eine halbwegs ansehnliche Form gegeben haben. Die glattgefeilten Spitzen imponieren mir heute nicht.

So langsam geht mir dieses Herumgeschlender dank der Stöckelschuhe auf den Keks. Cat nimmt es sehr ernst mit dem eleganten Gang. Hier auf der dunklen Straße ist es aber kaum notwendig, schon mit dem Hintern zu rollen, als hätten wir Seegang.

„Kannst du dir das graziöse Hüftenschwenken für den Club aufheben? Wir kämen schneller vorwärts, wenn wir uns mit normalgroßen Schritten fortbewegten", schlage ich vor, bevor sie ihre Aggressionen an mir auslässt.

„Hast du wieder dicke Eier?"

„Wie kommst du darauf?" Verstohlen taste ich in meinem Schritt nach dem Bällchen, das sich gut erholt hat. Die Schrank-Geschichte vom letzten Wochenende wird sich nicht wiederholen, darum kreisen die Hormone ganz zuversichtlich durch meine Blutbahn.

Nur mein Herz ist irgendwie schwer. Shawn und ich hatten keinen guten Start. Alles war schön, bis ich einen Katzenschwanz ... Da ist das Bild schon wieder! Ich zwinkere es hektisch weg. Unser Treffen ist eben dumm gelaufen und jetzt kann ich ihm nicht mehr unter die Augen treten.

Leider laufen wir uns ganz sicher über den Weg, da es keine große Auswahl für uns Wandler gibt. Man geht ins *Shapeshifter* oder bleibt zuhause. Natürlich kann man sich auch unters Volk mischen, aber das macht kaum jemand. Wir besitzen unsere Eigenarten, mit denen Menschen Schwierigkeiten haben.

Meine bisherigen Liebhaber treffe ich auch immer wieder. Ich kann eine Rangliste führen und habe die Besten bereits gehabt. Sollte ich mich einem von ihnen in meiner Vogelgestalt gezeigt haben, prahlen sie trotzdem mit ihrer Eroberung. Männer eben, solche Geheimnisse sind dort gut aufgehoben.

So gehen mir nie die Interessenten aus, ich bin aber auch ein süßer Kerl und es lohnt sich, mich haben zu wollen. Im Moment bin ich nur etwas unlocker, weil ich ein paar Pfund verdienen muss, um meine Schulden zu bezahlen.

Das passt nicht zu den Gedanken an Shawn, ich sollte mir diesen schmusigen Kater ein für alle Mal aus dem Kopf schlagen. Seine Zärtlichkeit hat mich sicher nur so beeindruckt, weil ich weiß, welche Kräfte in dem durchtrainierten Körper stecken. Er hätte mich mit einem Hieb töten können. Hat er aber nicht, nur meine Arschbacke hat noch immer dicke Kratzer, die so gut wie verheilt sind.

Außerdem sollte ich böse auf ihn sein. Mein Anzug!!! Mein Schatz. Auch nach einer Woche tut der Verlust weh wie am ersten Tag.

„Gehen wir einfach etwas zügiger", gebe ich angefressen zurück, nachdem mich Cat von der Seite betrachtet hat und vor sich hin kichert.

Ja, ich bin eben hüpfelig, das liegt in der männlichen Natur. Immerhin habe ich fast dauernd den Kauz gegeben, nur für Cats Besuche war ich menschlich. In meiner humanen Gestalt hat Sex eine andere Dimension, der Orgasmus ist mehr als ein kurzer Schluckauf.

Die Leuchtreklame des *Palominos* taucht auf, das ist der Club, auf dessen Hinterhof unser *Shapeshifter* seinen Standort hat. Natürlich ist es ein Insider-Tipp, die Wandler-Bar besitzt kein eigenes Werbeplakat. Dafür machen die blinkenden Lichter schon auf der Straße Lust auf Vergnügungen jeglicher Art.

Wir werden von elementaren Bedürfnissen getrieben, das scheint uns nicht wirklich voneinander zu unterscheiden. Bei den Menschen ist das Ausleben des Paarungsdrangs allerdings verpönt, während wir wissen, dass wir der Natur zu gehorchen haben und uns ungeniert unseren Trieben hingeben. Wandler sind dem Animalischen etwas zugeneigter, darum bringen wir auch weniger Dichter und Denker hervor. Erst, wenn alle Wünsche des Leibes erfüllt sind, spielt das Hirn bei Gedankenakrobatik mit. Das kann sich kaum jemand leisten.

Erst beim Überqueren des Hinterhofs schaue ich Cat wieder an. Mit jedem Schritt wird mir mulmiger und es scheint ihr ebenso zu gehen.

„Bist du nervös?", frage ich leise.

„Ja." Sie atmet tief durch und nimmt meine Hand. „Danke für deine Hilfe, Patsy. Wenn ich es schaffe, Orsons Aufmerksamkeit zu gewinnen, dann heute. Du hast dir große Mühe gegeben."

Schon wieder dieses ungewohnte Lächeln. Mir wird das Herz ganz schwer, denn ich kann zum ersten Mal nachvollziehen, wie sie sich fühlt.

Alles nur wegen Shawn, dabei sollte ich mir ganz andere Sorgen machen. Große Katzen, kleine Katzen. Eigentlich vollkommen egal, ich umgebe mich mit den falschen Gefährten, es kann immer wieder brenzlig für mich werden.

„Schon gut." Meine Stimme klingt ganz kieksig. Ich. Will. Shawn. Nicht. Begegnen.

Galant lasse ich Cat den Vortritt, den Treppenab-gang zum Club hinunterzugehen. Ich möchte wissen, ob Barney ihre Veränderung auffällt, er hält mit derar-tigen Bemerkungen nicht hinter dem Berg. Ist viel-leicht ganz gut für ihr Ego.

Und was ist mit meinem? Im Magen hat sich ein flaues Gefühl eingenistet und es schmerzt in meiner Brust. Kann das jemand wegtun? Ich mag das nicht.

„Hallo Barney", begrüße ich den Türöffner, als er durch seine hochwichtige Klappe schaut.

„Wer ist das? Das ist doch nicht deine Mieze, o-der? Hast du sie einmal runderneuert?" Er grölt direkt los und ich sehe die Röte auf Cats Wangen.

„Ist ein Kompliment", raune ich ihr zu und drücke ihre Hand. „Der grobe Klotz weiß es nicht besser." Dann nehme ich all meinen Mut zusammen, als wir an dem bulligen Kerl vorbeilaufen: „Weißt du zufällig, ob Shawn hier ist?"

Ehrlich, meine Knie sind ganz buttrig, sie geben einfach nach. Ich fixiere Barney mit meinem Blick.

„Du meinst die große Miezekatze Shawn? Den hübschen dunklen Bengel mit dem Unterlippenbärt-chen?" Mit aufgerissenen Augen starrt mich Barney an und es kommt mir vor, als würde er mich nachäf-fen.

„Ja", krächze ich.

„Der ist da." Barney nickt geheimnisvoll. „Hat sich echt feingemacht. Da ist wohl ein neuer Lover am Start."

Wie ist das jetzt zu verstehen? Er spricht sicher nicht von mir. Oder doch? Plötzlich dreht sich alles um mich. Ob Shawn sich in einen anderen Mann verliebt hat? Vielleicht in diesen Archie? Das ist ein extrem süßer Mauswandler, den ich allerdings schon länger nicht hier im Club gesehen habe. Geht es ihm wohl gut? Seit ich ihn kennengelernt habe, fresse ich ungern Nagetiere. Shawn und Archie? Mir steigt der Blutdruck, ich bin kurz vorm Hyperventilieren und mir wird schwindelig.

„Alles okay, Patsy?", fragt mich Cat und mustert mich besorgt. Ich bin wohl sehr bleich geworden und wackelig auf den Beinen. Beherzt hakt sie sich bei mir unter, um mich zu stützen. So fürsorglich ist sie selten.

„Ja, ja, geht schon." Jetzt brauche ich was Hochprozentiges, das mir die Haare von der Brust ätzt. Ich habe nicht viele, aber auf die spärlichen Dinger würde ich heute auch verzichten.

Tommy, einer der beiden Barkeeper, schaut mir entgegen. „Waf darff ef denn fein?", fragt er.

Ihm fehlt vorn ein Schneidezahn, der ihm angeblich schon bald repariert werden soll. Er ist ein Leckerchen, wenn man von der Zahnlücke absieht. Wenn er seine Zunge hindurchschiebt, sieht es sehr obszön aus. Ganz klar meine Fraktion, er mixt göttliche Cocktails.

„Einen *Fex on fe Beatf*", bestellt Cat. Seine Art, zu reden, scheint auf sie abzufärben.

„Willft du mich verarffen, Fnecke?" Er mustert sie grimmig. „Der braucht einen Whifkey!"

Lachend knuffe ich Cat in die Seite: Das hat etwas von Slapstick. „Ihr seid genial, ihr zwei solltet gemeinsam auf die Bühne."

Jetzt schauen mich beide wenig begeistert an.

„Ich nehme einen doppelten Whiskey", beeile ich mich zu sagen.

So, wie ich mich gerade fühle, will ich keinen Ärger. Der ist aber vorprogrammiert, wenn es daran geht, die Zeche zu zahlen. Vielleicht kann ich Tommy dazu bewegen, noch einmal anzuschreiben.

„Da ist dein Panther." Cat reicht mir mein Glas und ich lächle Tommy strahlend an. Wenn er nicht sofort Kohle sehen will, macht er wohl noch eine Ausnahme. Sein Mundwinkel zuckt und er zwinkert mir zu. Glück gehabt.

„Was? Wo?", frage ich fast panisch, als mir der Sinn von Cats Worten ins Hirn sickert. Ich sacke in mich zusammen, dann ziehe sie in affenartiger Geschwindigkeit um die große runde Theke herum. Sie trippelt hilflos, so lässt sich gut lenken. Hier haben wir die Wand im Rücken und ich kann den Raum im Blick behalten.

„Er sieht uns ein wenig verwirrt hinterher." Kichernd zeigt Cat nach vorn, während ich vergeblich versuche, mich hinter ihr zu verstecken. Leider bin ich mindestens einen Kopf größer als sie. „Und da ist Orson", flüstert sie beinahe ehrfürchtig.

Ich sehe mich um und schaue dem Möchtegern-Bär-Wolf direkt ins Gesicht, während die aufgebrezelte Cat neben mir im Boden zu versinken scheint. Er steht Ellbogen an Ellbogen mit mir, ich bin erstaunt, ihn aus so kurzer Distanz zu betrachten. Wirklich schöne Augen und die Narbe auf seiner Wange fasziniert mich aufs Neue.

„Ich bin Orson." Ihn scheint unsere plötzliche Nähe auch nervös zu machen. Seine Hände sind unruhig und ständig in Bewegung. „Du musst Patsy Malone sein. Auf diesen Moment warte ich schon länger."

Die ganze Zeit zappeln seine Finger und meine Aufmerksamkeit rutscht vom Gesicht aus tiefer. Es zuckt in mir! Im nächsten Atemzug beuge ich mich blitzschnell vor, um den Wurm zu fangen. Erwischt!

„Au!", ruft Orson überrascht. „Warum beißt du mich?"

„Unkonzentriert. T'schuldigung", murmle ich mit hochrotem Kopf und lasse seinen Finger schnell wieder los.

Wenn ich unter Druck gerate, treffen sich manchmal die Nervenenden in meinem Hirn nicht richtig. Ich bin ein noch größerer Komiker als Cat und Tommy zusammen. Wie peinlich.

„Cheers!" Der doppelte Whiskey läuft herunter wie Öl. Den habe ich jetzt gebraucht. Ich werde fast schläfrig und blinzle zufrieden. Dann fällt mein Blick auf Shawn, der eine große herzförmige Schachtel unter dem Arm trägt.

Pralinen! Er hat jemandem Pralinen mitgebracht! Mit einem Keuchen stoße ich die Luft aus. Die Chancen, dass er meinen Anzug so verpackt hat, stehen schlecht, da würde er nicht hineinpassen. Also hat er einen anderen Kerl. Wenn ich diese miese Bitch zu fassen kriege!

Moment, es ist nicht der richtige Zeitpunkt für Schlammcatchen, ich muss mir ein bisschen Geld verdienen – und das soll Shawn sicher nicht mitbekommen. Ganz langsam schiebe ich mich hinter Orsons breiten Rücken.

„Möchtest du ein bisschen Spaß?", wispere ich ihm zu und höre Cats empörten Aufschrei. O nein, was mache ich da? Trotzdem, die Frage ist raus, das muss ich jetzt durchziehen. „Kostet dich nicht viel."

Es ist egal, wer oder was mich umbringt. Cat steht ganz sicher in der ersten Reihe der Kandidaten, aber ich will Shawn nicht unter die Augen treten. Obwohl ich ihm ja wohl egal bin, doch jetzt trage ich mein Kinn umso höher. Wenn ich schon untergehe, dann mit Grazie.

„Bin dabei", raunt Orson zurück und ich vermeide es, Cat anzusehen.

Ich weiß, was sie fühlen muss, mir reißt es auch das Herz heraus, so einfach von Shawn abserviert worden zu sein. Aber jetzt hat sie Gewissheit, zumindest fischt Orson an beiden Ufern. Mir zittert ebenfalls die Unterlippe, als ich aus meiner Deckung heraus sehe, wie Shawn die Menge mit Blicken absucht.

Himmel, er ist so hübsch und stattlich. Und mein Wortschatz ist einfach grottig, wenn ich in Gedanken Süßholz rasple. Noch nicht einmal dann bekomme ich es hin, ihn vernünftig zu beschreiben. Dabei hat sich sein Bild doch vor meinem geistigen Auge festgebrannt …

Mit Schwung dreht sich Cat auf den hohen Hacken um und rammt mir dabei ihren Ellbogen in die Rippen. „Du bist tot, kleiner Spatz!"

Ja, das bin ich wohl, ich habe es verdient. Sie rauscht mit einem Schnauben ab. Es ist gut, sie losgeworden zu sein, damit ich das Geschäftliche abwickeln kann. Ich bin ein Arschloch, aber mir steht das Wasser bis zum Hals.

Das war alles nicht so gewollt, Cat wehzutun, hatte ich wirklich nicht vor. Sonst hätte ich nicht so viel Mühe hineingesteckt, ihr auf die Sprünge zu helfen. Ich bin ein mieser Freund und auch sonst bin ich gerade nicht stolz auf mich.

„Lass uns gehen", murmle ich kleinlaut und schiebe mich neben Orson, um in seinem Schatten laufen zu können. Mit ein wenig Glück kann ich mich so an Shawn vorbeischmuggeln. Hoffentlich stolpere ich dabei nicht über meine Unterlippe, es fällt mir sehr schwer, meine Laune aufrecht zu erhalten. Das bin ich Orson schuldig, immerhin hilft er mir aus der Klemme.

Es geht einfach alles schief, seit ich meinen Lieblingsanzug verloren habe.

Kapitel 11

O Mann, o Mann, o Mann, war das knapp! Ich weiß nicht, warum Shawn Orson so genau beäugt hat, aber er hat nichts gesagt, als wir uns an ihm vorbeigeschoben haben. Er hat mich auch nicht gesehen, darauf habe ich geachtet. Aber sein skeptischer Blick klebte an meinem Begleiter. Warum?

Vielleicht war Orson dieser Kerl, auf den er gewartet hat. Waaah! Es durchfährt mich siedend heiß. Warum bin ich nicht früher darauf gekommen? Nur, weil Orson ein Kleiderschrank ist, muss er noch lange kein Top sein. Ich kannte mal genauso einen Riesen, der entpuppte sich als die größere Prinzessin von uns beiden. Auf Sissys steht Shawn.

Er ist allerdings nicht schüchtern, er wäre auf Orson zugegangen, wenn er etwas von ihm gewollt hätte. Galant hält mir mein Lover die Tür auf, der ach so langweilige Orson ist zumindest sehr aufmerksam. Dabei lässt er mich nicht aus den Augen, als wäre ich der große Fang. Ob er es auch so nötig braucht?

„Was machst du so?", fragt er mich sehr zurückhaltend.

Meint er das so generell oder hier und jetzt? Wenn er es schnell haben will, auch gern auf dem Parkplatz. Mir wäre es am liebsten, kurz für die Abzahlung meiner Schulden zu sorgen – danach kann es entspannter weitergehen.

Nur leider ist meine Lust geschrumpft, ich wäre jetzt gern der Mann, nach dem Shawn sucht. Schokolade mag ich sehr und allein der Gedanke, dass er mir so ein Herz schenken könnte. Hach, ich bin ein doofer Romantiker. Seit wann eigentlich? Bei unserem Treffen war ich Shawn noch zu zielstrebig, das ist so süß. Inzwischen würde ich es ganz anders genießen, ihn zu riechen und zu schmecken. Warum kann er es nicht sein, mit dem ich jetzt herumfummle?

„Du weinst, Patsy. Oder sieht das nur so aus, weil deine Augen so groß sind?"

Ich schlucke und schaue Orson blinzelnd an. „Alles gut, das sieht wohl nur so aus", sage ich ganz schnell und lächle ihn an. „Soll ich einfach mal anfangen? Oder hast du Fantasien, die ich umsetzen soll?"

Irgendetwas verrät mir, dass er keine Erfahrung mit solchen Situationen hat, und mein schlechtes Gewissen Cat gegenüber steigt wieder hoch. Verführe ich ihn und mache ihn ihr abspenstig? Das will ich doch nicht. Warum ist er mitgekommen, wenn er gar nicht daran interessiert ist, Sex mit mir zu haben?

„Bitte küss mich. Und wenn du dann so … mit der Hand vielleicht?" Seine Stimme klingt belegt, Orson ist aufgeregter, als ich gedacht habe.

Okay, Patsy, du bist der Boss. Reiben, Rubbeln, ein bisschen den Schwengel wedeln lassen. Keine große Sache, das würde auch Shawn so sehen. Nur küssen möchte ich Orson eigentlich nicht, ich muss ihm aber etwas anbieten, das … lass mich rechnen. Eins im Sinn und dann dazu die Zeche hier im Club. Nun, es sollte fünfzehn Pfund wert sein, dafür hat er einen ordentlichen Handjob zwischen den parkenden Autos verdient.

Gut aussehen tut er ja, da zuckt es in meinen Lenden. Wirklich groß ist Orson und sein Gesicht ist auf eine verwegene Weise hübsch. Ganz ähnlich wie

Shawn, er ist männlich, aber er hat nicht diesen leicht animalischen Duft, den ich bei meinem Panther so anziehend finde. Aus der Nähe dünstete er ein bisschen den Hauch von Gefahr aus, das pure Testosteron, das auch meine Hormone in Wallung bringt. Nur leider ist er nicht Shawn.

Jetzt weiß ich, warum ich einen Aktiven als Partner bevorzuge. Es ist viel leichter, Finger zu steuern, die bereits überall in Bewegung sind – statt einen kalten Motor zu starten. Habe ich wirklich zu Shawn gesagt, ich wäre ja nur zum Ficken da? Frostig wird es in meiner Brust. Zu dem Zeitpunkt war es vielleicht so, aber was ist dann passiert?

Die Sache mit dem Anzug hat uns irgendwie verbunden, seitdem hege ich diese irrationalen Vorstellungen von Shawn. Ja, er war zärtlich, aber das muss nicht heißen, dass da mehr zwischen uns war. Das wollte ich auch gar nicht, aber man wird seine Meinung doch mal ändern dürfen.

Leider will er dieses erbärmliche Hühnchen, als das ich mich ihm gezeigt habe, sowieso nicht mehr. Sicher war ich das geplante Abendessen, das ihm weggeflogen ist. Patsy, du bist ein Traumtänzer.

Ich ziehe Orson näher und schmiege mich an ihn. Zumindest auf meinen Schwanz ist mal wieder Verlass, er lässt mich nicht im Stich, also nehme ich seine Hand und lege sie darüber.

„Fühl mich, ich bin so hart wie sonst was", flüstere ich möglichst verrucht, ich muss ihn ja in Stimmung bringen. Auch ich taste mich mal vor. Seine Hose sieht aus, als ließe sich da eine ganze Menge entdecken. „Sind fünfzehn Eier für dich in Ordnung?"

Quids, Ocken, Schleifen, er wird mich schon verstehen. Fünfzehn englische Pfund eben. Ich hasse diese Verhandlungen und natürlich ist es gemein, dabei seine harte Erektion zu massieren. Er würde mir jetzt auch wesentlich mehr versprechen, denn er drängt sich gierig gegen mich. So sind wir Kerle, aber ich bleibe fair.

„Geht klar", keucht er und starrt mich an, wie jemanden, der eine Tür in eine neue Dimension für ihn aufstößt. Wenn ich ehrlich bin, wird mein Herzschlag doch ein bisschen schneller, als ich ihm über den Schritt streichle. Routiniert verschaffe ich mir Einlass in seine Hose und lasse seinen prachtvollen Freund herausfedern. Er fühlt sich gut an, ich spiele ein bisschen mit ihm.

Orsons Atem wird schneller, es hört sich an wie ein Hecheln. Gleich werde ich es wissen, ob er wirklich ein Wolf ist. Ein Wolf namens Bär, wie lustig.

„Mach langsam, das ist so gut", kommandiert er mit zittriger Stimme. Immerhin, das ist ein Anfang, vielleicht kehrt er seine dominante Seite doch noch heraus.

Während ich ihn mit den Fingern necke und seine Vorfreude auf der samtigen Haut verteile, stöhnt er immer abgehackter. Das Mütze-Glatze-Spiel beherrsche ich sehr gut, ich verschaffe ihm höchsten Genuss. Sein Küssen hat er ganz vergessen, darauf habe ich gebaut.

Beim Blick in Orsons Augen vermisse ich das katzenhafte Funkeln, das mich in der Erinnerung ganz fahrig werden lässt. Es ist so intensiv, dass ich sogar meine, ein leises Grollen aus den Büschen zu hören.

So hat sich Shawn angehört, nur hat es wesentlich genüsslicher geklungen. Selbst jetzt gehen mir die Vibrationen durch und durch.

Shawn hat mir seine Herrschaft gezeigt. Ohne seinen schnellen Abgang, mit dem ich noch nicht gerechnet hatte, wäre alles perfekt gelaufen. Seine plötzliche Wandlung hat mich überrumpelt, wahrscheinlich hat er sich nicht weniger erschreckt als ich. Dann der hastige Satz auf den Schrank, ich habe mich wie ein Idiot verhalten, schließlich hätte ich jederzeit wegfliegen können. Aber ich hatte ja nur den Anzug im Kopf – meinen Schatz.

Da leuchten Augen in der Dunkelheit und mir gefriert das Blut in den Adern. „Shawn", flüstere ich tonlos, lasse aber nicht nach in meinen Bemühungen. Ich schulde Orson seinen Erguss, wir haben einen Deal.

„Ich bin nicht empfindlich, aber bitte nenne mich nicht bei einem fremden Namen", keucht Orson. „Du machst das richtig gut, Patsy."

Bei dieser Anfeuerung könnte ich kichern, es macht mir nur Sorgen, dass ich mir schon einbilde, Shawn überall zu sehen. Ist das Besessenheit oder bin ich wirklich verliebt? Mein Puls rast los, ohne mich zu fragen. Mach das weg.

Lange dauert es nicht mehr, bis Orson kommt, sein Schwanz zuckt bei jeder Pumpbewegung. Dafür schnürt es mir den Hals zu, als das Grollen zu einem gut vernehmbaren Fauchen wird. So viel zu meinen Einbildungen, es pocht laut in meinen Ohren. Wenigstens sehe ich auf Orsons Gesicht das Herannahmen der Erlösung, ich darf jetzt nicht aufhören. Nur noch einen Moment, dann stehen sich ein Wolf und ein Panther gegenüber. Was dann? Dieser Clubbesuch ist eine einzige Katastrophe!

Ein Kiekser entkommt mir und ich spüre, wie mein Herz hilflos durch den Brustkorb flattert. Aber jetzt auf und ab, auf und ab. Immer schön gleichmäßig reiben, ich hasse es, wenn es im letzten Augenblick unrhythmisch wird. Meine Finger werden feuchter und feuchter. Kommt er? Nein, Orson schnauft zwar bei jedem Atemzug, aber er bleibt standhaft. Dafür halte ich vor Spannung die Luft an. Bitte, Shawn, versaue Orson nicht den Abgang!

Da!!! In kräftigen Schüben schießt das Sperma heraus. Endlich tropft es mir über die Hand und ich spüre, wie sich dieser massige Körper an meinem entspannt. Jetzt kann passieren, was will, ich habe mein Wort gehalten.

Mit einem Satz landet der riesige Panther direkt vor uns. Shawn brüllt wie in der Nacht, als er gegen den Türrahmen gedonnert ist, seine Fänge blitzen auf. Hoffentlich erfahre ich noch, warum ich sterbe. Es war schön mit euch.

Fassungslos starre ich auf die beschmierte Hand und in meinem Kopf befindet sich ein wildes Chaos. Da stimmt etwas nicht, aber gleichzeitig bereite ich mich darauf vor, mein Leben auszuhauchen.

Orson ist noch immer Orson, das ist es, was mich gerade verwirrt. Warum wandelt er sich nicht? Der Beweis für seinen Höhepunkt klebt an mir. Er verpackt seinen Schwanz wieder und zieht den Reißverschluss hoch. In dieser Situation wirkt die Geste auf bizarre Weise normal.

„Verstecke dich hinter mir!", ruft Orson und versucht, sich zwischen Shawn und mich zu schieben. Das ist wirklich mutig, denn es ist unschwer zu erkennen, wie sauer der große Miezekater ist. Ich habe keinen Schimmer, warum er so reagiert. Eifersucht? Komm schon, Patsy, haben wir diesen Traum nicht abgehakt?

„Was ist hier los?" Meine Verzweiflung bricht sich Bahn in einem Brüllen, das Shawns Fauchen übertönt. Das dumme Herz explodiert gleich, ich klimpere hektisch mit den Lidern. „Schon den ganzen Abend läuft hier alles quer! Nichts ist so, wie es soll, und das ist meine verfluchte Schuld."

Noch weiß ich nicht, was ich getan habe, um das Desaster auszulösen, aber ich bin mir ziemlich sicher, die Finger mittendrin gehabt zu haben. Verlegen verreibe ich den Schmodder auf meiner Jeans, die Sportflecken werden mich an dieses Chaos erinnern.

Das wütende Sprühen verschwindet plötzlich aus Shawns Blick und er senkt den Kopf. Dann stupst er mich mit seiner dicken Schnauze an. Da ist dieser tiefe vibrierende Ton wieder. Für einige Augenblicke halte ich die Luft an. Es ist seltsam, aber das Geräusch beruhigt mich, mein Puls rutscht gemächlich wieder dahin, wo er hingehört.

Ich schaue Shawn fasziniert in die Augen und schlucke, als sich das katzenartige grün-gelbe Schimmern immer mehr verflüchtigt. Passiert das wirklich? Noch nie habe ich so direkt zugesehen, wie sich jemand wandelt. Sein Körper verformt sich, die Gliedmaßen bilden sich aus, der Rücken krümmt sich. Zu guter Letzt verschwindet das Fell und macht heller Haut Platz.

In zusammengekauerter Pose hockt Shawn vor mir und streckt sich jetzt in die Höhe. Es knackt dabei in seinem Rücken, ich meine jeden Wirbel einrasten zu hören. Dann hält er sich die Hand vor die Mitte und grinst mich an. „Patsy."

Nackt und wunderschön steht er da, mit Muskeln wie aus Metall gegossen. Seine Hose liegt direkt neben ihm, er muss sie mit sich getragen haben. Praktisch, wenn man stark genug dafür ist.

„Entschuldige den dramatischen Auftritt", sagt er und schlüpft in seine Jeans. „Ich hoffe, ich komme nicht zu spät. Hast du diesem Typen schon etwas über uns erzählt?"

Meint er Orson? Der Mann steht da, wie vom Donner gerührt. Anscheinend war er auch noch nie Zeuge einer Fremdwandlung.

Was soll ich ihm über uns erzählt haben? Ich war noch nicht soweit, ihm mein Leid zu klagen und von meinem Liebeskummer zu berichten.

Das wäre auch unpassend gewesen, wir waren doch anderweitig beschäftigt.

„Geredet haben wir eigentlich nicht." Mehr als ein Flüstern will mir gerade nicht über die Lippen kommen. Ich verstehe noch viel weniger als vorher, aber es ist Shawn und er hat mich so lieb angelacht, dass mir fast das Herz stehengeblieben wäre. Das versucht es jetzt, durch Geschwindigkeit auszugleichen.

„Ich weiß, was ihr gemacht habt", knurrt Shawn. Ja, natürlich, er ist ein Lauerjäger wie Cat. Er hat sich angeschlichen und mit seinem feinen Gehör alles mitbekommen. Könnte ich bitte im Boden versinken?

Plötzlich gibt sich Orson einen Ruck und zeigt auf Shawn. „Dieser Kerl verfolgt mich schon seit Irland. Er weiß, dass ich zufällig über die Kauz-Wandler gestolpert bin und mehr darüber herausfinden wollte. Ich habe durch dich, Patsy, eine ganze Welt entdeckt, von der ich nichts geahnt habe."

Mit offenstehendem Mund starre ich ihn an. Ich höre die Worte, aber ich verstehe nicht ihren Sinn. Gerade war ich noch in einem vermeintlichen Beziehungsdrama und jetzt geht es um Welten?

Shawn schnippt mit den Fingern vor meinen Augen und ich zucke zusammen. „Bist du da, Patsy?"

Sanft legt er mir seine Hand in den Nacken und zieht mich näher. Da ist der geliebte Raubtiergeruch wieder. Dann berührt er meine Unterlippe ganz zart mit dem Mund. Ein Schauer überläuft mich.

„Hiergeblieben!", ruft Shawn plötzlich scharf und lässt mich los, um Orson an der Schulter festzuhalten. Offensichtlich will er abhauen. „Wir sind noch nicht fertig miteinander. Er ist kein Wandler, Patsy, er hat dich nur als Informanten benutzen wollen. Orson Thackel ist ein Mensch! Und nicht nur das, er ist obendrein ein Enthüllungsjournalist, der dir nachgereist ist, weil er dich als das schwächste Glied deines Eulen-Clans identifiziert hat."

Was? Was? Was? Orson wollte mich ausquetschen, um an Insiderwissen über meine Spezies zu kommen? Das wird ja immer schöner! Meine Gefühle sind sowieso schon in Wallung, ich bin kurz davor, überzukochen. „Ich hätte dir den Finger abbeißen sollen, du Parasit!"

Ich bin so fassungslos. Gerade Orson hätte ich das nicht zugetraut, mich so hinters Licht zu führen. Wollte er mich nach dem Stelldichein interviewen? Das Trommeln in meinen Ohren wird immer heftiger. Dafür habe ich mich ins Zeug gelegt, es schön für ihn zu machen?

Ungehalten befreit sich Orson aus Shawns Griff. „Ist ja schon gut, zum Glück war nur mein Finger in Gefahr." Sein Blick wechselt zwischen Shawn und mir hin und her, er scheint abzuwägen, wie tief sein Kopf in der Schlinge steckt. Vor einem Panther kann er nicht fliehen und er hat hautnah mitbekommen, wie so ein aufgebrachter Kater aussieht. Das wird er nicht riskieren.

Orson hebt grinsend die Hände, um uns zu beschwichtigen. „Seit ich über das *Shapeshifter* Zugang zu der Wandler-Community bekommen habe, sehe ich die Dinge ein wenig anders. Meinen ursprünglichen Plan, einen Zeitungsartikel zu schreiben, habe ich längst verworfen. Dafür seid ihr einfach zu faszinierende Wesen."

Meine Lippen kribbeln noch immer dort, wo Shawn sie berührt hat. Das hätte ich jetzt gern intensiv ausgekostet. Aber so langsam begreife ich trotzdem das Ausmaß der Geschehnisse. „Du wolltest das Geheimnis um unsere Existenz auffliegen lassen? Damit hättest du unseren Untergang besiegelt!"

Mich hat Orson als Werkzeug für die Hexenjagd einsetzen wollen, die er damit in Gang gesetzt hätte. Das „schwächste Glied", ich bin eine wandelnde Schwachstelle. Diese Geschichte könnte ich mehr als persönlich nehmen. Schuhu! Ich schicke ihm einen Raubvogelblick, immerhin steht noch immer auf meiner Member Card, dass ich ein Adler bin … wobei Orson als Erster etwas von meiner Schummelei mitbekommen hat. Und Shawn!

Schwungvoll stoße ich meinen Zeigefinger gegen Shawns nackte Brust. „Du hast gewusst, dass ich ein Kauz bin! Dieses ganze Gerede von Adlerchen und so." Ich bekomme gerade Schnappatmung und überlege, einfach wegzufliegen. Weg von dieser ganzen verlogenen Bande, wo niemand ist, wer er vorgibt, zu sein.

Auch Shawn hat mich benutzt. Heute Nacht war ich der verfluchte Köder für Orson, damit er seine Falle zuschnappen lassen konnte. Wer ist dieser Kerl überhaupt? Die Wandler-Polizei? So etwas gibt es nicht, soviel ich weiß. Bockig verschränke ich die Arme.

„Mit Leuten wie euch will ich nichts mehr zu tun haben. So viel Manipulation kann ich nicht ertragen. Für euch habe ich meine beste Freundin endgültig verloren, sie wird mir nie verzeihen, was ich ihr angetan habe." Den dicken Kloß im Hals bekomme ich kaum noch heruntergeschluckt.

Ich sollte zurück nach Irland gehen. Dann falle ich zumindest in meiner Heimat einsam vom Baum. Den ich mit meinem Körper dünge. Vielleicht scheißt dann jemand aus meiner Familie auf mein Kompost-Grab und ich bin nicht mehr so allein.

„Du weinst schon wieder", sagt Orson kleinlaut.

„Gar nicht!" Ich brülle ihm mitten ins Gesicht. Er soll den Zorn der Käuze spüren, wir werden heftig unterschätzt. Jetzt würde ich ihm gern die Augen aus-kratzen, ich habe sehr spitze Dolche, am rechten und am linken Fuß.

„Entschuldige, Patsy, es tut mir leid. Können wir nicht Freunde sein? Mittlerweile möchte ich die Ge-staltwandler erforschen, sie interessieren mich sehr. Aber ich werde euer Geheimnis bewahren." Orson hält mir die ausgestreckte Hand hin. Zerknirscht fügt er hinzu: „Eigentlich stehe ich auch nicht auf Männer, aber es hat mir trotzdem gut gefallen."

So? Sagt hier überhaupt noch jemand die Wahr-heit? Ich ignoriere die Versöhnungsgeste und in mei-nem Inneren breitet sich eine große Leere aus. Dann habe ich auch noch Schulden, das mit dem Handjob war ja nur ein vorgeschobener Wunsch. Darauf kommt es jetzt auch nicht mehr an. Wenn ich unter-tauche, werde ich sowieso nicht mehr der Kauz sein, der ich mal war.

Warum höre ich nichts von Shawn? Er sieht mich noch nicht einmal an.

„Schiebt euch das alles in den Arsch!" Ach ja, Or-son ist ja nicht schwul. Und er ist auch kein Wolf.

„Oder lasst es einfach. Ist mir egal. Ich bin weg."

Als ich mich umdrehen will, spüre ich Shawns Hand auf meiner Schulter. Sie wiegt gefühlte Tonnen, diese Pranke nagelt mich regelrecht am Boden fest.

„Du gehst nirgendwohin. Ich schulde dir mehr als eine Erklärung, mehr als eine Entschuldigung", raunt er mir von hinten ins Ohr und ich spüre seinen warmen Körper an meinem. „Beginnen wir mit einem heißen Bad, danach ein gutes Essen und ein Bett."

„Mein Anzug!"

So locker lasse ich ihn nicht davonkommen, aber das Angebot hört sich im Moment zu tröstlich an, um es abzulehnen. Ich richte meine imaginäre Krone und drehe mich mit hoch erhobenem Kinn um.

„Und deinen Anzug", fügt Shawn zögernd hinzu, was mich in Angst und Schrecken versetzt. Meine Augen verengen sich zu Schlitzen. „Alles ist gut, Patsy. Bitte vertrau mir."

Verdient hat er es nicht, aber eine traurige Pirsch durch den Wald, um meine spärliche Mahlzeit zusammenzusammeln, klingt weit weniger einladend. Ich will weder wirklich in Tränen ausbrechen noch mich schmollend zurückziehen. Heute bin ich der Boss, Kätzchen.

„Und dich sehen wir nächsten Samstag im *Shapeshifter*", wendet Shawn sich an Orson. „Ich habe dich im Auge, komm nicht auf komische Ideen."

Er will ihn einfach so gehenlassen? Ganz ohne wilde Drohungen? Der Mann ist eine wandelnde Zeitbombe, wenn er bezüglich seiner Pläne gelogen hat. Die Verantwortung möchte ich nicht auf meinen Schultern tragen.

„Aye." Ein wenig unsicher sieht dieser Verräter schon aus, aber ich glaube ihm sein Anliegen irgendwie. Aus der Sicht eines Menschen müssen wir wirklich magische Geschöpfe sein. Ich weiß selbst nur wenig über andere Wandler, also teile ich seine Neugier. Das kann spannend werden.

Winkend zieht Orson von dannen. Der Kerl sieht so unschuldig aus, ich werde niemandem mehr glauben können. Aber jetzt lasse ich mich verwöhnen. Sofort!

„Warum sagst du nichts, Patsy? Ich habe lautstarke Vorwürfe und Verwünschungen erwartet. Stattdessen sitzt du schweigend neben mir." Betreten schaut mich Shawn von der Seite an, als wir mit dem Wagen in die Straße mit dem wunderschönen Knusperhäuschen einbiegen. „Bist du sehr verletzt?"

„Für wen waren die Pralinen?" Ich könnte mich verfluchen, die Worte kommen einfach so herausgeschossen. Nein, ich bin nicht eifersüchtig. Nur enttäuscht, aber dem kann ich scheinbar keinen Ausdruck verleihen. Die blöde Angeberkarre hätte mich schon stutzig machen müssen. Man verliebt sich nicht in einen Aufreißer, bei dem es in der Natur liegt, schnelle Abenteuer zu suchen. Das habe ich nie gewollt.

„Drängt dich diese Frage mehr als das Schicksal deines Blümchenanzugs?"

Oooooh, er ist so ein gemeiner Sack! Jetzt hat er mich eiskalt erwischt. Was soll ich darauf antworten, ich werde ihm ganz sicher nicht verraten, dass er mir seit Tagen durchs Hirn spukt. Ich hätte einfach dabei bleiben sollen, nur meinem Spaß nachzugehen. Monogamie wird überbewertet, wenn es so ein Angebot an starken Hengsten gibt.

„Lass mich, ich bin stinksauer", knurre ich und diesmal klingt es auch so. „Gib mir meinen Anzug, dann verschwinde ich."

Wenn er mir so kommt, will ich seine Versprechen nicht einlösen. Ein tieftrauriger Kauz im Wald passt wesentlich besser zu meiner Stimmung. Ich will eskalieren und mein Leid betrauern. Immerhin habe ich neben meinem Herzen auch die einzige Freundin verloren – und Cat wird es mir heimzahlen.

„Mit dem Pralinenherz wollte ich dich um Verzeihung bitten", erklärt Shawn leise, ohne mich anzusehen. Er lenkt den Wagen in die Einfahrt des Hauses. „Bitte komm mit zu mir und hör dir meine Darstellung der Dinge an. Das Letzte, was ich vorhatte, war dir wehzutun."

Das Herz springt schon wieder durch meine Brust, aber ich versuche zumindest, mich cool zu geben. „Wo ist es jetzt?" Schokolade könnte die Rettung sein, Schokolade heilt alle Wunden.

„Da stand eine Frau so verloren herum. Ich habe es ihr in die Hand gedrückt, bevor ich diesem Orson Thackel gefolgt bin." Forschend sucht er meinen Blick. „Dich habe ich nicht gesehen, es hat mich überrascht, euch gemeinsam auf dem Parkplatz anzutreffen."

Cat! Sicher ist es ihr eine Genugtuung, sich mit meinem Geschenk vollzustopfen. Falls sie ahnt, dass es meine Pralinen waren. Okay, ich gönne ihr den Trost, ich schulde ihr noch was.

Betont unschuldig erwidere ich den Blick. „Ich bin direkt neben ihm gelaufen. Er ist ja recht massig, ich habe dich auch nicht wahrgenommen."

Spätestens jetzt sollte ich die Unterhaltung schnell in eine andere Richtung lenken. Ich will unseren Deal nicht zum Inhalt des Gesprächs machen. „Fang mal beim Anfang an. Offenbar klebt ihr mir beide schon seit Irland an den Hacken."

„Gehen wir doch erstmal rein. Im Haus lässt es sich besser reden." Shawn steigt aus und läuft um den Wagen, um mir dann die Autotür aufzuhalten.

Ist er sehr bemüht, mich einzulullen, oder meine ich das nur? So sehr viel besser als bei meinem ersten Besuch kenne ich ihn noch immer nicht, aber er benutzt meinen Anzug nicht als Druckmittel. Das spricht für ihn.

„Wie wurde Orson auf meine Familie aufmerksam und wie hängst du damit drin?", frage ich noch einmal zur Verdeutlichung, während ich ihm zögernd auf die Veranda folge. Die Rosen dort verströmen jetzt in der Nacht einen betörenden Duft.

Shawn verdreht die Augen. „Ich dachte, nach deiner Pralinenfrage, du wärst ein wenig an Gefühlsdingen interessiert. Wenn du willst, bringe ich die Fakten schnell auf den Punkt, danach können wir den Abend genießen. Erlaubst du mir, meinen Fehler wiedergutzumachen?"

„Von welchem Fehler sprichst du genau?" Nach dem überraschenden Ende meiner geschäftlichen Begegnung mit Orson bin ich noch immer pissed. Was soll ich glauben und was war sowieso nur vorgespielt? Meine Gefühle würde ich lieber heraushalten, bevor ich nicht mehr weiß.

Ich verrenke mir gerade wieder den Hals, weil ich das Innere des Hauses so mag. Abrupt bleibt er stehen und dreht sich um, also laufe ich natürlich in ihn hinein.

„Holla, so stürmisch", befindet Shawn spöttisch und legt die Arme um mich. „Bitte, Patsy, ich entschuldige mich in aller Form, weil ich dir nicht gesagt habe, warum ich dich mit nach Hause genommen habe. Ich wollte dich näher kennenlernen, aber für mein eigentliches Anliegen, Orson das Handwerk zu legen, wäre das gar nicht notwendig gewesen."

Ja, doch ... Er musste wissen, ob ich mich als Köder eigne. Oder als Mahlzeit, dann wäre ich auch keine Gefahr mehr gewesen. Die personifizierte Schwachstelle ist ja voll die Plaudertasche. Aber ich warte mal auf die nähere Erklärung, bevor ich das bemerke.

„Als ich dir aus Irland gefolgt bin, warst du der einsamste Vogel, der mir je untergekommen ist." Ich muss gar nicht antworten, Shawn spricht einfach weiter. „Durch Orson kam ich auf die Spur deines Clans und habe euch beobachtet. Alle hatten einen Partner und eine eigene Familie, nur du hast immer allein herumgesessen."

Vielen Dank, genau diese Art von Mitleid habe ich jetzt gebraucht. „Ich hatte auch ein Leben. Nur wollte ich es nicht länger, sie haben mir alle das Gefühl gegeben, falsch zu sein."

Bei meinen Worten nickt Shawn und vergräbt seine Nase in meinen Haaren. Er schnuppert und ich spüre im Geiste wieder die dicke Schnauze, die mich anstupst. „Das weiß ich. Nur wusste ich auch, dass Orson bei dir ein leichtes Spiel haben würde, wenn er dich umgarnt. Der Kerl wollte sich in dein Vertrauen schleichen, das konnte ich nicht zulassen."

„Ach, wirklich?" Mit aller Kraft stoße ich Shawn von mir. Schön, wie er meinen Schmerz zusammengefasst hat. „Dann hast du gedacht, es wäre ja so viel besser, wenn *du* dich in mein Vertrauen schleichst."

„Na ja, ich hatte nichts Böses mit dir vor!" Die Entrüstung in seinen Augen ist echt, sie sprüht genauso lebhaft in dem Grün, wie die Wut, die ich schon bestens kenne. „Ich habe zufällig gesehen, was er gesehen hat, und bin ihm gefolgt. Dann habe ich nachgeforscht und herausgefunden, dass er ein Journalist ist, und mir war sein Plan klar."

Gib mir einen Wurm zum Zerrupfen! „Du hast also genauso gedacht wie Orson. Wolltest du auch den Pulitzer-Preis gewinnen und berühmt werden?"

Zerknirscht steht er in der Küche und wagt es kaum, mich anzusehen. Mein stolzer Kater ist gerade nicht größer als Cat. Er holt eine große Auflaufform aus dem Kühlschrank. „Ich stelle das Essen in den Backofen und lasse uns ein Bad ein."

Das hat er sich ja fein ausgedacht. Der Junge aus dem Wald ist leicht zu beeindrucken, den kann man mit ein bisschen häuslichem Getue um den Finger wickeln. „Hast du den Abend schon vorher geplant? Erst die Pralinen, dann machen wir es uns gemütlich? Fehlt ja nur noch ein Blumenstrauß."

Ein wenig verlegen schiebt er sich vor den Tisch, der bereits gedeckt ist. Ich habe die Rosen gesehen, sie scheinen aus dem Garten zu sein. Das ist furchtbar süß.

Shawn verschränkt die Arme und sieht mich grimmig an. „Ja, so habe ich mir das vorgestellt. Das sollte schließlich eine umfassende Entschuldigung werden. Was habe ich dir getan, dass du so unversöhnlich bist?"

Ich will zu einer wilden Anklage ausholen und schließe den Mund schnell wieder. Dann schlucke ich hart, der Kehlkopf hüpft aufgeregt über meinen Hals.

„Gar nichts", stelle ich mit einem Kieksen fest. Eigentlich war es sehr anständig von ihm, mich vor Orsons Aushorch-Attacke zu beschützen. Ich hätte unsere Art ans Messer geliefert, ohne auch nur das Geringste davon zu ahnen.

Dass unser verkorkstes Schäferstündchen plötzlich heftige Gefühle in mir aufwallen lässt, ist nicht seine Schuld. Eigentlich verstehe ich es selbst noch nicht, da müssen meine Gene durchgeschlagen sein, die mir vorgegaukelt haben, er wäre der für mich bestimmte Partner fürs Leben. Eulen-Tick. Schuhu.

„Mir ist klar geworden, wie verletzlich wir sind, egal, wie stark wir uns als Einzelne fühlen." Lächelnd streichelt er mir über die Wange. „Es gefällt mir, wenn du glatt im Gesicht bist. Du siehst so jung aus, ich möchte auf dich aufpassen, Patsy."

Mist! Ich komme aus dem Blinzeln gar nicht mehr heraus. „Gehen wir in die Wanne? Das leckere Essen verbrennt sonst." Mir hat noch nie jemand ein Bad eingelassen, ich bin doch ziemlich gerührt. Außerdem habe ich noch immer klebrige Finger und fühle mich dreckig.

„Ich hätte dir nichts getan", raunt mir Shawn zu, während er an den Wasserhähnen herumhantiert. Es braust schön heraus und mir wird ganz wohlig. Der Einfachheit halber bin ich ihm hinterhergedackelt. „Auch als Panther weiß ich sehr genau, was ich mache. Raus aus den Klamotten!"

Da hat er mir einiges voraus, das weiß ich noch nicht einmal immer, wenn ich in meiner Menschengestalt bin. Beim Ausziehen kichere ich vor mich hin, während ich daran denke, wie ich Orson in den Finger gebissen habe.

Es ist so schön, die Wärme zu spüren. Das Wasser umschmeichelt mich und ich werde angenehm müde. Hoffentlich verwandle ich mich nicht unwillkürlich zurück, denn es ist anstrengend, in der Menschengestalt zu bleiben. Wenn ich so einschlafe, wache ich als Kauz wieder auf, weil sich mein Körper in seine natürliche Form zurückbewegt. Im Moment möchte ich eine Wandlung vermeiden, ich hoffe, dass Shawn zu mir kommt.

Die Annehmlichkeiten seines Hauses tun mir gut, ich fühle mich wohl bei ihm. Jetzt wird mir bewusst, wie armselig mein Leben ist. Schon eine Tasse Tee ist für mich ein Luxus, von so einem Vollbad wage ich normalerweise gar nicht zu träumen. Mit den Zehen spiele ich zwischen den dicken Schaumbergen und lasse es plätschern. Ich habe es ein wenig übertrieben mit dem Badezusatz, aber das Zeug roch so fein.

„Geht es dir gut?“, fragt Shawn leise, als er an die Wanne tritt.

Er lässt seine Jogginghose einfach fallen und steht nackt vor mir. Das kann ich nicht beantworten, ich habe einen fetten Frosch im Hals. Okay, da fängt das Blinzeln schon an. Statt etwas zu sagen, klappere ich wie wild mit den Lidern. Was für ein Körper! So richtig in Ruhe konnte ich ihn noch gar nicht betrachten … mein Adamsapfel fährt mal wieder Aufzug.

„Sehr gut“, bringe ich krächzend heraus.

„Fühle dich wie zuhause.“

„Lieber nicht.“ Ich murmle die Worte deprimiert, denn mir ist nur allzu klar, dass ich bald wieder im

Wald sein werde, wo es in den Nächten schon emp-findlich kühl ist.

Shawn lächelt und ich glaube, er versteht, was ich meine. „Rutscht du ein Stück?"

Langsam steigt er zu mir ins Wasser und ich hocke zwischen diesen kräftigen Schenkeln, die ich mit Küssen bedecken möchte.

O ja, den Schwanz spüre ich an meinem Hintern, er ist ziemlich unternehmungslustig, ich konnte einen kurzen Blick darauf werfen. Irgendwie kommt mir alles so unwirklich vor. Aber es ist schön, so darf es weitergehen. Mein Herz trommelt zumindest mächtig schnell.

„Wenn wir gleich gegessen haben, wirst du dich noch besser fühlen. Das verspreche ich dir", flüstert Shawn an meinem Ohr und legt die Arme um mich. Ich höre wieder das leise Schnurren, das er sogar beim Reden aufrechterhalten kann. „Du musst nicht so leben, Patsy."

Was meint er? „Mit Käfern und Würmern?" Genüsslich kuschle ich mich an ihn. „Aber ich bin nun einmal ein Kauz."

Mit den Fingern zupft Shawn an den Haaren unter meinem Bauchnabel. Hmmm, das fühlt sich alles so gut an. Das Sehrohr reckt sich auch schon aus dem Wasser und schaut, ob es ein paar Streicheleinheiten geben könnte; es prickelt im Unterleib.

„Wahrscheinlich weißt du gar nicht, welche Gestalt deine wirkliche ist. Du kennst es von deiner Familie nicht anders, aber du kannst problemlos als Mensch leben." Jetzt hat Shawn meinen Schwanz entdeckt und schon die erste Berührung lässt ihn zucken.

Seit Ewigkeiten hatte ich keinen schönen Orgasmus mehr, ich bin wie ausgehungert. Das ist schlecht, es wird nicht lange dauern, wenn er so weitermacht. Seine Finger sind geschickt, er spielt mit meinen Bällchen. Soll ich dieser schwierigen Unterhaltung wirklich folgen können?

Ich und als Mensch leben, der Kerl hat einen Humor. Leider bin ich ein Pleitegeier, ich kann nichts und muss mit dem Insekten-Büffet vorliebnehmen. Er hat gut reden, immerhin besitzt er ein Haus und offensichtlich auch Geld – woher er das auch immer nimmt.

„Nicht jetzt." Es ist nur ein Stöhnen, ich muss mich diesen Empfindungen einfach hingeben.

„Lass dich verwöhnen." Sanft knabbert Shawn an meinem Ohr und reibt seinen Kopf an mir. Der schmusige Kater kommt durch, das ist so wundervoll. Als er mich zärtlich küsst, lehne ich mich weiter zurück. O jaaaaa, ich überlasse mich ganz seinen erfahren Händen. Das ist verheerend für meine Gefühlslage, ich wollte doch vernünftig sein. Aber das rückt in weite Ferne, genau wie jeder klare Gedanke.

Hmmm, das ist gut, immer schön langsam streicheln und locken. Zwischendurch reibt er schneller und greift fester zu. Weiter, ja, ja, jaaaaaaaaaaaaaa. O wow!!! Ich hechle wie ein Hund und lege den Kopf in den Nacken. Dann sprudle ich, während sich mein Körper versteift. Jaaaa, das Kribbeln geht mir durch und durch, es gibt immer neue Schübe.

Und ich paddle als glücklicher Kauz zwischen den Schauminseln. Völlig erschöpft drehe ich mich auf den Rücken und breite die Flügel aus. Jetzt lasse ich mich einfach treiben. Das war saugut.

Wie aus weiter Ferne höre ich Shawns Lachen. „Du kleines Ferkel, du liegst genau in deinem Schmand." Ja, die Soße schwimmt oben. Ich mittendrin. Bah!

„Halt mal still, Federbällchen. Wir nehmen den Badeschwamm, dabei darf ich euch nur nicht verwechseln."

Schon werde ich gesäubert, das Ding hat wirklich meine Größe und eine ähnliche Form. Na, warte, komm nicht auf komische Ideen, mein Freund. Ha! Er drückt mich kurz unter Wasser, aber ich habe Auftrieb wie eine Ente. Wenn er nicht brav ist, spiele ich U-Boot des Grauens und zwicke ihn da, wo es wehtut.

„T'schuldige, das war zu verführerisch." Schmunzelnd zupft er mir die letzten verklebten Federn auseinander. Wie fürsorglich. Ich mache es mir auf seinem Bauch gemütlich und döse fast ein.

„Okay, ich nutze jetzt den Moment und bitte dich, mir zuzuhören, Patsy." Shawn sieht mich fragend an. Bevor ich mein Gefieder aufplustere und mich putze, nicke ich demonstrativ. Auch als Kauz liebe ich ein Bad.

„Ich habe viel über uns Wandler nachgedacht und bin zu einigen Ansichten gekommen, die meiner Meinung nach uns alle betreffen. Unter anderem gehöre ich ja zu einer Spezies, die sich etwas schwertut, in der animalischen Form herumzulaufen, da ich nicht in diese Fauna passe."

Gemächlich öffne ich ein Auge, damit er sieht, dass ich ihm zuhöre. Mit einem Flöten signalisiere ich meine Zustimmung. Obwohl ich zugebe, verdammt wenig über andere Wandler zu wissen, ich bin höchstens ein Experte in Steinkauz-Fragen. Allerdings hat er recht, ein ausgewachsener Panther in der Gegend von London würde einiges an Aufsehen erregen.

„Das größte Tier, das hier heimisch wäre, ist ein Fuchs, soviel ich weiß. Wölfe gehören schon nicht mehr hierher, sie fallen auf, vor allem im Rudel. Darum bleibt uns nichts weiter übrig, als im Alltag in der Menschengestalt zu bleiben." Er macht eine kurze Pause und ich nicke erneut. Aus seiner Sicht ist das Wandler-Dasein in der Tat ein wenig anders. Interessant, so habe ich das noch nicht gesehen.

„Ich betrachte mich in erster Linie als Mensch und erst in zweiter als Panther, das gibt mir ein anderes Selbstverständnis. Findest du nicht auch, es tut dem Ego gut, sich nicht als Kreatur zu fühlen? Das meinte ich, als ich gesagt habe, *du* kannst das ebenfalls, Patsy." Schmunzelnd fährt er mit den Fingern durch mein Federkleid und krault mir dann den Kopf.

Was gäbe ich darum, auch so schnurren zu können! Ich strecke genüsslich meinen Hals und überlege, was ich von dieser Betrachtung halte.

Bin ich ein Mensch, der sich in eine Eule verwandeln kann? Oder bin ich ein Kauz, der vorübergehend Mensch ist, wenn er die Energie dazu aufbringt?

Da ich von Hause aus ein Hungerleider bin, hat sich diese Frage nie gestellt. Meine Familie ist arm und ohne Geld ist ein Leben in der zivilisierten Welt unmöglich. Es hat auch noch nie einer der Malones geschafft, etwas aus sich zu machen.

Shawn hört nicht auf, mich zu kraulen, gleich kugle ich zurück ins Wasser, wenn ich nicht aufpasse. Aber es ist sehr verlockend, mich seiner Meinung anzuschließen, es fühlt sich nur zu groß für mich an.

„Könntest du dir vorstellen, hier mit mir zu wohnen? Immer einen vollen Bauch zu haben und die Geborgenheit einer Umarmung?"

Ich verstecke meinen Kopf unter dem Flügel. Hat er diese Frage wirklich gestellt? Meine Augen füllen sich mit Tränen, das darf er nicht sehen. Ich weine nicht! Man hat mir beigebracht, mein Schicksal anzunehmen. Nur mich wollten sie nicht mehr, als ich anders war als sie.

Mit einem Satz bin ich aus der Wanne gesprungen und flattere auf den höchsten Punkt im Badezimmer. Oben auf der Glastür der Dusche bleibe ich sitzen. Vor Unbehagen löst sich ein Häufchen, das auf die Fliesen klatscht. Wie unsäglich peinlich ist das denn? Bitte, lass mich wie ein Stein vom Sockel kippen.

Kapitel 15

Ich habe mich wieder gewandelt und darauf bestanden, den Klecks selbst wegzuwischen. Meinen Stolz habe ich schon viel zu oft heruntergeschluckt. Trotzdem weiß ich noch nicht, ob dieses Leben für mich bestimmt ist.

„Du kannst jederzeit wieder in den Wald zurückkehren, wenn es dir bei mir nicht gefällt", sagt Shawn nach einer langen Zeit des Schweigens, in der ich in dem tollen Essen herumgestochert habe, das er für mich gekocht hat. Der Tisch ist hübsch gedeckt und mit einem großen Rosenstrauß geschmückt. „Die Entscheidung ist nicht endgültig und ich wäre dir dankbar, wenn du mich an deinen Gedanken teilhaben lässt."

Dieser Mann ist so toll, ich bekomme schon wieder feuchte Augen. Ich sollte mich selbst mal zwicken. Er bietet mir seinen Schutz und vielleicht sogar mehr. So ganz kann ich es noch nicht einordnen.

„Warum tust du das?", frage ich und schiebe mir endlich eine Gabel von dem Ragout in den Mund. Das ist sehr lecker. Hmmm, das Gemüse auch, obwohl ich von Erbsen immer pupsen muss. Aber in Menschengestalt kleckere ich zumindest nicht unkontrolliert.

Shawns Blick ruht auf meinem Gesicht, während er in aller Seelenruhe weiter isst. „Als ich Orson Thackle damals beobachtet habe und dabei auf dich aufmerksam wurde, kam bei mir ein ganz komisches Gefühl hoch. Du wirktest so verletzlich und dann habe ich bemerkt, wie schutzlos wir alle sind. Alle

Wandler. Niemand sorgt dafür, dass wir unentdeckt bleiben, jeder achtet nur auf sich. Nicht nur du standest ganz allein da, das geht den meisten von uns so."

Langsam verstehe ich. „Ich finde es faszinierend, wie vielfältig wir sind. Darüber weiß ich nur wenig. Aber du hast recht, ich bin eine Schwachstelle, wie es viele von der Sorte gibt. Ein unbedachtes Wort und unsere Existenz fliegt auf."

Mein Appetit wächst und ich haue jetzt richtig rein. Es fühlt sich an, als wären sämtliche Speicher leer, die ich jetzt füllen muss. Vielleicht hat Shawn ja recht, wenn ich mich ordentlich ernähre, kann ich viel stärker sein.

Lächelnd sieht er mir dabei zu. Jede seiner Bewegungen ist so geschmeidig und kraftvoll, er ist voller Energie. Ich bin dagegen nur ein Hühnchen, das gern der König der Lüfte wäre. Er *ist* ein König und hat auch das majestätische Auftreten. Mehr als der Löwe, dem ich schon begegnet bin.

„Falls du dich wunderst, warum ich Orson habe laufenlassen …" Shawn lacht leise. „Ich habe ihm Tommy zur Gesellschaft hinterhergeschickt. Mal sehen, ob unser Herr Reporter vertrauenswürdig ist, aber Tommy hat noch nicht Alarm geschlagen."

„Tommy, der Barkeeper?" In er Tat, ich habe mich gefragt, ob Orson wirklich so harmlos ist. Aber Shawn verhält sich nicht so unvorsichtig, wie ich kurz dachte.

„Er gehört zu uns."

„Wer? Lispel-Tommy? Und wer sind *wir*?" Jetzt erstaunt mich Shawn ja doch. Wandler sind wir bis auf Orson alle, aber dem Gemeinschaftsgedanken begegne ich zum ersten Mal. Ich bin ehrlich stolz, dass er mich auf derselben Stufe sieht, wie sich selbst.

„Schau mal, Patsy, wir sitzen alle im selben Boot und haben gleich viel zu verlieren." Mit der Gabel zeigt er auf mich. „Diese Sichtweise ist bei den eher mächtigen Wandlern sicher nicht populär, aber wir müssen unser Geheimnis zusammen verteidigen. An wen würdest du dich wenden, wenn du wie Orson denkst?"

Bevor ich antworte, atme ich tief durch. „Ich würde mich an das schwächste Mitglied der Community heranmachen, weil ich dort leichtes Spiel habe. An einen Mauswandler oder einen hasenfüßigen Karnickelwandler." Die Käuze lasse ich jetzt bewusst heraus.

„Genau", sagt Shawn schmunzelnd. „Die Starken müssen die Schwachen beschützen, weil sie am ehesten angreifbar sind. Wir haben diese Einsicht noch nicht gewonnen, es kämpft jeder gegen jeden und ausschließlich für sich selbst. Es gilt das Faustrecht. Die Wölfe kommen der Lösung unseres gemeinsamen Problems mit ihrem Rudelleben bisher am nächsten."

Die Wölfe. Ob Orson aus diesem Grund so getan hat, als gehöre er zu ihnen? Aber das ist mir gerade zu hoch. „Willst du deshalb, dass ich bei dir einziehe?"

Ich weiß, ich schulde Shawn noch eine Antwort auf die Frage und ich tu mich sehr schwer damit. Es wäre so schön, mit ihm zu leben, aber ich mache mir doch nur etwas vor.

„Du willst den anderen zeigen, dass du einen Kauz unter deine Fittiche genommen hast, richtig? Um glaubwürdig rüberzukommen." Das ewige Blinzeln lässt sich leider schwer abstellen, ich konzentriere mich und schaue Shawn fest in die Augen.

„Mach mir keine Angst, Patsy." Mit einer Serviette putzt er sich den Mund ab und der kleine Bart unter der Lippe sträubt sich lustig. Daran würde ich so gern mit dem Schnabel knabbeln und zupfen.

„Angst?" Ich schlucke hart. Wovor sollte Shawn wohl Angst haben.

„Ich sehe den Adler in dir", schnurrt Shawn. „Du bist so ein süßer kleiner Kerl mit einem Kämpferherzen. Wenn du es erlaubst, werde ich damit prahlen, dich als Partner an meiner Seite zu haben. Für unsere Sache und für mein persönliches Vergnügen."

Entrüstet reiße ich die Augen auf. Beim Sex darf er mich hart herannehmen, aber ich bin sicher nicht sein Tanzsklave! Tanz, Bällchen, tanz! Eher friert mir ein Ei im Winter ab, oder auch zwei. Schuhu!

„Siehst du? Genau das meine ich, du lässt dich nicht unterbuttern. Egal, wie groß meine Zähne und Pranken sind. Das gefällt mir."

Wenn er das mag, bekommt er gern noch einen Raubvogelblick. Ich sehe übrigens von allen Eulen am meisten aus wie ein Adler.

„Ab ins Bett, Patsy! Du bringst meine Hose zum Kochen, wenn du mich so anschaust", raunt mir Shawn zu und steht langsam auf. Seine Größe ist imponierend.

Oh, das kribbelt. Und wie das kribbelt. Ich bin gut gesättigt und zu allen Schandtaten bereit. Heute will ich ihm endlich richtig gehören, ich will ordentlich genommen werden.

„Schaffst du es, vor mir zu kommen?"

„Mach dir keine Sorgen, Kleiner. Selbst, wenn ich noch in dir stecken sollte, wenn du dich verkauzt, ist dein Hintern sofort nicht mehr da, wo er vorher war. Ich werde dich nicht verletzen, egal, wer zuerst die Erlösung erreicht." An den Hüften schiebt er mich langsam rückwärts, bis wir von der Wand in meinem Rücken gestoppt werden.

Komm schon, mein starkes Männchen, ich bin jetzt ganz Dein. Und ich versuche, mir nicht dauernd unnötige Gedanken zu machen. Bei Shawn bin ich sicher, das fühle ich deutlich. Wenn nicht, hat er zumindest ein Auto, um mich schnell ins Krankenhaus zu fahren – oder sowas. Ein Kichern steigt in mir auf, das alles trägt den Kitzel des Risikos in sich, den ich schon beinahe vergessen habe.

„Nimm mich endlich in Besitz", hauche ich vor seinem Mund, als er sich nähert und gemächlich an meiner Lippe spielt. Als ich mir einen Kuss stehlen will, weicht er zurück.

„Ich habe noch immer das Sagen, auch, wenn ich deine Wünsche respektiere. Darf ich dich jetzt fesseln, oder fehlt es dir nach wie vor an Vertrauen?" Während er das fragt, beißt er mir zärtlich in den Hals. Schauer rieseln über meinen Rücken, eigentlich kann ich gar nicht denken.

„Wenn du mich am Bett festbindest, kann ich nicht zurück in den Wald. Dann müsste ich bei dir bleiben und in diesem tollen Haus mit den wunderschönen Rosen leben", stelle ich vorsichtig fest. Ich hole gerade zu meiner Antwort aus, aber ich bin auch gespannt, ob er sein Angebot wiederholt.

„Das wäre wohl so", schnurrt er an meinem Ohr und reibt seinen Kopf sanft an mir. Mein Schmusekater markiert mich. „Trau dich, Patsy. Du gibst deine Freiheit nicht auf, sondern probierst es nur mal mit einem anderen Lebensstil. Wenn du mir erklärst, dass dir die Käfer und Würmer fehlen, kannst du jederzeit wieder gehen."

Hach! Innerlich bin ich ein dicker, fett aufgeplusterter Wonnekauz. Da fällt mein Blick plötzlich auf eines der Sofakissen, unter dem ich ein Stück Stoff hervorlugen sehe, das mir sehr bekannt vorkommt.

„Mein Anzug!", entfährt es mir. Hektisch winde ich mich aus Shawns Umarmung und springe auf die Couch zu. Als ich unter das Kissen greife, ziehe ich einen zerrupften Fetzen hervor. Das Rosenmuster ist schmuddelig und kaum noch zu erkennen. „Ich … ich … mein Schatz!" Die Stimme versagt mir und ich halte den kümmerlichen Rest in die Höhe. Es war das Jackett, das jetzt hauptsächlich aus schmalen Stoffstreifen besteht. Zerrissen und geschändet.

„Warum hast du das getan?" Anklagend halte ich ihm die Überreste entgegen, nachdem ich die Schnappatmung überwunden habe. Es dröhnt in meinen Ohren.

Shawns Wangen überzieht eine Röte, er senkt den Blick. „Ich wusste nicht, wie ich es dir sagen soll."

Noch immer wortlos ringe ich die Hände. Im Moment muss ich dagegen ankämpfen, wegfliegen zu wollen. „Wieso?", flüstere ich nur und reiße die Augen weit auf. Ich muss einen Freund zu Grabe tragen.

„Erst wollte ich den Anzug für dich zur Reinigung bringen, aber dann hat er so gut nach dir gerochen, dass ich ihn ... zerschmust habe." Zögernd schaut Shawn mich an. „Zu Beginn habe ich mich daran gerieben und damit herumgewälzt, dann kamen die Krallen dazu."

Aus meiner Brust löst sich ein kieksender Laut. So hat er ihn also getötet, einer Hinrichtung gleich. Ich bin fassungslos!

„Patsy, ich bitte dich um Verzeihung. Es ist mit mir durchgegangen, weil du mir so gefehlt hast. Nach unserem viel zu kurzen Date wollte ich mehr von dir, aber du bist einfach in die Lüfte gestiegen." Shawn lächelt verhalten. „Du hältst mein Katerherz fest in deinen scharfen Dolchen."

Für ihn war unser kleines Stelldichein ein Date? Ich habe den Drink unbesehen angenommen, eigentlich war es gar nicht meine Entscheidung, sondern eine Unabwendbarkeit. Ich habe mich von Orson ablenken lassen. Das war ein Blowjob mit Folgen, mit denen ich nie gerechnet hätte. Arbeitet so das Schicksal?

„Seit ich den traurigsten Kauz der Welt gesehen habe, muss ich ständig an dich denken, Patsy. Du hast mir so viel beigebracht, mir die Augen geöffnet. Niemand von uns muss allein sein. Ich gehe mit dir einkaufen und wir suchen den schönsten Anzug von allen für dich aus, nur bitte bleib bei mir."

„Wo ist die Hose?", höre ich mich trotz allem fragen.

So ganz habe ich mit dem Verlust noch nicht abgeschlossen, ein Freund ist nicht einfach ersetzbar. Unpassender Weise muss ich ausgerechnet jetzt an Cat denken, die ich ebenfalls verloren habe.

„Im Schlafzimmer, aber bitte sieh sie dir nicht an." Shawns grüne Augen leuchten im Dämmerlicht des Hauses, das ist mir vorher gar nicht aufgefallen. Ob das bei mir auch so ist?

„Was hast du ihr angetan?" Da ist die Panik wieder, ich höre das Geräusch von zerreißendem Stoff.

„Die Hose hat ein paar Flecken, die ich dir ungern erklären möchte." Spöttisch grinsend nimmt mir Shawn das Jackett aus den Händen und küsst mich einfach.

Ganz langsam komme ich wieder runter. Badumm, badumm, es trommelt heftig in meiner Brust. Mit der Zunge streichelt mich Shawn und es kribbelt in meiner Jeans. Ich habe ziemlich genaue Vorstellungen, was er getrieben hat, dieser Lustmolch. Aber ich kann es kaum glauben, seine Fantasie derart beflügelt zu haben.

„J-Ja." Ich weiß gar nicht, ob seine Frage zu der dusseligen Antwort passt, aber ich habe mich diesmal bewusst entschieden. Von einem, der auszog, die Liebe zu finden … Hach, jetzt kribbelt mein Herz genau wie meine Bällchen.

Kapitel 16

„Darf ich mich wie eine Kühlerfigur oben draufle-
gen?", frage ich mit einem breiten Grinsen, als Shawn
und Orson meinen Kleiderschrank aus dem Wartehäuschen der Bushaltestelle schleppen.
Grandmas Teetasse und ein paar Habseligkeiten drücke ich an mich, die spärlichen Klamotten sind drin-
geblieben.

Ich bin so stolz auf meine starken Männer, aber
ein bisschen Wehmut ist auch dabei. Hier habe ich
immerhin recht lange gewohnt. Das ganze Dach ist
voll mit Käferbeinen, weil ich sie nicht mitessen mag.
Dort oben habe ich oft vor mich hin geknabbert und
über das Leben nachgedacht.

„Wo hast du den massiven Kasten her? Der
Schrank wiegt Tonnen", keucht Orson, der uns freiwillig hilft, weil er wohl ein schlechtes Gewissen hat.
Tommy hat bestätigt, dass er nach der Unterhaltung
mit Shawn keine dummen Sachen angestellt hat. Anscheinend hat er seinen Plan, die Existenz der Ge-
staltwandler ans Licht zu zerren, wirklich aufgegeben.

Shawn beschwert sich nicht, sondern küsst mich
im Vorbeigehen. Mein Katerchen hätte sicher nichts
dagegen, mich als Sahnehäubchen auf dem Schrank
mitzutragen.

„Der war schon da, als ich hier eingezogen bin."

Die Frage ist gar nicht übel, ich wüsste auch gern,
was dieses Möbelstück schon erlebt hat. Irgendetwas
hat ja auch für die klemmende Tür gesorgt. Aber als
ich ein Zuhause gebraucht habe, war es einfach da.
Mitten im Wald an einer verlassenen Busstation. Jetzt

kommt der Schrank mit in das Haus, weil er alles ist, was ich besitze, wenn man seinen Inhalt dazurechnet.

„Ob es richtig ist, ihn zu verschleppen? Vielleicht will er nicht mitkommen", frage ich Shawn und Orson schnaubt.

„Hättest du dir das nicht überlegen können, bevor wir mehrere Manöver gebraucht haben, um das Ding überhaupt heraustragen zu können?" Gemeinsam mit Shawn setzt er seine Last ab.

„Zumindest können wir nicht behaupten, er hätte sich nicht gewehrt", gebe ich zu bedenken und lasse mich von Shawn in seine Arme ziehen.

„Ich möchte, dass er in deinem neuen Heim steht, damit du nicht das Gefühl hast, etwas zurückgelassen zu haben", flüsterte er mir zu und grinst.

„Kannst du dafür sorgen, dass Cat nicht länger böse auf mich ist?" Es ist ein schwacher Versuch, aber Shawn soll ruhig wissen, dass ich auch ein Leben habe, nicht nur ein paar sentimentale Werte, die ich mitten in der Pampa zurücklasse.

„Ich kenne deine Freundin leider nicht näher", sagt Shawn ernst, weil er sich sofort um alles kümmern möchte. Aber hallo, ich muss auch mal selbst etwas auf die Reihe bekommen. Es fühlt sich zwar gut an, wenn sich jemand um mich sorgt, aber alles kann und soll er mir nicht abnehmen.

„Reden wir von dieser scharfen Braut, die du letztens ein wenig verärgert hast?", erkundigt sich Orson jetzt erstaunlich interessiert. „Ich habe sie zum ersten Mal so richtig wahrgenommen, als wir zusammen an der Theke standen, aber ich hätte mich auch nicht getraut, sie anzusprechen."

Natürlich nicht, Orson hatte ja auch genug damit zu tun, schwangere Wolfsmänner zu betatschen. Ob er wirklich hetero ist, wie er behauptet? Ja nun, das könnte ich jetzt herausfinden und vielleicht Cats Groll auf mich ein wenig mildern.

Sie hat ihm also gefallen, als ich ihr geholfen habe, sich zurechtzumachen. Damit ist er ein ganzer Kerl und ich weiß, worauf die Jungs stehen.

„Lass bloß die Finger von meiner Freundin. Das kleine Biest ist anspruchsvoll, da müsstest du dich so richtig ins Zeug legen, um bei ihr zu landen." Einen Anreiz habe ich ihm schon mal gegeben, jetzt muss er sie nur noch ernsthaft wollen.

„Du bist kein Wandler, Orson, womit gedenkst du sie zu beeindrucken?"

„Meinst du, ich habe eine Chance bei ihr?"

Klasse, er hat angebissen. Unser neuer Erforscher der Wandler-Geschichte hat nur noch ein Ziel im Kopf. Hoffentlich vergisst er darüber nicht seine anderen Aufgaben. Morgen ist das erste Treffen unserer neuen Allianz.

„Das liegt an dir." Ein wenig Mut sollte ich ihm machen.

„Du kleiner Filou", raunt mir Shawn zu. „Was dir an Größe fehlt, hast du uns allen an Schläue voraus." Genüsslich klatscht er mir auf den Hintern. Dann packt er sich wieder sein Ende des Schranks. „Los, Mensch! Reiß dich mal zusammen!"

Grummelnd hebt Orson das Gewicht und sie schleppen sich weiter ab, bis sie den Anhänger erreicht haben. Zur Straße ist es ein ganzes Stück durch unwegsames Gelände.

„Habe ich schon erwähnt, dass ich ein Symbol der Weisheit bin?", bemerke ich wohlwollend, während ich den beiden eine Wasserflasche reiche. Sie sitzen auf der Ladefläche und haben sich eine Erfrischung verdient. Dabei klettere ich auf Shawns Schoß. Meine wohlgehüteten Kleinigkeiten sind sicher in einem Karton verstaut.

„Natürlich bist du das", murmelt Orson und verdreht die Augen.

Ihm fehlt der Großmut, den Shawn besitzt. Mein Panther hat es nicht nötig, sich auf seine Stärke etwas einzubilden, er ist sich dieser sehr bewusst. Darum kann er auch andere neben sich gelten lassen und ihre Vorzüge loben. Aber ich werde schon etwas finden, womit ich meinen Gemütskater pieksen kann. Es muss doch eine empfindliche Stelle geben, die auch ihn aus der Ruhe bringt, sonst wird es auf Dauer langweilig.

„Patsy ist genau das, was wir für unser Vorhaben brauchen. Ich muss lernen, die Perspektive unserer Schützlinge einzunehmen und die Umstände aus ihrer Sicht zu betrachten", erklärt Shawn ernsthaft. Dabei habe ich doch nur einen Witz gemacht, um Orson zu ärgern. Für einen Menschen ist er ganz fix im Kopf, er lässt gern den Gelehrten durchblicken. Dabei ist er doch nur ein Schmierblatt-Schreiber.

„Ja, ich bin wichtig für die Bewegung." Darüber muss ich selbst lachen. Ich glaube, ich habe gefunden, was Shawn nicht mag. Er nimmt sein Projekt sehr wichtig.

„So besonders in den Hüften bin ich sehr agil, ich habe diesen Schwanz geritten wie beim Rodeo." Meine Aussage untermale ich mit einer affektierten Handbewegung. Prinzessinnen-Power!

„Patsyyyy!!!" Orson reagiert genauso, wie ich gehofft habe. Auf zu schwul kann er nicht. Das ist ein Spaß, denn beide sehen mich strafend an.

„Ich glaube, ich sollte dir den keinen Hintern mal weichklopfen", brummt Shawn und schmunzelt. „Obwohl du wirklich sehr beweglich bist."

„Das wollte ich nicht wissen. Genießt doch einfach schweigend." Kameradschaftlich boxt Orson Shawn gegen die Schulter. Demnächst werde ich ihn damit aufziehen, wie sehr ihm meine Handarbeit gefallen hat.

Hach ja, ich vermisse Cat. Wie gern würde ich ihr erzählen, was sich gerade in meinem Leben abspielt. Ich bin so ein glücklicher Kauz und kann das mit niemandem teilen. Mein eigener Kater weiß es schon und meine Katzen-Freundin würde mich eher fressen, als mir zuzuhören und sich mit mir zu freuen.

Ich kann nur hoffen, Orson genug angestoßen zu haben. Wenn das nicht gereicht hat, werde ich ihn zum richtigen Zeitpunkt kräftig schubsen. Mehr kann ich gerade nicht für Cat tun, wobei ich zugebe, es auch für mich zu machen. Was ist ein Drama-Kauz ohne eine Verbündete? Patsy, du egoistische Bitch! Aber nein, ich habe Cat lieb, wenn auch auf eine etwas verdrehte Art.

Wieder einmal bin ich hoffnungslos nervös auf dem Weg zum *Shapeshifter*. Der Club ist längst mein zweites Zuhause, oder sollte ich sagen, mein drittes? Nein, im Wald wohne ich nicht mehr, dort gibt es nur noch eine jetzt endgültig verlassene Busstation.

O Mann, heute sehe ich den Besuch der Wandler-Bar mit ganz anderen Augen. Das hat so viele Gründe, dass mir ganz schwindelig wird.

Zunächst liegt meine Hand fest in Shawns, er drückt sie von Zeit zu Zeit sanft, seit wir aus dem Wagen ausgestiegen sind. Noch nie bin ich hierher gefahren, es war immer ein längerer Spaziergang – nein, eigentlich war es eine Wanderung. Auf dem Weg habe ich Cat eingesammelt, aber heute bin ich ohne sie unterwegs. Ob sie trotzdem kommen wird?

Und dann? Wird sie mich umbringen? Oder, noch schlimmer, ignorieren? Wie ich sie kenne, schaut sie mich mit dem Arsch nicht mehr an, als wäre ich Luft. Katzen können das gut und allein die Vorstellung tut mir weh. Ich würde mich so gern entschuldigen und weiß nicht, wie.

„Sie wird dir verzeihen, Patsy", sagt Shawn leise und ich schaue ihn zweifelnd an. Woher weiß er, worüber ich nachdenke? „Du bist ein toller Freund, sie kann nicht lange auf dich verzichten."

Wenn er wüsste, wie stur dieses Weib ist. Ist Cat einmal beleidigt, kann sie das ewig aufrechterhalten. Bei unserem letzten Streit hat sie mich drei Wochen mit Nichtachtung gestraft, obwohl ich sie jeden Tag gebeten habe, das Kriegsbeil zu begraben.

Allerdings bin ich ihr einziger Freund. Darum bin ich nicht sicher, sie heute im *Shapeshifter* anzutreffen. Traut sie sich allein hierher? Wir stehen jetzt am Treppenabgang und ich würde am liebsten noch draußen warten.

„Ich wusste beim besten Willen nicht, wie ich dir das mit deinem Anzug beichten sollte. Erinnerst du dich?", fragt Shawn und lächelt. Als wenn ich das vergessen hätte. Dieser Mörder!

„Das hast du auch nicht getan, du konntest nicht anders, weil ich den Leichnam gefunden habe", knurre ich spielerisch und recke mich zu Shawn hoch, um ihn zu küssen. Wenn ich seine Lippen schmecke, vergesse ich alle Cats dieser Welt. Meine Augenlider klimpern ganz verliebt. Hach!

„Genau", murmelt er vor meinem Mund und zieht mich in eine feste Umarmung. Scheinbar will er mich fressen, mein Kauz-Herz pocht schön gleichmäßig und es wird eng in meinen Jeans. „Vielleicht wartest du einfach, ob Orson Erfolg bei ihr hat, dann hast du leichteres Spiel, weil sie nicht mehr sauer ist."

Menno, ich bin doch schon so hüpfelig wegen der ganzen Sache. Wenn Cat mitbekommt, dass ich da etwas gedreht habe, wird sie mich ganz sicher töten. Da habe ich selbst mit Shawn an meiner Seite keine Chance, sie ist hinterfotzig und verdammt ausdauernd. Irgendwann erwischt sie mich.

„Wollt ihr jetzt rein oder nicht?", blafft Barney durch die geöffnete Tür und schaut zu uns herauf. „Entweder schwingt ihr eure Ärsche jetzt hier runter, oder ihr macht den Eingangsbereich frei."

Verwirrt blinzle ich und schaue mich um. Da ist niemand hinter uns.

„Komm schon, er kann es nicht erwarten, seine Nummer abzuziehen. Machen wir ihm die Freude", schlägt Shawn kichernd vor. Er durchschaut Barney ziemlich gut, denke ich.

Prompt hat der Kerl uns die Tür auch wieder vor der Nase zugemacht, um uns durch die kleine Klappe anzusehen. „Member Cards."

„Barney, du kennst uns doch." Genervt halte ich das Plastikkärtchen in die Höhe. Ich habe schon überlegt, es ändern zu lassen, das mit dem Adler ist mir mittlerweile unangenehm. Immerhin besitze ich ja trotz meiner Größe eine Kämpferseele. Schuhu! Wen soll ich noch mit der Schummelei beeindrucken? Außer mein Katerchen will ich niemanden mehr.

„Ich bin Shawn Lahmar, ein Panther. Übrigens bin *ich* ein Wandler", sagt Shawn durchdringend und schaut Barney ebenso an. An seinem Tonfall sollte der Türsteher hören, dass etwas nicht stimmt. Mich überläuft ein wohliger Schauer, ich mag seine strenge Seite.

„Okay, okay, Kumpel. Dich kenne ich doch bestens." Plötzlich wird die Luke geschlossen und Barney gewährt uns dienstbeflissen Einlass. „Kommt herein, ihr seid heute meine Gäste."

„Wir sehen dich gleich im Hinterzimmer, wenn Tommy dir Bescheid sagt", raunt ihm Shawn zu. „Sei da, sonst gibt es Ärger, du Verräter!" Er nimmt wieder meine Hand und wir lassen Barney stehen. Huh, da geht jemandem die Düse. Selbst, wenn sie ihm nicht nachweisen können, dass er sich von Orson

117

bestechen ließ, kann ich bezeugen, wie leicht es ist, einen gefälschten Mitgliedsausweis zu bekommen. Für sein kleines Nebengeschäft sieht es nicht gut aus.

„Denkst du, er haut ab?" Es fühlt sich aufregend an, wenn ich mal Revue passieren lasse, wie groß meine Welt in der letzten Zeit geworden ist. Jetzt geht es um Themen, die alle Wandler betreffen, und ich kleiner Kauz bin mit meinem glücklichen Hintern mittendrin. Da gibt es mehr, als einen saftigen Regenwurm als Belohnung, wir schreiben Geschichte.

„Wenn er kein Hyänen-Wandler ist, nicht", befindet Shawn grimmig. „Niemand weiß, zu welcher Spezies er gehört, er macht ein großes Geheimnis daraus. Aber wir erwischen ihn, weil wir uns endlich um mehr als nur unseren eigenen Dreck kümmern. Ein korrupter Türsteher ist eine Gefahr für uns alle."

O ja, ausgerechnet das *Shapeshifter* soll als Hauptquartier und Versammlungsort dienen. Shawn hat große Pläne, er will uns vereinen. Kleine Wandler, große Wandler, die dicken und die dünnen, ganz gleich, wie gering der Rang in dieser Gemeinschaft ist. Auch ein Kauz ist ein vollwertiges Mitglied. Das macht mich dann doch noch zu einem König. Zu einem ganz kleinen.

Unheimlich ist es schon, aber er hat recht, die Schwachstellen müssen geschützt werden. Es gab mir schon sehr zu denken, was Orson ursprünglich mit mir vorhatte. Wahrscheinlich wäre ich augenklimpernd und naiv in die Falle getappt.

„Da ist Orson, an der Theke. Und schau, mit wem er sich gerade angeregt unterhält", flüstert Shawn, während er mich mit dem Ellbogen anstupst.

„Cat!" Natürlich muss ich meine Überraschung herausschreien. Sie sieht heute sogar ohne meine Mithilfe vorzeigbar aus.

War ja klar, jetzt nimmt sie sich etwas davon an, vorher waren meine Vorschläge nur lästig. Sie schickt mir einen triumphierenden Blick, immerhin beachtet ihr Schwarm sie endlich. Das Plappermaul in mir würde am liebsten herauskehren, dass ich ihr geholfen habe.

„Lass es, Patsy." Schnurrend zieht mich Shawn in seine Arme und küsst mir den erstaunten Lidschlag weg. Hat er wirklich gedacht, ich würde … Wieso weiß er schon wieder, was ich denke?

„Ihr Füfen, waf wollt ihr trinken?", fragt uns Tommy, als wir an die Bar gehen. Die beiden haben sich zwinkernd begrüßt und ich kämpfe mit einem Kichern bei dem putzigen Sprachfehler.

„Zwei Whiskey." Auch Shawn muss sich ernst halten.

„Daf gibt Haare an den Teftikeln", bemerkt Tommy, als er uns die gut gefüllten Gläser hinstellt. „Wir haben heute noch Grofef vor. Vielleicht follten wir Fawn fum Präfidenten wählen."

Ich nicke wortlos, dann bricht es aus mir heraus. Ein gackerndes Huhn ist nichts dagegen und ich bekomme kaum noch Luft. Schuhuhuuuuh. Himmel, ist das peinlich, mal wieder. „Entschuldige bitte, Tommy", japse ich nur noch und klammere mich mit weit aufgerissenen Augen an Shawns Arm. „Ich mag deine Art zu reden."

„Kannft du beffer atmen, wenn du die Glupfer weit aufmachft?", fragt er schmunzelnd. „Daff du

119

kein Adler bift, wundert mich nicht. Arrogante Fä-
cke!"

Da werde ich doch gleich ein bisschen rot. Über
unseren Barkeeper weiß ich auch noch viel zu wenig.
„Was für eine animalische Gestalt hat er?" Um nicht
gleich wieder negativ aufzufallen, frage ich Shawn, er
weiß das bestimmt.

„Tommy ist ein hübscher Köter, ein nachtschwar-
zer Hund." Das ist scheinbar allen bekannt, denn
Shawn gibt sich keine Mühe, leise zu sprechen.

„Hast du dir an einem Knochen den Zahn ausgebissen?" Ich versuche es mit netter Konversation,
denn Tommy ist wohl trotz seines Handikaps nicht
schüchtern. Mit seinen langen lockigen Haaren, die er
als unordentlichen Zopf trägt, finde ich ihn echt süß.

„Daf war eine Nuff. Ich liebe Nüffe, vor allem,
wenn ich fie mit der Funge kitfeln kann." Er lacht
und streicht sich eine Strähne aus dem Gesicht. Jetzt
sieht man die Lücke sehr schön und ich bekomme
schon wieder Schnappatmung. „So ein Fahn wird
überbewertet. Daf ist mir alf Menf paffiert. Der Kerl
hat eine Prothefe getragen. Die war auf Metall, ein
Ftahl-Ei."

Verstohlen wische ich mir eine Träne aus dem Auge, ich kann nicht mehr. „Ich hoffe, du bist nicht böse, wenn ich lache. Du bist zu gut."

„Ich glaube, damit kommt er klar", beruhigt mich
Shawn. „Wir haben uns schon zusammen weggegrölt
und die ganze Nacht durchgesoffen. Tommy hat
selbst einen schrägen Humor."

Das wäre mir gar nicht aufgefallen.

„Kraffer Feif!" Ohne groß zu fragen, füllt er unsere Gläser erneut auf. „Von Barney."

Dank dem edlen Spender.

Ich bin erstaunt, dass Tommy die Szene am Eingang scheinbar mitverfolgt hat. Glucksend nehme ich einen Schluck Whiskey und fühle mich plötzlich beobachtet. Es ist Cats Blick, dem ich begegne, aber sie schaut sofort wieder weg.

„Ist Orson denn wirklich sicher?" So ein bisschen besorgt bin ich schon, immerhin habe ich ihn auf Cat angesetzt.

Meine Frage ist nicht gezielt an einen der beiden gerichtet, aber es scheint Tommy gerade zu mühsam zu sein, sich weiter einen abzulispeln. Mit einer großzügigen Handbewegung leitet er sie weiter an Shawn.

„Es gibt gleich das erste Wandler-Tribunal überhaupt und du darfst daran teilnehmen. Orson wird einer der Angeklagten sein. Entweder wäscht er sich rein, oder er sieht den Morgen nicht wieder. Seine Erklärungen sollten überzeugend sein." Shawns Blick flößt mir einen gehörigen Respekt ein. Das ist nicht mein sanfter Schmusekater. „Du solltest das alles in einem Protokoll festhalten, damit es weitergegeben werden kann."

I-Ich? Aber ich bin doch nur ein komischer Kauz, hier geht es um Leben und Tod. Will ich wirklich dabei sein?

„Verteidigen sich die Angeklagten selbst? Ist ihnen bewusst, was alles daran hängt?" Mir wird ganz mulmig, ich sehe schon gewetzte Messer.

„Barney weif, daff er fein Leben läfft, wenn er bei krummen Dingern erwifft wird. Ef gilt daf Recht des

Ftärkeren, wir können niemanden einfperren", erklärt Tommy. „Willft du fein Anwalt fein?"

„Ich werde Orson beistehen, wenn es nötig ist. Er ist mit unseren Gepflogenheiten nicht vertraut und mittlerweile ist er ein Freund", antworte ich, bevor ich zu viele Gedanken daran verschwende, was ich da mache. Was? Wie soll *ich* ihm helfen?

Im Moment schäkert unser Möchtegern-Wolf mit Cat herum, die beiden scheinen sich gut zu unterhalten. Sicher ahnt er nicht, dass es ihm an den Kragen gehen soll. Orson sucht unsere Nähe, ist begierig, alles über uns zu erfahren. Er hat freiwillig geholfen, als wir jemanden zum Anpacken brauchten. Ja, er ist ein feiner Kerl, er hat es nicht verdient, teuer dafür zu bezahlen.

O Mann, Shawn meint es wirklich ernst.

„Würdest du jemanden töten?" Ein bisschen bang schaue ich ihm in die grünen Augen. Ich habe einmal erlebt, wie ein Eierdieb innerhalb meines Clans bestraft wurde, und das kam einer Hinrichtung nahe. Mit letzter Kraft konnte er sich noch wegschleppen und ist vielleicht an seinen Verletzungen verendet. Es gibt keine Krankenhäuser und Ärzte für Wandler. Es gibt keine Gnade.

„Wenn sie sich unseren Überzeugungen anschließen, werden sie verschont." Lächelnd streichelt er meine Wange. „Keine Sorge, ich habe keine Lust, jetzt ständig den Obermufti zu geben. Morgen machen wir uns einen gemütlichen Tag, versprochen."

Es gefällt mir nicht, wie nah mir der Tod heute kommt. Normalerweise habe ich ihn nur vor Augen in Form einer schwarzen Katze, die mich im Schlaf mit ihren spitzen Zähnen durchbohren könnte. So eine Bedrohung intensiviert die Beziehung ungemein, wobei ich froh bin, wenn aus der kleinen Kitty eine größere wird, weil ein ruhiges Gemüt berechenbarer ist.

Ja, der Gedanken an das Ende gehört zu meinem Dasein wie die Luft zum Atmen. Wir leben nicht so unbeschwert wie die Menschen.

Und das wird Orson gleich erfahren.

Kapitel 18

„Na, Patsy, stehst du auch gleich als Verräter vor Gericht?"

Cat mustert mich kühl und ich friere unter diesem Blick. Was habe ich auch sonst erwartet? Immerhin hab ich ihr den Kerl direkt vor der Nase ausgespannt, das war auch eine heftige Aktion, wenn ich sie mit etwas Abstand betrachte.

Sie hat sich bemerkenswert zurückgehalten mit ihrer Reaktion. Normalerweise hätte ich ihre abgefressenen Krallen im Gesicht gehabt. Das wäre mir lieber gewesen als die kalte Schulter, die sie mir seitdem zeigt.

Mit Orson scheint es gut zu laufen, er hält hinter Cats Rücken den Daumen in die Luft. Wenn er wüsste, was sich über ihm zusammenbraut, er tut mir wirklich leid. Cat weiß bereits von dem Verfahren. An ihm ist die Information noch vorbeigegangen, oder er versteht nicht den Ernst der Lage. Ich muss mein Bestes tun, das bin ich den beiden schuldig.

„Im Prozess werde ich Orsons Verteidigung übernehmen, er ist mein Freund", antworte ich leise. Der Mann hat sich aus freien Stücken auf unsere Seite geschlagen, das muss doch honoriert werden.

„Dann ist er schon von vornherein dem Tod geweiht", befindet Cat unheilvoll. „So, wie du Freunde behandelst. Dabei hast du es in der Hand, diesen Panther zu beeinflussen, du musst nur mit deinem Zauberstab wedeln."

In ihren Augen funkelt die Eifersucht. Das verstehe ich, es ist dumm gelaufen, auf ganzer Linie, und ausgerechnet ich werde dafür belohnt. Dabei habe ich wenig dazugetan, das rettet mich aber nicht. Mit ihren Blicken erdolcht sie mich.

„Es ist zwar müßig, dich um Verzeihung zu bitten, aber ich mache es trotzdem. Das habe ich alles nicht gewollt, es war ein Kurzschluss in meinem Kopf – weißt du, wie klein ein Vogelgehirn ist?" Mein Vortrag ist erbärmlich, er wird von viel Lidgeklimper und Schlucken begleitet.

„Netter Versuch, Piepmatz!"

Ich seufze und versuche, Shawns Grinsen zu ignorieren. Sicher genießt es Cat, dass ich mich in seiner Gegenwart vor ihr in den Dreck schmeiße. Sie ist ja auch nicht gerade eine Musterfreundin, wenn ich an die Tage und Nächte zurückdenke, die ich wach auf dünnen Ästchen hockend verbracht habe.

Orson gesellt sich zu uns und legt vorsichtig einen Arm um Cats Schultern. Da sie ihm nicht die Krallen zeigt, geht das wohl klar. Man weiß bei ihr nie, was sie tun wird.

„Wenn ich Tommy gerade richtig verstanden habe, muss ich mich gleich vor einem Gremium verantworten", sagt er ein wenig beunruhigt. „Da ich kein Wandler bin, ist doch euer Recht gar nicht auf mich anwendbar, oder sehe ich das falsch?"

Begleitet von einem Nicken legt ihm Shawn seine Hand auf die Schulter. „Ja, das siehst du falsch, Orson Thackel. Du suchst unsere Nähe und willst dich offensichtlich mit einer der Unseren zusammentun. Außerdem hast du unsere Art in Gefahr gebracht. Wir werden möglichst gerecht sein, aber du entziehst dich nicht deinem Urteil."

So langsam scheint Orson zu begreifen. „Verstehen wir beide uns nicht sehr gut, Shawn? Ich betrachte dich als Freund."

„Darum musst du dir auch keine Sorgen machen, sofern du nichts gegen die Wandler-Gemeinschaft im Schilde führst", gibt Shawn mit einem Zwinkern zurück. „So ein Urteil kann ganz unterschiedlich ausfallen. Wir besitzen bisher keine Gesetzgebung, also bedienen wir uns dem gesunden Menschenverstand. Auf unsere Weise."

Diesmal ist es an Orson, krampfhaft zu schlucken. Plötzlich reißt er die Augen auf. „Ich schulde dir noch was, Patsy."

Verwirrt blinzle ich. „Was?"

Er schiebt mir ein kleines Geldbündel zu. „Das wollte ich dir schon an dem Abend geben, doch ich habe es vergessen. Als Dank für deine Dienstleistung. Das hast du dir verdient."

Wah! Bitte, er soll einfach leise sein! Keine nähere Ausführung meiner Tat, bitte. Das ist nicht für Cats und Shawns Ohren bestimmt. Und beide hören die Flöhe husten.

Stattdessen kommt eine ausgestreckte Hand vom Tresen. „Einen Fehner kannft du gleich mal rüberfieben. Den Reft freibe ich auf Barneyf Lifte."

„Danke, Orson", sage ich schnell und fummle den Schein für Tommy heraus. „Und Tommy." Man kann gar nicht liebenswürdig genug sein.

Ich vermeide es, Cat anzusehen. Sie weiß von meinem kleinen Verdienst, also muss ich ihr nichts erzählen. „Es hat ihm noch nicht einmal wirklich gefallen", murmle ich verlegen.

Zum Glück tut Shawn so, als hätte er nichts mitbekommen.

Gleich morgen gehe ich meine Schulden im Laden bezahlen. Davon weiß er gar nichts und das soll auch so bleiben.

Unser Zusammenleben ist noch zu frisch, ich will ihn nicht mit irgendwelchen Altlasten behelligen. Vielleicht wohne ich auch schon bald wieder im Wald, falls mein Traum platzen sollte.

„Meine Ablöfung ift gekommen", teilt uns Tommy mit und steht jetzt auf unserer Seite der Theke. „Maxe kann mit auf die Tür aufpaffen, die meiften Gäfte find fon da."

Erstaunlich, wie schnell sich das Ohr an seinen „Akzent" gewöhnt. Bei einem längeren Gespräch fällt seine Zungenakrobatik kaum noch auf.

Shawn sieht sich im Club um. „Wo ist Riley? Der Boss sollte auch beim ersten Treffen dabei sein."

Ich weiß, wie schnell diese Zusammenkunft angesetzt wurde, es ist beinahe ein Wunder, dass die meisten Teilnehmer so kurzfristig kommen konnten. Sie sind zunächst noch handverlesen.

„Er wartet hinten."

Ich starre Tommy fasziniert an. Den Satz hat er ohne Stolperstein hinbekommen. Aber ich muss kichern, wenn ich mir vorstelle, wie ihn jemand nach seiner Arbeitsstelle fragt. Beim Namen der Bar bringt er sich bestimmt halb um.

„Komm schon, Orson, gleich haben wir es hinter uns." Behutsam schiebt ihn Shawn vor sich her.

„Was ist mit Cat?"

Die Frage ging mir auch gerade durch den Kopf. Ist dieser Prozess geheim? Oder die Allianz, um die es ja wohl in erster Linie geht.

Forschend mustert Shawn ihr Gesicht und sie sieht bewusst harmlos aus, als sie ihr Pokerface aufsetzt. Wie sie über eine Wandler-Gemeinschaft denkt, weiß selbst ich nicht, ich kann sie nur schwer einschätzen.

„Bist du bereit, eine Aufgabe zu übernehmen, wenn du bei der Versammlung dabei sein darfst? Nur, wer Verantwortung trägt, hat das Recht, eingeweiht zu werden." Sein Blick wird durchdringend und ich kann mir vorstellen, dass Cats Ego schwer zu kämpfen hat, um ihm standzuhalten.

Sie nickt eingeschüchtert, ich kann nur hoffen, sie meint es so. Sonst werde ich sie zwingen, einen fetten Regenwurm zu essen. Das schwöre ich.

Bei mir steigt gerade wieder die Aufgeregtheit. Gründen wir gerade die Wandler-Nation? So ähnlich müssen sich die ehrenhaften Männer der Vergangenheit gefühlt haben, die ihrem Staat eine Verfassung gegeben haben.

Mit an der Spitze dieser politischen Größen war ein Kauz, der einen mutigen Schritt in die Geschichte seines Volkes wagte und fortan unvergessen blieb. Lieder wurden über seine Tapferkeit gesungen und sein Name in den Büchern hoch gepriesen: Patsy Malone.

.

„Wie hältst du das mit dem Kerl aus, ohne den ganzen Tag unter dem Teppich herumzukriechen?" Cat redet nur sehr zögerlich mit mir, aber es ist zumindest ein Anfang. Bewundernd schaut sie mich an. „Ist er streng zu dir? Du magst das doch."

„Ich bin ein Kauz", antworte ich nicht ohne Stolz. Sie kann das natürlich nicht verstehen, weil sie nicht weiß, wie sehr mein Herz durch Shawn gewachsen ist. Selbstbewusstsein und so. „Du weißt doch, dass ich die Hosen trage, die er angeblich anhat."

Mein kryptisches Lächeln ist gemein, aber wir haben uns ja noch nie etwas geschenkt. Damit fange ich jetzt ganz sicher nicht an. Soll sie ruhig denken, er wäre immer so bestimmend. Trotzdem schlucke ich hart, als wir alle in dem Hinterzimmer zusammensitzen. Riley heißt der Barbesitzer, den Shawn für sein Anliegen gewinnen will. Wir brauchen das *Shapeshifter*, denn nirgendwo sonst kommen wir als Gruppe zusammen.

„Was für ein Tier ist Riley?", flüstere ich Shawn zu und auch Cat spitzt die Ohren. Darüber hatten wir mal eine Wette laufen, aber niemand hat gewonnen, weil wir es nicht herausgefunden haben.

„Eine Anakonda."

Fassungslos starre ich ihn an. „Ist das dein Ernst? Eine Würgeschlange? Können wir ihm vertrauen?" Kein Wunder, dass er einen Club eröffnet hat, sonst hätte wohl kaum jemand etwas mit ihm zu tun haben wollen. Diese hinterhältigen Biester lassen sich von Bäumen fallen und wickeln jeden ein.

„Ich komme mir vor wie im *Dschungel Buch*", stellt Cat trocken fest. „Gleich schwingt sich der Affenkönig durch den Raum."

Wir sehen uns an und beginnen gackernd zu lachen. Auch Tommy hat zugehört und amüsiert sich mit uns.

„Der war gut." Er gluckst und grinst Shawn an, der die Stirn runzelt. „Keine Vorurteile, ift klar. Ef fehlen aber trotfdem Mäufe und Flöhe, wenn du mich fragft. Gerade die kleineren Animalof find wichtig."

„Flöhe", wiederhole ich abfällig. „Gibt es Wandler, die ich verspeist haben könnte?" Aber dann denke ich an Archie, den Mauswandler, und schlucke. Plötzlich halte ich selbst Käferwandler für möglich. „Wir brauchen dringend mehr Wissen, da hat Shawn völlig recht. Alles, was wir herausfinden können, sollte aufgezeichnet werden."

Diese Worte nimmt Shawn scheinbar zum Anlass, seine flammende Rede zu halten, nachdem er die Anwesenden begrüßt hat.

Noch sind wir wenige Mitglieder in diesem erlesenen Zirkel, aber seine Botschaft wird sich schnell verbreiten. Ich erkenne einige meiner Liebhaber, es sind fast ausnahmslos starke Männer, vergleichbar mit Shawn. Sie sind seine Freunde, entsprechend hoch ist die Quote der Raubtiere unter ihnen. Wo auch immer er diese illustre Runde zusammengesucht hat, Flöhe sind ganz sicher nicht dabei.

„Wie gesagt, wir müssen den Gemeinschaftsgedanken in alle Welt tragen. Wandler sollten sich mit Respekt begegnen, denn nur so lässt sich unsere Existenz auf Dauer geheim halten", schließt Shawn sein

Plädoyer für Gleichberechtigung und einen sinnvollen Umgang miteinander. „Jetzt ist intensive Forschung notwendig, wir müssen wissen, wie wir uns gegenseitig erkennen. Da wir alle zur selben Gesellschaft gehören, ist es auch absolut wichtig, das Leben jedes Animalos zu schützen. Ebenso wie das Wissen rund um unser Schattendasein, damit wir uns den Menschen gegenüber behaupten können. Sie dürfen nichts von uns erfahren, nur so können wir uns weiter denselben Lebensraum teilen, ohne verfolgt zu werden. Dafür benötigen wir Verhaltensregeln."

Wow, ich glühe innerlich vor Stolz auf Shawn. Der Mann hat nicht nur die Ausstrahlung, er kann sich auch ausdrücken.

Er hat mal eben so eine neue Bezeichnung für uns eingeführt: Wir Wandler heißen jetzt auch *Animalos*. Früher hat sich niemand um solche Dinge gekümmert, weil jeder nur an sein eigenes Überleben dachte.

„Wirklich gut, Shawn Lahmar", sagt Riley und klatscht laut in die Hände. „Du bringst das *Shapeshifter* noch in die Schlagzeilen. Nur haben wir leider keine bestehenden Informationswege."

Shawn nickt. „Es ist noch ein weiter Weg, aber auch der beginnt mit dem ersten Schritt. Darum ist dieser Club für uns so wichtig, wenn wir möglichst viele Wandler kontaktieren wollen. Wir brauchen Mitstreiter, es wartet noch ein Batzen Arbeit auf uns. Bevor wir nicht wesentlich mehr Informationen über unsere Spezies zusammengesammelt haben, können wir keine Entscheidungen treffen. Somit komme ich auch schon zu unseren beiden Angeklagten, um diese erste Versammlung nicht zu sehr zu strapazieren."

„Orfon Fackel und Barney MacFinnlay, tretet vor", ruft Tommy, der anscheinend so eine Art Gerichtsdiener ist.

„Alles wird gut", raune ich Orson zu, der nur widerwillig Cats Hand loslässt, um sich vor die Stuhlreihen zu stellen. Auch Barney stößt sich von der Wand ab, an die er sich gelehnt hatte.

„Beginnen wir mit Barney, den wir alle als den Türsteher dieses Clubs kennen", erklärt Shawn. „Ohne die von ihm ausgestellten Member Cards hat niemand Zugang zu den Räumlichkeiten. Daher ist er der Wächter unserer Gemeinschaft, wenn wir uns im *Shapeshifter* befinden. Er sorgt dafür, dass es keine unbefugten Eindringlinge gibt. Wir sind keine Freunde großer Worte, daher muss ich nicht weiter beschreiben, wie wichtig diese Position ist."

Shawn wendet sich nun Barney zu und wirkt vor dem großen Kerl selbst ein wenig schmächtig. Ich frage mich, wie sich dieser Schrank unerkannt unter Menschen bewegen kann.

„Barney MacFinnlay, versprichst du, deinen Job in Zukunft gewissenhaft auszuüben? Die Angaben auf den Member Cards müssen der Wahrheit entsprechen, dieser Verantwortung musst du dir bewusst sein. Wenn du dies gelobst, stelle ich keine weiteren Fragen. Du weißt, es gibt nur eine Bestrafungsform, und der Tod droht jedem, der uns in Gefahr bringt."

„Ist in Ordnung. Ich werde über den Club wachen", willigt Barney ein. Er gibt sich zwar wenig beeindruckt, aber es sind genug starke Wandler anwesend, die ihm problemlos den Garaus machen könnten. Unverletzbar sind wir leider nicht – wenn auch vergleichsweise robust. Für seine Fehltritte gibt es Beweise, die auf den Tisch kommen werden, wenn er noch einmal auffällt. Den Warnschluss müsste er verstanden haben, es ist seine letzte Chance.

„Kommen wir zu dir, Orson Thackel."

Als Shawn ihn aufruft, geht ein Ruck durch unseren Freund, den ich fast körperlich spüren kann. Auch Cat ist recht angespannt, das sehe ich ihr an. Aber sie lächelt mir zu. Wow, das tut richtig gut. Mein Herz klopft schnell und ich mache mich bereit für meinen Einsatz, falls ich gebraucht werde.

„Es wird dir zur Last gelegt, dich in die Gemeinschaft der Wandler eingeschlichen zu haben. Dies hat dir ein gewisser Umstand erleichtert, über den wir nicht mehr reden wollen", führt Shawn aus. „Du hast dich als Animalo ausgegeben und vorgeschützt, ein Wolf zu sein."

„Ja, das stimmt." Orsons Ausdruck ist reglos, aber seine Lippen zittern leicht. So isoliert klingt die Anklage recht schwerwiegend. „Ich gebe es zu, ich bin ein Mensch."

„Was?", schreit Riley los. „Wir haben einen Spitzel unter uns? Warum wurde er noch nicht liquidiert? Er hat uns alle in der Hand!"

„Das können die nicht machen." Cat umklammert meine Finger und versucht gerade, sie in Brei zu verwandeln. „Sie werden ihn doch nicht töten, oder?"

Als Katzenwandlerin kennt sie die Antwort, also schweige ich lieber. Auch ein paar andere Stimmen werden laut, die drastische Maßnahmen fordern. Es gibt nur Freispruch oder die Hinrichtung. Er braucht mich dringend.

„Ich möchte für Orson sprechen", rufe ich und plötzlich richten sich alle Augen auf mich. Okay, ich bin kein Brathühnchen! In meiner Brust schlägt ein Kriegerherz, das es jetzt nur ein wenig eilig hat. „Orson hatte zu Beginn vor, uns zu schaden, aber dann hat er mehr über uns erfahren und ... hat es sich anders überlegt."

Kein Herumgestotter. Unbehaglich richte ich meine Fliege, die ich extra umgebunden habe. Ich schaue einem Löwen fest in die Augen, mit meinem besten Raubvogelblick. Komm schon, Patsy, du kannst das!

„Shawn hat herausgefunden, dass Orson ein Enthüllungsjournalist ist, der Verborgenes aufdeckt, um dann eine Story darüber zu schreiben und diese teuer zu verkaufen. Ich war selbst dabei, als Shawn ihn zur Rede gestellt hat." Denken, Patsy, denken. Du hast es jetzt noch schlimmer gemacht ... Ein Wurm, ein saftiger Wurm. Nein, knusprige Käferbeine. Bah, die sind bitter.

„Dem gehört die Kehle durchgeschnitten! Kurzer Prozess!", ruft ein Kerl, den ich als Bär kennengelernt habe, und mehrere Anwesende stimmen ihm zu. „Einmal die Krallen über den Hals."

Schuhu! Mir wird langsam ganz komisch. Scheiße! Ich würde jetzt gern ein Häufchen machen. Bisher ist mir noch kein gutes Argument eingefallen, das seine Unschuld bestätigt.

„Aber ich habe doch erklärt, mein Vorhaben nicht mehr ausführen zu wollen", meldet sich Orson selbst wieder zu Wort. „Mir ist klar, dass ihr im Verborgenen leben müsst, die Menschen sind nicht bereit für so einzigartige Geschöpfe. Ihr würdet gejagt und ausgebeutet. Ich habe durch diesen Club hier einen Einblick in die Vielfalt der Wandler-Spezies erhalten und mich in euch verliebt." In seinen Augen sehe ich die Tränen der Rührung. Er empfindet es wirklich so und das kann seinen Tod bedeuten. Mein Gedärm zieht sich zusammen, da reift etwas.

„Das stimmt, ich habe ihn dabei gesehen, wie er den Bauch eines männlichen Omega-Wolfes gestreichelt hat. Es sah schon ziemlich verliebt aus", werfe ich verzweifelt ein.

O menno, Blinzeln und tanzenden Kehlkopf gibt's gratis dazu. Das volle Kauz-Programm. Mittendrin begegne ich Shawns amüsiertem Blick. Die Bilder von der Arschgeburt sind wieder da, ich bin leider leicht ablenkbar. Haben diese Wölfe einen zweiten Ausgang? Meine Lider klappern wie wild.

„Schlitzt ihn auf!", ruft der Löwe. So ein arroganter Fatzke! „Das Risiko ist zu groß!" Natürlich muss er wieder brüllen, diese Ärsche sind rückständig und sperren sich gegen Veränderungen.

„Aber Orson ist unser Freund!" Ich hätte meiner Stimme gern mehr Druck verliehen, ich höre mich ziemlich gequetscht an.

„Beruhigt euch mal, es bringt nichts, wenn sich die Gemüter erhitzen." Shawn steht auf und gesellt sich zu uns. „Ich habe eingehend mit Orson gesprochen und ihn auch ein wenig näher kennengelernt. Er ist neugierig auf uns und aus meiner Sicht genau der Richtige, um so viel Wissen wie möglich über unsere Art zusammenzutragen. Gemeinsam mit Patsy als Chronist, der darüber Aufzeichnungen anlegen wird, kann er uns einen großen Dienst erweisen."

„Ich schreibe Bücher!" Das muss mal bemerkt werden, meinen Status als Intellektueller möchte ich nicht noch besonders herauskehren. Aber immerhin: Athene Noctua. Käuze haben die Göttin Athene begleitet und inspiriert.

„Ich bin Journalist", ergänzt Orson. „Aber ich werde meine Ergebnisse über die Animalos natürlich nicht veröffentlichen. Sie sollen nur für interne Zwecke eingesetzt werden, um die unterschiedlichsten Wandlertypen zu erforschen. Damit ihr ein neues Selbstverständnis entwickeln könnt und eine Handlungsgrundlage habt, um euch zu schützen."

Mit einer Handbewegung bringt Shawn das Geraune, das sich im Zimmer ausbreitet, zum Schweigen. „Möchte sich sonst jemand für diese Arbeit zur Verfügung stellen? Es wird ein großer Aufwand sein, dem Orson Thackle sein Leben widmet, denn man kann eine solche Aufgabe nicht halbherzig übernehmen."

Eindringlich schaut er jedes Mitglied der Versammlung an, gerade die Großschnauzen bekommen seinen Pantherblick zu spüren. Oh, wie aufregend, ich habe schon ein feuchtes Höschen. Aber es war zum Glück kein Pups mit Land.

„Ich schlage vor, wir halten offiziell seine angebliche Wolfswandler-Geschichte aufrecht", sagt Shawn. Er sieht sich um zu Cat. „Seine angehende Partnerin Cat, eine Hauskatze, soll ihm dabei zur Hand gehen, die kleine Maskerade glaubhaft wirken zu lassen. Sie hilft ihm auch bei seiner Forschung. Gibt es Gegenstimmen?"

Sollte das jemand wagen, bewundere ich seinen Herausforderer. Auch Riley und die anderen Krawallbrüder sind verstummt.

„Dann ift ef befloffen!", verkündet Tommy feierlich.

Kapitel 20

Aaaaah, ich muss leiser sein. Meine blöden Krallen machen kratzende Geräusche auf dem Holzfußboden. So ein Kauz ist ja auch ganz gut zu Fuß, die Flügel setze ich nur ein, wenn ich meinen Bürzel retten muss. Wir spielen gerade *Dschungeljagd*, das ist ein Spaß.

Der große träge Kater muss mich erstmal kriegen. Ich habe gerade gesehen, wie er vom Sessel aus hinter das Sofa gehuscht ist, ein schwarzer Schatten. Aber ich kann rennen, was das Zeug hält, wenn es darauf ankommt. Shawn wird erst springen, wenn er mich belauert hat und der Moment günstig erscheint. Seine Strategie kenne ich bereits. Sollte er mich erwischen, ist es um mich geschehen, das überlebe ich nicht.

Daaa! Hab ihn entdeckt! Seine Schnurrhaare haben ihn verraten, sie zittern vor Aufregung. Dann sieht er mich auch. Jetzt höre ich ihn leise schnurren, er genießt unser Spiel so wie ich. So ganz genau darf ich ihn nicht zielen lassen, sonst kommt sein Angriff zu präzise. Patsy, mach dich fertig. Hoch mit dem Federkleid und dann renn!

Hihi, ich bin der Listenreiche. Wie ein Verrückter laufe ich auf der Stelle. Mist! Shawn lässt sich nicht aus seinem Versteck locken, er weiß, dass ich mich nicht bewege. Unsere Sinne sind fast ebenbürtig, wir sehen beide gut im Dunklen und haben ein feines Gehör.

Und schon flitze ich los, die Federkugel beschleunigt. Puh, jetzt schnell! Er greift an! Am Ende das Wohnzimmers schliddere ich über den Boden. Genau auf Shawn zu, der einfach über mich hinweggesprungen ist und sich dabei umgedreht hat.

Wah! Ich knalle ihm direkt vor die dicke Schnauze. Rums! Jetzt bin ich erledigt.

Shawn lässt ein Maunzen hören und dann kommt diese raue Zunge aus seinem Maul. Nein, nein, nicht! Nicht abschlabbern! Ich bin … geduscht. Mein ganzes Gefieder ist nass und zerzaust. Im letzten Moment kann ich die Augen schließen, bevor dieses Monstrum schon wieder kommt und mir eine Sturmfrisur verpasst.

Okay, ich habe verloren. Oder auch nicht, ich kann in Liebe baden und lasse mich weiter abschlecken. Mein Schnabel öffnet sich wie von selbst und ich klinge wie ein Nestling, der gefüttert wird. Dann gackere ich los.

Na warte, das hat mich hüpfelig gemacht. Ich entwische ihm und springe über Shawns Rücken, dabei reibe ich mich durch das plüschige Fell, um mich abzutrocknen. Jetzt stehen die Federn auch in alle Richtungen, aber ich triefe nicht mehr so.

Da ist sie, die Schwanzspitze. Hab dich! Ich umklammere das dicke schwarze Endstück und reibe meinen Erektionshügel darüber. Ich rammle dich, rammle dich, rammle dich. Aaaaaah! Mein Samentröpfchen hängt in dem dichten Pelz und Shawn schüttelt es belustigt weg. Das war ein Blitz-Orgasmus, mein Lustnieser. Schuhu!

Gleich wird richtig gefickt, wenn wir uns gewandelt haben. Jetzt werde ich schon wieder beschlabbert. Shawn hat mich behutsam mit den Zähnen gegriffen und mich zwischen seinen Pranken abgesetzt. Mit der

Nase schnuppert er mich ab und holt mich von den Beinen. Die Zunge …

Es klingelt. He, wer stört an einem Sonntag? Der Tag gehört nur uns, wir wollen nichts hören von dem ganzen Wandler-Kram. Die Animalos können uns gepflegt den Buckel herunterrutschen. Doch Shawn hat sich schon gewandelt. Nackt und wunderschön sitzt er neben mir.

„Ich weiß, Pats, aber ich muss schauen, wer da etwas will", sagt er schmunzelnd und wuschelt mir über den Kopf. O ja, mehr! Hinter den Ohren. Mein Kopf verdreht sich wie von selbst, aber der Finger verschwindet. Pfff.

„Zieh dir auch was an." Er selbst schlüpft in seine Jogginghose, die immer bereitliegt, während wir in unseren Tiergestalten miteinander spielen.

Meine muss auch dort sein. Ich verwandle mich nur noch gezielt in einen Kauz, wenn wir es zum Spaß tun. Und beim Sex natürlich, da gehört es einfach dazu.

Keine Ahnung, warum ich bei unserem ersten Mal solche Angst vor Shawn hatte, er ist mein großer tollpatschiger Schmusekater. Selbst die riesigen Pfoten kenne ich nur ohne Krallen. Allerdings hat er sich einen Baum im Garten vorgenommen, dem es weniger gut geht, wenn er sich daran wetzt. Da fliegen die Fetzen. Für mich existiert nur die Gefahr, dass er sich auf mich draufsetzt.

Neugierig recke ich den Hals, nachdem ich mich auch wieder vermenschlicht habe und schnell die Hosen hochziehe. Nicht jeder muss meine Grundausstattung sehen.

„Sorry, dass wir euch stören, aber wir möchten eine wichtige Frage loswerden", höre ich Orsons Stimme. Er hat sich zwar entschuldigt, trotzdem klingt er recht munter. „Wir haben eine fette Obsttorte mitgebracht."

Das hätte er auch gleich sagen können. „Na, ihr Mörder, Diebe, Wegelagerer? Die Torte sollte wirklich fett sein, wenn ihr die Sonntagsruhe stört." Ich nehme Cat das Papiertablett ab und grinse breit. Schnuppert schon mal gut, ich sehe Erdbeeren und andere Früchte in einem Sahnebett. Da schließe ich mich den Naschkatzen an.

„Haben wir dich beim Vögeln unterbrochen?", fragt Cat und lacht. Sie ist erstaunlich locker drauf, Orson tut ihr wirklich gut.

„Ich habe noch mit meinem Futter gespielt." Shawn zwinkert ihr zu. „Macht es euch im Wohnzimmer gemütlich, ich koche uns Tee dazu."

Oh, er weiß, wie sehr ich das Zeug liebe. Kurz gebrühter Assam. Die Tasse meiner Großmutter benutze ich noch immer und mir wird ganz wehmütig ums Herz, wenn ich an mein Wartehäuschen denke. Regenwurmjagd auf der großen Wiese, flutschige Scheißerchen, aber ich bin ja ein Rennkauz.

„Hey, der alte Kasten macht sich gut hier." Interessiert schaut sich Orson um. „Dann hat es sich also gelohnt, das schwere Ding durch den Wald zu schleppen."

Der Schrank mit seinem Sperrmüll-Charme passt zu den anderen Möbeln. Ja, Shawn hat sich große Mühe gegeben, auch für wirklich alles, was mir gehört, einen Platz zu finden. Viel ist es ja nicht. Es klopft hart in meiner Brust, ich habe wirklich ein Zuhause.

„Die Tür klemmt nicht mehr. Vielleicht war der Schrank doch einverstanden mit seinem Umzug." Genau wie ich. Sollte ich die Knack-Käfer knuspern wollen, fliege ich einfach rüber und setze mich auf das Wartehäuschen. Wie in alten Zeiten, aber dann kehre ich heim zu Shawn.

„Was können wir denn für euch tun?", fragt mein Kater, als er mit dem Tee aus der Küche kommt. Meine geliebte Tasse stellt er mir so hin, dass ich die Rose sehen kann.

Verlegen lacht Orson. „Zunächst mal vielen Dank. Niemand hat mir gesagt, womit ich mich verraten habe. Ich durfte selbst herausfinden, was bei Wandlern passiert, wenn sie … kommen."

Das kann ich gut nachvollziehen, ich weiß, wie es ist, plötzlich eine Katze im Bett zu haben. Und natürlich hatte Orson keine Ahnung, wie das bei uns läuft. Der Handjob hat ihn geoutet.

„Wir haben erste Erfahrungen gesammelt und ich habe Orson überrascht", erklärt Cat zögernd. Sie kichert und errötet, als ich sie erstaunt ansehe. War sie vorher …

Aber hallo, heißt das, Cat war noch unberührt? Was ist mit der hartgesottenen Killerbraut passiert, die die abgefucktesten Typen mit nach Hause geschleppt hat? Zumindest hat sie mich immer in dem Glauben gelassen, ein Luder zu sein.

„Ja, Patsy, ich war noch Jungfrau. Bei deinen wilden Abenteuern konnte ich nicht mithalten. Also habe ich so getan, als hätte ich auch ständig Affären." In ihren Augen sprühen die Funken. Bei einem doofen Spruch habe ich sämtliche Krallen im Gesicht. Ich verzichte heute mal großzügig darauf.

„Dann war dein erster Sex ja wirklich gut", stelle ich mit dicken Backen fest. Die Torte ist toll, so etwas Leckeres habe ich selten gegessen.

„Ja." Die schlichte Antwort wird begleitet von einem breiten Grinsen. „Wir haben uns nur gefragt, was dabei herauskommt, wenn wir Nachwuchs bekommen wollen."

„Bei Shawn und mir wäre es wohl eine Fledermaus oder ein Flughund. Katzen sind nicht dazu geschaffen, Flügel zu haben." Ich gackere einfach los. Wieder sind diese Bilder da. „Aber ich kann ja gar keine Eier legen."

Alle drei starren mich an. „Du bist aus einem Ei geschlüpft?" Das scheint Shawn besonders zu verwundern. „Erzähl mal. Wir sollten sofort damit beginnen, die Informationen festzuhalten."

„Ähm, ja." Mir ist noch gar nicht aufgefallen, was daran so ungewöhnlich sein soll. „In den ersten fünf Jahren habe ich als Kauz gelebt, erst danach habe ich gelernt, mich zu wandeln."

„Dann ist es bei dir vielleicht anders", murmelt Shawn und reibt sich den Unterlippenbart. „Möglicherweise ist doch die Vogelgestalt deine natürliche Form und du kannst dich vorübergehend als Mensch bewegen. Das ist sehr interessant."

Ich klimpere verwirrt mit den Lidern. Bin ich jetzt ein Außenseiter?

„Wir Säugetiere werden als Menschen geboren und entdecken dann die Tierpersönlichkeit, wenn wir alt genug sind", setzt Cat zu einer Erklärung an. „Die Entwicklung ist scheinbar genau umgekehrt."

Orson hat sich alles notiert, was wir gesagt haben, und nickt nun eifrig. „Ich werde mit allen Spezies Interviews führen und wir tragen zusammen, was wir erfahren können. Nach und nach wissen wir mehr, die Bibliothek wird dann immer weiter ausgebaut."

„Was sagt das über die Lebenserwartung von Vogelwandlern aus? Wie alt sind deine ältesten Verwandten geworden?" In Shawns Augen sehe ich die Feuchtigkeit schimmern, er wirkt sehr besorgt.

Schuhu! Wie lange es dauert, bis jemand vom Ast fällt? Angestrengt denke ich nach.

„Mein Onkel ist der älteste Kauz, den ich kenne. Aber wir denken nicht in Jahren, keine Ahnung, wie alt er ist."

„Vielleicht bist du bei guter Ernährung kräftiger und kannst länger leben." Mit einem Griff hebt mich Shawn auf seinen Schoß und legt die Arme um mich. Scheinbar befürchtet er, mich bald zu verlieren. Er vergräbt sein Gesicht an meinem Hals.

„Nun, ich bin noch ziemlich jung", antworte ich zögernd. „Ich weiß aber nicht, wie lange mir bleibt."

„Das ist egal. Es wird die schönste Zeit deines Lebens. Wir genießen jeden Moment zusammen." Shawns Lächeln wirkt ein bisschen angestrengt.

„Jeden Moment?", ich schlucke und blinzle heftig. „Lässt du mir ein wenig Kauzzeit? Sonst muss ich dir das Würmer-Essen beibringen."

„Patsy!" Jetzt lacht Shawn befreit. „Du bringst mich noch um. Bitte bleibe für immer bei mir. Ich liebe dich, du verrückter Vogel."

„Ich dich auch, mein Lieblingskater", gurre ich und mein Herz wird ganz warm. In seiner Umarmung schmiege ich mich an ihn. Wann auch immer meine Zeit gekommen ist, ich werde glücklich vom Baum kippen.

Zärtlich begegnen sich unsere Lippen und wir spielen mit unseren Zungen, bis Orson sich räuspert. „Was kann im schlimmsten Fall passieren, wenn Cat und ich Eltern werden?"

Nur langsam lässt Shawn von meinem Mund ab und grinst zufrieden. „Ein paar eurer Nachkommen werden sich wahrscheinlich wandeln können und es gibt wohl auch welche, die ein normales Menschenleben führen."

„Ein paar? Von wie vielen Kindern reden wir hier?", fragt Orson und schiebt sich eine volle Gabel in den Mund. Scheinbar braucht er dringend Zucker zur Beruhigung.

„Ach, so zwischen drei und sechs in einem Wurf wird es geben." Cat lächelt und sieht auf einmal richtig schön aus. Sie hat sich ziemlich verändert, ihr ganzer Ausdruck ist ein anderer geworden.

„Und das sagst du mir nicht?" Fassungslos reißt Orson die Augen auf. „Wie soll ich so viele Mäuler stopfen?"

„Es ist ein kleiner Spritzer für dich, aber eine ziemliche Hausnummer für die Familienplanung", orakle ich mit einer gewissen Schadenfreude. Zumindest werden die beiden dieses Wagnis nur einmal auf sich nehmen.

„Mach dir da keine Sorgen, du erhältst als unser Geschichtsschreiber ein Gehalt, Orson Thackle."

145

Shawn schmunzelt. „Es gibt einen Treuhandfond, der aus dem vererbten Vermögen wohlhabender Wandler besteht, die keine Nachkommen hinterlassen haben. Schon seit Generationen wird dort das Geld gesammelt und es wartet nur darauf, einem übergeordneten Zweck zu dienen."

Ich reiße verblüfft die Augen auf. „Aber es hat doch nie jemand über den Tellerrand geschaut, dachte ich. Wie kommt es jetzt dazu, dass es so eine Quelle gibt?"

„Meine Tante Abbygail, die mir dieses Haus vermacht hat, war die Verwalterin des Fonds. Schon lange obliegt unserer Familie die Verantwortung dafür. Sie hat mir diese Aufgabe in ihrem Testament übertragen, so bin ich überhaupt erst auf die Idee gekommen, mich für die Animalos einzusetzen. Für ihre Rechte und ihre Geschichte. Unser Zusammenleben muss endlich neu definiert werden."

Voller Ehrfurcht klappt mir der Unterkiefer herunter. Was für eine Ehre und ich bin froh, ein Teil davon zu sein. Selten konnte ein Kauz seinem Leben so einen tiefen Sinn geben. Ich bin ein Malone, ein irischer Malone. Vergesst das nicht.

„Wir werden das in die Hände nehmen", bestätigt Shawn noch einmal und klopft Orson belustigt auf die Schulter. Unser Freund sieht noch immer etwas blass um die Nase aus.

„Und ich muss wohl mit jedem Tier erst Sex haben, bevor ich es essen kann", murmle ich resigniert. Mich trifft Shawns entsetzter Blick. „Woher soll ich sonst wissen, ob ich Archie verspeist habe?"

„Du meinst den Mauswandler?", fragt Cat und grinst diabolisch. „Dem geht es gut, er muss im *Shapeshifter* Gläser spülen, bis Riley ihn aus der Pflicht entlässt. Er konnte seine Zeche nicht bezahlen. Das kann noch dauern."

Puhschuhu, das hätte mir auch passieren können. Was für ein Glück, dass ich das Geld von Orson bekommen habe. Ich blinzle beruhigt und sehe plötzlich Shawns durchdringenden Gesichtsausdruck.

„Du wirst keinen Sex mit deinem Essen haben, ist das klar?", knurrt er und lässt es in der Kehle grollen, sodass Cat und Orson ihn erschrocken ansehen. „Ich dachte, Käuze wären monogam? Komm nicht auf komische Gedanken, du gehörst zu mir."

Angesichts dieses Blicks muss ich erneut losgackern. Unser Besuch steigt mit in das Gelächter ein und Shawn lächelt auch wieder.

Für Hund und Katz, Kauz und Maus, Panther, Löwen und Anakondas … Ich denke, ich werde euch in Zukunft noch eine Menge Geschichten zu erzählen haben. In jedem von uns schlummern so viele Dinge, wir sind etwas Besonderes und das *Shapeshifter* bringt uns zusammen.

Bis bald, euer Patsy.

PATSY MALONE

MANN
ODER
MAUS

Kapitel 1

Irgendwie wollte die Zeit heute Abend nicht verge-
hen. Wie ein Wahnsinniger rieb Tommy über die Platte des Tresens. Das Material wurde mit den Jahren
immer dünner, wenn er es so weiterbearbeitete, aber
seine Hände brauchten etwas zu tun.

Die Oberfläche glänzte. Ihm verging allerdings das
Grinsen, als er sich in dem polierten Holz spiegelte
und diese dämliche Zahnlücke sah. Die Lücke, die ihn
bei jedem Wort zu einer Witzfigur machte, weil er
weder S- noch Zischlaute aussprechen konnte.

Er schielte zu den Schälchen mit Nüssen, die er
gerade erst aufgefüllt hatte, falls sich heute doch noch
ein Gast in das *Shapeshifter* verirren sollte. Ob er es
mal mit einer Mandel versuchen sollte? Sie hatte ungefähr die Größe eines Schneidezahns und auch die
passende Farbe. Wie lange hatte er sich nicht mehr
ohne dieses Loch im Gebiss gesehen? Zu lange, definitiv. Im trüben Bild seines provisorischen Spiegels
würde es aussehen, als hätte er ein makelloses Lächeln. Es war einen Versuch wert.

Für einen Moment spitzte er die Ohren. Da in der
Woche nichts los war, gehörte es zu seinen Aufgaben,
Barney, ihren Türsteher, zu ersetzen. Vom Eingang
und dem Treppenabgang zu ihrer Kellerbar war
nichts zu hören. Die beunruhigenden Geräusche aus
der Küche blieben unverändert, aber er versuchte, sie
auszublenden.

Dafür angelte er sich eine weiße Mandel aus der
Snackschale. Schon immer hatte er sich gern die Zeit
mit Schnitzen vertrieben, das Klappmesser reichte für

sein Vorhaben. So ein Zahn war nicht schwer zu formen, er sollte ja auch nur so ungefähr passen. Trotzdem ritzte er behutsam Rillen hinein und zackte den unteren Rand ein wenig, damit er seinem Pendant ähnlich sah. Perfekt! Jetzt noch oben abrunden, damit der Ersatzzahn beim Drücken ins Fleisch nicht wehtat.

Und … einsetzen. Es klappte erstaunlich gut, das Ding saß wie angegossen. Vorsichtig bewegte er seine Lippen und öffnete leicht den Mund. O ja, das Spiegelbild zeigte einen hübschen Kerl. Sein Gesicht sah richtig gut aus, umrahmt von der wilden Lockenmähne, die er sich mit einer Lederkordel im Nacken zu einem Zopf band. Richtig schnieke. Jetzt wäre er gern Archie begegnet, dem Schnuckel. Tommy wusste, er hatte den Club noch nicht verlassen.

Ein gellender Pfiff durchschnitt die Luft und er zuckte zusammen. Was zum Teufel? Erstaunt riss er die Augen auf, die dämliche Zahnlücke war wieder da. Hatte er die Mandel verschluckt? Heruntergefallen war sie nicht und sie hatte sich auch nicht im Stoff seines Shirts verfangen.

„Verfluchter Mift!", grummelte er. Die schönsten Kraftausdrücke trugen immer ein S in sich, dabei wollte er diese Laute vermeiden. Zum Glück war er allein. Ja, er spürte diese doofe Mandel auf ihrem Weg durch die Speiseröhre. Wahrscheinlich würde sie seinen Körper morgen unbeschadet verlassen und er konnte Wiedersehen feiern.

Okay, nächster Versuch. Diesmal gab er sich weniger Mühe, er wollte dieses Lächeln nur noch einmal kurz sehen. *Für Archie.* Vielleicht half es auch gegen seine Angst vor einem Zahnarzt – und tröstete ein Weilchen darüber hinweg, dass es viel zu gefährlich für einen Wandler war, zu einem x-beliebigen Doktor zu gehen. Krankenversichert war er auch nicht.

Wie würde so ein Implantat aussehen, wenn er sich in seiner Hundegestalt aufhielt? Dann war sein Gebiss ganz anders gestaltet und der fehlende Schneidezahn fiel gar nicht auf. Aber so ein menschlicher Mordsbrecher im Oberkiefer würde eigenartig wirken; da er künstlich war, wandelte er sich nicht mit.

Bevor er seinem Spiegelbild erneut Aufmerksamkeit schenken konnte, war dieses Pfeifen wieder da, diesmal in den hochfrequentesten Tönen. Das war ein Alarmsignal, er konnte es nicht länger überhören. Archie war in Gefahr!

Eilig warf Tommy den Lappen auf die Theke und sprintete nach hinten in die Küche. Dort sah er den Mauswandler mit weit aufgerissenen Augen an die Spüle gedrückt stehen. Riley, ihr gemeinsamer Chef, schien ihn zu bedrängen und Archie starrte ihn wie hypnotisiert an. Sofort schlug Tommy das Herz bis in den Hals: Niemand durfte den Kleinen anrühren!

„Ist alles in Ordnung, Archie?", rief er ihm zu und baute sich neben dem großen untersetzten Mann auf, der wohl gerade Hand anlegen wollte. Moment, er hatte gar nicht gelispelt, aber das war jetzt egal. Entrüstet schnaubte Tommy. Dabei flog ihm die Mandel im hohen Bogen aus dem Mund und traf Rileys hässliche Visage. Von seiner Stirn prallte sie ab und fiel zu Boden.

„Wenn ich dir helfen kann, mufft du ef nur fagen", setzte Tommy nach und nutze den Moment der

Überraschung, um das Beweismittel mit dem Fuß unter einen Schrank zu schubsen. Sein Chef schaute verdutzt, sicher ahnte er nichts davon, dass er ihn angespuckt hatte. Es war viel zu schnell gegangen.

„Was willst du hier, Tommy?", herrschte ihn Riley an. Mit den Fingern ertastete er die Stelle, an der jetzt eine leichte Rötung sichtbar wurde. Top, das war ein Volltreffer gewesen!

„Er hat mir einen Weg zeigen wollen, wie ich meine Schulden schneller abarbeiten kann", erklärte Archie mit ängstlichem Blick. Ganz langsam entfernte er sich von Riley und schob sich hinter Tommy. Das war ein gutes Gefühl, nur leider saß der Boss am längeren Hebel.

„Wir find verabredet." Trotzig hob Tommy den Kopf, er hatte sich schon immer für die Schwächeren eingesetzt und ihm kam auf die Schnelle nichts Besseres in den Sinn. Mit Rileys Vorschlag für Archie war er so gar nicht einverstanden, trotzdem durfte er nicht in die Hand beißen, die ihn fütterte. Es ging nicht nur um seinen Job, er wohnte auch über dem Club. Das *Shapeshifter* war sein Leben, sein Zuhause.

„Hast du nichts zu tun, Fifi?" Rileys Tonfall war streng. „Du hast gerade zwei Arbeitsplätze, der Küchendienst gehört nicht dazu."

„Ich bin Artfief Liebhaber, darum möchte ich nicht, daff du ihn anfafft", sagte Tommy entschieden und ließ ein leises Knurren hören. „Chef oder nicht. Foll ich ihn nach Haufe bringen? Ef find keine Gläfer fu fpülen, wir haben nämlich keine Gäfte."

Dieses Herumgelispel ging ihm gehörig auf den Geist. Hätte er mehr Zeit gehabt, wären ihm sicher auch Formulierungen mit weniger Stolpersteinen für seine Zunge eingefallen. Wenn er aufgeregt war oder Angst hatte, schoss er wilde Worttiraden ab. Er verspürte den Drang, lautstark zu bellen, am liebsten hätte er Riley die Zähne gezeigt. Trotz Lücke.

Behutsam griff er nach Archies Fingern, die sich um seinen Arm klammerten. Tommy band seinem Chef einen gehörigen Bären auf, sie kannten sich bisher kaum. Trotzdem hatte er Archie von seinem Posten hinter der Bar immer im Blick gehabt. Diese eher schmächtigen Burschen waren begehrt bei ihren testosterongesteuerten Kunden. Das war ein Spiel mit dem Feuer.

„So, so. Der Köter und das Mäuslein." Riley betrachtete ihr Händchenhalten argwöhnisch. „Seit wann seid ihr zusammen? Will dein Süßer nicht lieber bei dir schlafen? Das wäre sicherer."

„Natürlich!", beeilte sich Archie zu bestätigen. Ihr Clubbesitzer war eine Würgeschlange, eine Anakonda, das hatte Tommy beinahe vergessen. Der knuffige Mauswandler musste Todesängste ausstehen. Wer wusste schon, womit Riley ihn bedroht hatte. „Ich bleibe bei Tommy."

Na, schau an. So schnell kam man zu einem Übernachtungsgast. Niedlich war der zierliche Kerl ja, er gefiel Tommy schon länger. Vielleicht wurde es ja eine stürmische Nacht. Wenn er die Klappe hielt und das Licht ausmachte.

„Du darfst noch bei mir an der Bar bleiben", schlug er vor und zwinkerte Archie zu. Sein Feierabend war fast greifbar. „Während ich die Theke poliere, kannst du ein paar Nüffchen knabbern."

„Ich entscheide, wann und wie ich Archie aus seiner Schuld entlasse, bis er seine Zeche bezahlen kann", grollte Riley und verschränkte die Arme. Damit hatte er leider recht. Zu allem Überfluss konnte er Tommy dazu zwingen, diese Schuld für ihn einzutreiben. Solange er sein Herr war, musste er Rileys Interessen vertreten.

„Wir überlegen unf waf", antwortete Tommy schnell, bevor Archie sich unbedacht äußern konnte und Riley diese Karte ausspielte. Schon bald würde sich alles zum Guten wenden und er war frei. Doch das war noch nicht in trockenen Tüchern.

Er spürte, wie Archie vehement nickte. Na toll, jetzt hatte Tommy einen ganzen Arsch voll Sorgen mehr – so süß der Kleine auch war.

Kapitel 2

Es wäre eine gute Idee, Riley an diesem Abend nicht mehr unter die Augen zu treten. Nachdem er die Küche verlassen hatte, war er übellaunig, das wusste Tommy. Wie der Mann manchmal mit ihm umsprang, gefiel ihm gar nicht, aber noch hatte Riley das Sagen. Ja, er behandelte ihn wie einen Hund, das wollte sich Tommy nicht mehr lange gefallen lassen.

Sein Job war ihm wichtig, noch brauchte er ihn. Wie besessen polierte er die Bierhähne und die Werbeschilder aus Emaille vorn auf der Zapfanlage. Dafür konnte er sich auch neben seinem Schützling aufhalten, statt immer alles mit Abstand zu betrachten, weil der Tresen zwischen ihnen war.

„Hab keine Furcht, ich werde dich behüten", sagte er salbungsvoll zu Archie, der es sich wirklich an der Theke gemütlich gemacht hatte und die Snackschalen leerte. Offensichtlich hatte der Mauswandler Hunger, er stopfte die Nüsse nur so in sich hinein.

„Das hast du schön gesagt." Für einen Moment hob Archie den Blick und lächelte. Er hatte ungewöhnlich große Augen, sie waren dunkel, fast schwarz, aber seine Gesichtszüge wirkten sehr männlich. Auf den Wangen trug er einen Dreitagebart, wie er selbst auch. Tommy mochte den Ausdruck von Schläue, den er bei Archie zu sehen glaubte. Die kleinen und eher wehrlosen Wandler mussten sehr intelligent sein, um zu überleben.

„Ich habe länger darüber nachgedacht, damit ich die doofen Wörter vermeide." Manchmal klang es dann etwas eigenartig, aber immer noch besser als das

Herumgespucke. Hinter der vorgehaltenen Hand gönnte sich Tommy ein breites Grinsen, aber er wollte seine Zahnlücke verstecken. „Viel rede ich nicht."

Wenn Archie wüsste. Wäre Tommy seinem Gefühl gefolgt, hätte er jetzt einen Wortschwall nach dem nächsten produziert, um seine Aufregung in den Griff zu bekommen. Stattdessen schüttete er die Reste der Nüsse zusammen und füllte ihm die Schale erneut auf.

„Darf Riley nicht mitkriegen." Verschwörerisch legte er einen Finger über seine Lippen und zwinkerte ihm zu. „Mehr kann ich dir nicht anbieten."

„Danke, das ist ein wunderbares Abendessen." In Archies Blick blitzte es vergnügt. Das ließ Tommy fast nach Luft schnappen, aber der Mäuserich verbarg dieses Funkeln schnell wieder hinter seinen langen Wimpern.

So ein Filou! Dieses Verhalten erinnerte Tommy an Patsy, den angeblichen Adler, der sich aber als Kauz herausgestellt hatte. Auch dieser Bursche kokettierte mit seiner Verletzlichkeit. Wenn er jedoch Shawn Glauben schenken durfte, war der Herr zäh und ein würdiger Gegner für allerlei Dinge. Als sein Lebenspartner musste es der Panther ja wissen, Tommy betrachtete ihn als sein heimliches Vorbild. Shawn war ein Anführer – ihr Anführer.

„Haft du fon von der Wandler-Bewegung gehört?", fragte er Archie und musterte ihn intensiv. „Gerade alf Mauf follte dich daf intereffieren, ef geht darum, die Fwächeren zu fütfen."

Jetzt schaute ihn Archie etwas angestrengt an und Tommy wollte schon ansetzen, das Gesagte zu wiederholen. Immerhin war Shawn der erste Wandler mit der Vision von einer Gemeinschaft, diesen Gedanken hatte bisher noch niemand aufgegriffen.

„Reden wir von Politik? Die Kleinen werden doch sowieso immer verarscht", befand Archie dann doch noch und schüttelte den Kopf. „Wir sind nur dabei, damit die Großen ihre Macht demonstrieren können."

„Ef fehlt dir an Vertrauen." Unwillkürlich freute sich Tommy, das so souverän ausgedrückt zu haben. Aber hier musste er wohl Überzeugungsarbeit leisten.

In der Vergangenheit hatte das Recht der Stärkeren regiert, es war nicht leicht, das richtig rüberzubringen. „Wir machen ef beffer alf die Menfen. Wenn wir nicht auf dich und die anderen Wandler von kleiner Geftalt aufpaffen, find wir alle angreifbar. Unfer Geheimnif muff gewahrt bleiben."

Wirklich, er brauchte einen Ersatzzahn. Die Mandel war nicht die beste Wahl gewesen, aber vielleicht konnte er etwas aus Holz basteln. Die einzige Schwierigkeit bestand darin, das Ding dauerhaft zu befestigen.

„Du spuckst mir in die Nüsse. Erzähl mir doch lieber mal, wie du dir den Zahn ausgebissen hast. Es soll ja eine recht amüsante Geschichte sein." Archie betrachtete ihn mit Wohlwollen, offensichtlich gehörte Tommy für ihn nicht zu den bösen „Großen".

Sollte ihn das glücklich machen oder beleidigen? Immerhin war er kein Pinscher, sondern ein stattlicher Hund, dessen Form entfernt an einen Border Collie erinnerte. Mit den Zuchtrassen hatten sie als Wandler wenig zu tun.

Er seufzte, das alles mit ihrer Bewegung konnte Shawn viel besser erklären, Archies Misstrauen ließ sich natürlich nicht so einfach wegwischen.

Besonders gefesselt hatte er den Mäuserich nicht mit dem Gleichheitsgedanken. Nur, warum musste er jetzt ausgerechnet mit dieser peinlichen Sache ankommen?

„Vergiff daf einfach, ich habe ein wenig gefummelt", versuchte er das Thema abzubiegen. „Eine Bargefichte."

„Mit wem hast du gefummelt?" Archie musterte ihn aufmerksam, offenbar fand er die Frage sehr interessant.

„Ähm … ich habe nicht ganf die Wahrheit gefagt." Die Röte stieg in Tommys Wangen, das spürte er, weil ihm mächtig warm wurde. Auf diese kleine Lüge war er nicht stolz und überhaupt wurde er nur ungern auf die Entstehung der Zahnlücke angesprochen. Darum war er auf die Idee mit dem Metall-Ei gekommen.

„Du hast dir also eine amüsante Story ausgedacht." Aufgeregt leckte sich Archie über die Lippen und Tommy konnte die Augen nicht von ihm lassen.

Der Kleine sah so gar nicht nach Nagetier aus, das hatte er bereits ganz unterschiedlich erlebt. Ein anderer Mauswandler, der ihm begegnet war, konnte schon durch sein Gebiss und die abstehenden Ohren ganz klar einer Spezies zugeordnet werden.

Nicht Archie. Er war einfach hübsch, das konnte Tommy gar nicht oft genug in seinem Kopf wiederholen. Und der Duft, den er ständig in der Nase hatte, ließ es angenehm in seinem Bauch vibrieren.

„Erzähl sie mir und dann möchte ich wissen, was wirklich passiert ist", forderte ihn Archie lebhaft auf. „Hättest du noch ein paar Nüsse für mich? Ich habe einen furchtbar schnellen Stoffwechsel."

Ho, ho, der Gute war wohl nicht so schnell zufriedenzustellen. Dann würde Tommy ihn noch ein wenig auf Rileys Kosten durchfüttern. Das bereitete ihm eine diebische Freude, weil sein knauseriger Boss sich sowieso immer über die gut gefüllten Knabberschalen aufregte. Dabei schwamm der Kerl in Geld.

„Na, ich behaupte immer, ich hätte einem Gefpielen in eine Prothefe gebiffen. Er hatte ein Metall-Ei im Fack." Himmel, wie oft hatte er das schon zum Besten gegeben? Mittlerweile kam es ihm so vor, als wäre es genau so geschehen. Großzügig füllte er die Nüsse auf und lächelte, als Archie ihre Vernichtung sofort wieder aufnahm.

„Hahahaaaaa, wie geil", bemerkte der Mäuserich, begleitet von einem Kichern. „Und wie hast du den Zahn wirklich verloren?"

„Daf war eine Laterne." Ein breites Grinsen schlich sich auf Tommys Gesicht. Er hatte ganz vergessen, die Hand davorzuhalten, also streckte er die Zungenspitze kurz durch die Lücke und lachte herzhaft. „Ftand einfach im Weg rum."

Archie gluckste, während er munter weiterkaute. „Möchte ich wissen, was dich abgelenkt hat?"

„Neeeeein", zog Tommy das Wort absichtlich in die Länge.

Eigentlich wusste er selbst nicht mehr, was es gewesen war. Etwas Belangloses. Das musste er Archie aber nicht unter die Nase binden, vielleicht hatte seine

Geschichte noch den Hauch einer Chance, aufregend zu wirken.

Ja, er wollte Archie beeindrucken, nur leider war er sich mehr als bewusst, wie erbärmlich es aussah, hier Rileys leere Bar zu hüten. Gerade in der Küche hatte Tommy den Helden für Archie spielen können, aber ohne Gäste war der Club ziemlich öde. Das toppte nur noch die muffige Atmosphäre, die der Schankraum bei Tageslicht ausstrahlte.

Dafür entdeckte er plötzlich Riley in der Türöffnung zum Privatbereich, die er mit seiner massigen Gestalt ausfüllte. Der Chef betätigte sich als Spitzel. Ziemlich schlecht, wohlgemerkt. Dann sollte er auch etwas zu sehen bekommen.

Zum Glück stand Tommy bereits neben Archies Barhocker, er musste sich nur über ihn beugen, um die nötige Nähe zu schaffen. Es wummerte kräftig in seiner Brust, als er diese verführerischen Lippen direkt vor sich sah. Der Mäuseduft hatte etwas von Zimt und gemeinsam mit den Nüssen kamen ihm sofort Erinnerungen an Weihnachten in den Sinn. Von damals, als irgendwie noch alles in Ordnung gewesen war.

„Tommy", flüsterte Archie mit halb geöffnetem Mund, während Tommy darüber streichelte und sanft an ihm knabberte. Er legte die Arme um den Kleinen und fühlte zu seinem Erstaunen einen drahtigen Körper unter dem Shirt, der gar nicht so schmächtig war, wie er gedacht hatte.

Sie küssten sich und Tommys Hände gingen genüsslich auf Wanderschaft über die muskulöse Rückfront. Wow, das war so heiß! Archies Zunge kam ihm

161

immer wieder fordernd entgegen und machte ihn ganz fahrig. In seinen Lenden pulsierte es. Beinahe hätte er vergessen, nur ein kleines Schauspiel für Riley zu veranstalteten. Ein kurzer Blick sagte ihm, dass sie wieder allein waren.

„Hilfft du mir fnell? Wenn du die Affenbecher ein-fammelft, habe ich früher Feierabend." Seine Stimme klang rau, er war wirklich kurz vor dem Punkt gewe-sen, der ihn seine Beherrschung vergessen ließ. „Du gehft mir nicht allein da rauf, ich traue Riley allef fu."

„Klar, ich muss schon bei dir bleiben, das wird er kontrollieren." Hatte sich Archie auch ein klein wenig atemlos angehört? Sein Blick ging jetzt gehetzt zur Tür, die allerdings wieder frei war. Als „Futtertier für alle" war es wohl wichtig für Archie, die Fluchtwege im Auge zu behalten, jeder Mäusebau verfügte über mehrere Ausgänge.

Zumindest teilte Tommy seine Einschätzung: Sein Boss würde sie genau beobachten. Das kam ihm gar nicht so ungelegen, ein gemeinsamer Feind schweißte sie zusammen. Auf diese Nacht war er gespannt.

Kapitel 3

Archie war aufgeregt. Zwar für kurze Zeit gesättigt, aber aufgeregt. Die meiste Zeit machte er sich Sorgen, wie er seinen Bauch füllen konnte, die Angst, die ihm Riley eingejagt hatte, war allerdings auch nicht ohne gewesen. Es hatte ihm imponiert, wie Tommy ihn vor dem großen Mann beschützte. Leider war er ein Hund. Schon wieder ein Raubtier, das sich in Tiergestalt gern einen kleinen Snack gönnte – zum Beispiel einen Nager.

Dieses Thema ging Archie gehörig auf den Geist. Es zog sich bereits durch sein ganzes Leben und seine Eltern hatten ihm eingeschärft, sich von allen Lebewesen fernzuhalten, die nicht vor ihm herumkrabbelten. Es gab nur Feinde oder Futter. Doch er wollte nicht einsam sein, er war schon immer ein Rebell gewesen, was ihm bei Seinesgleichen einen üblen Ruf einbrachte. Mäuse waren die miesepetrigsten Geschöpfe, die er kannte.

Ja, er war unangepasst, besaß ein überdurchschnittlich großes Gemächt und war begierig darauf, es endlich einzusetzen.

Nur, weil er keine breiten Schultern vorzuweisen hatte und auch nicht ganz so groß geraten war, hielt ihn jeder für einen Bottom. Eigentlich wurde er gar nicht gefragt und einfach dazu gemacht, die Machos benutzten ihn nach ihrem Gusto. Das tat weh, Archie fühlte sich auch in seiner Menschengestalt klein und unscheinbar, obwohl er im Bett sehr begehrt war. Trotzdem blieb er ein geiler Mäusebock und musste sich irgendwie durchlavieren. Er hatte sich mit seinem

Schicksal arrangiert, nur dieses Zusammentreffen mit Riley war zu weit gegangen.

Tommy war anders. Als Archie die Nase in die Luft hielt, konnte er ihn riechen. Der Hund, der mit ihm gemeinsam die schmale Treppe hinauflief, besaß zwar ein unterschwelliges Raubtieraroma, aber er hatte wohl durch die Domestizierung seiner Spezies diese scharfe Note verloren, die bei Archie instinktiv den Fluchtreflex auslöste.

„Wo ist hier der Ausgang?", fragte er seinen Gastgeber, als sie vor der kleinen Dachwohnung angekommen waren. Tommy hatte ihn vorgehen lassen, also befand er sich zwischen ihm und der Eingangstür. Das ließ Archie beinahe in Panik geraten, sein Puls beschleunigte sich, obwohl er sowieso immer raste.

„Die Treppe runter und dann geht ef durch den Hinteraufgang nach draufen. Direkt gegenüber der Tür, durch die wir auf dem Fankraum gekommen find." Anscheinend wusste Tommy, was ihn beunruhigte, denn er legte ihm eine Hand auf die Schulter. „Mach dir keine Forgen, ich paffe auf dich auf."

Das hatte noch niemand zu Archie gesagt. Wahrscheinlich war es gar nicht nötig, ihn abzuschnuppern, Tommy wusste auch so, dass er sich fürchtete, die Angst kam ihm aus allen Poren.

„Da-danke." Er musste natürlich herumstammeln, dabei drohte ihm von Tommy keine Gefahr, das wusste Archie

Vermutlich war er ein Hütehund mit ausgeprägtem Beschützerinstinkt. Eigentlich brachte er ihn sogar in Bock-Stimmung, sein Schwanz pumpte sich langsam auf und ging in Stellung. Gefährlich, wenn er dadurch alle Vorsicht vergaß.

„Hinein in meine Bude", sagte Tommy einladend, nachdem er an ihm vorbeigegriffen hatte, um die Tür aufzuschließen. „Bei mir bift du ficher."

Archie war ganz gerührt. Die Nähe ihres Kusses gerade und auch jetzt Tommys Wärme gaben ihm Mut, er wollte endlich ausleben, was er schon so lange für sich behalten hatte. Endlich traute er sich, Tommy würde ihn nicht auf die Laken drängen und ihn einfach nehmen.

Neugierig schaute er sich um, als sie die kleine Wohnung betraten. Für einen Chaoten wie Tommy war es hier erstaunlich aufgeräumt und sehr gemütlich. In der Ecke gab es eine Küchennische, die halb in der Dachschräge verschwand. Der durch eine Wand abgeteilte Bereich war sicher das Badezimmer, ansonsten spielte sich hier alles in einem Raum ab. Statt einem Sofa bevorzugte Tommy wohl sein großes Bett zum Fernsehen und Hinsetzen, es gab auch wenig Platz für eine Couch-Landschaft. Das war fast wie ein Mauseloch in groß, sehr gemütlich und ganz nach Archies Vorlieben. Wie schön.

Ehe er sich's versah, hatte er eine Hand in Tommys Nacken und zog ihn zu sich. Dann trafen sich ihre Lippen und der Geschmack, der ihm gerade bei ihrer kleinen Vorstellung für Riley so gefallen hatte, war wieder da. Archie spürte den Widerstand, der aber sofort nachließ, als er zärtlich über Tommys Lippen leckte. Anscheinend hatte er ihn überrascht.

Genüsslich wühlten seine Finger in dem lockigen Haar und spielten mit einer langen Strähne. Es war so weich, sicher konnte man sich schön in Tommys Fell kuscheln. Falls Archie nicht vor Schreck tot umfiel, wenn er die Reißzähne sah. Bei so einem Anblick hörte er dünne Knochen knacken, jede Maus hatte verloren, wenn sie dort hineingeriet. Aber er wollte diese Vorstellungen jetzt wegschieben und sich ganz ihrem sanften Ringen widmen. Plötzlich begegneten sich ihre Zungenspitzen in Tommys Zahnlücke und Archie musste sich zurückhalten, nicht einfach loszukichern.

„Artfie, du machft mich fertig", keuchte Tommy, während er ihn behutsam an den Hüften von sich schob und ihn mit weit aufgerissenen Augen ansah. Vorher hatte er sich wollüstig an ihm gerieben. „Du willft doch nicht behaupten, daf ift dein Fwanf. Der ift gröfer alf meiner!"

Bei dieser Bemerkung konnte Archie nur lachen. Sie klang erstaunt, aber auch entrüstet, immerhin durfte er als kleiner Kerl nicht seinen Herrn und Meister übertrumpfen. Die Machos dachten doch alle gleich, nur Tommy brachte es wesentlich sympathischer rüber als die meisten vor ihm.

„Die schmächtigsten Ritter führen oft die mächtigsten Schwerter. Das hat mir Patsy erzählt und ich denke, er weiß, wovon er spricht." Wenn er an Patsy Malone dachte, rieselte ein Schauer über seinen Rücken, denn er war ein Kauz, ein Mäusejäger. Trotzdem mochte er Patsy.

Mäuseherz, beruhige dich mal. Es ratterte wie wild in Archies Brust, es schien aus den Angeln springen zu wollen. Ihr Kuss hatte seine Fantasien beflügelt, sich dieses schönen Körpers zu bemächtigen und tief in ihn einzudringen. Tommy gefiel ihm, er machte ihn so richtig heiß, aber dieser Hundeblick verriet auch, dass er nicht so ein Testosteronbomber war, wie die anderen großen Wandler, denen er begegnet war.

„Schlaf mit mir", hauchte er Tommy an die Wange, als er sich erneut an ihn schmiegte.

Der besorgte Ausdruck in seinen sanften braunen Augen ließ Archie butterweich werden. Es war ihm egal, wer sich wem hingab, nur fühlen wollte er ihn. An seiner Mitte spürte er Tommys Erektion, die auch nicht von schlechten Eltern war. Es puckerte heftig in seinem Unterleib, während er sich gegen sie drückte.

„Warte, Artfie." Das hörte sich gequält an und er schaute Tommy ins Gesicht. „Laff unf daf verfieben, bif du freiwillig bei mir bift. Ich will deine Fituatfion nicht aufnutfen."

Wenn er aufgeregt war, kam der Sprachfehler anscheinend umso deutlicher heraus, weil sich Tommy die Worte nicht zurechtlegen konnte. Das war ja so süß. Mittlerweile verstand ihn Archie sofort, die Ohren gewöhnten sich daran.

Aber er hatte beinahe Schnappatmung: Warum wollte ihn dieser Sauhund nicht? Mit dem Rauschen in den Schläfen konnte Archie kaum noch klar denken, er war bockig.

„Ich werde dich erst daten, wenn du meinen Namen richtig aussprechen kannst", antwortete er atemlos, doch schon im nächsten Moment tat es ihm leid. Es hatte ein Witz sein sollen, aber das war wohl nicht so angekommen. Da half auch ein verunglücktes Lächeln wenig.

Tommy schluckte sichtbar. „Forry", sagte er dann niedergeschlagen. „Alle meine Freunde haben diefef verfluchte F im Namen: Patfy, Fhawn, Orfon und du. Ich werde allef verfuchen, den Fahn fu erfetfen."

Als Archie betreten schwieg, fügte Tommy hinzu: „Für heute follte ef reichen, wenn du ficher in meinen Armen flafen kannft."

Auweia, das hatte Archie gekonnt in den Sand gesetzt. Dabei war ihm Tommy doch wirklich wichtig und auch er schien nicht gerade mit vielen Gefährten gesegnet zu sein. Sie alle traf dieses Wandler-Los. Die meisten waren Eigenbrötler, darum konnte sich Archie gar nicht vorstellen, wie das mit dieser angeblichen Gemeinschaft funktionieren sollte. Engstirnigkeit war ihnen förmlich in die Wiege gelegt.

„Entschuldige bitte, es freut mich, wenn ich zu deinen Freunden gehöre", brach Archie das längere Schweigen, das sich über sie gelegt hatte, nachdem sie beide auf dem einladenden Bett saßen.

Seine Welteroberungspläne mussten warten.

Dieser Schwanz würde irgendwann zum Einsatz kommen, aber der Zeitpunkt war noch nicht gekommen.

Jetzt war es wichtiger, Tommy nicht zu verlieren. „Und danke, ich bin froh, bei dir bleiben zu dürfen. Riley wäre mir bis nach Hause gefolgt."

Eine Gänsehaut überlief ihn und das hatte nichts damit zu tun, dass er sich sein Shirt über den Kopf gezogen hatte. Sexuelle Übergriffe war er gewohnt, aber diesmal hatte man ihm gar kein Mitspracherecht eingeräumt. Riley hätte ihn auch gegen seinen Willen genommen.

Der Kerl war widerlich. Es ekelte ihn an, sich diese wulstigen Finger an seinem Körper vorzustellen.

Durch seine Freude, in Tommy so einen tapferen Beschützer gefunden zu haben, hatte er diesen Zwischenfall verdrängen können. Doch jetzt setzte es ihm zu, seinem Retter vor den Kopf gestoßen zu haben. So ein fehlender Zahn war sicher sehr belastend, wenn sich jeder darüber lustig machte. Tommy sagte auch gar nichts mehr, was Archie nach seinem blöden Kommentar gut verstehen konnte.

Dabei war er so gutaussehend, Archie liebte dieses kleine Grübchen im Kinn und die Lockenmähne, die sich kaum bändigen ließ. Die Augen hatten es ihm sowieso angetan. Hach ja, dann war da noch dieser durchtrainierte Body, der ihm gerade beinahe nackt präsentiert wurde. Nur mit seinen Shorts bekleidet schlüpfte Tommy unter die Decke und hob sie für ihn hoch.

„Ich komme sofort zu dir", beeilte sich Archie zu bestätigen. Vorher musste er sich noch aus den Jeans schlängeln, was sich immer als schwierig erwies, wenn sich sein Gemächt einmal aufgeregt hatte. Ohne einen ordentlichen Beischlaf oder wenigstens etwas Gefummel gab es ungern Ruhe. Sein Schwanz war ein Opportunist.

„Da wird ef nicht leicht, die Finger davon zu laffen." Anscheinend war Tommy nicht beleidigt. Sein Blick hatte sich an der Beule in seinen Boxershorts festgesaugt und es wurde Archie mächtig warm. Trotzdem verlangte es ihn nach kuscheliger Nähe.

„Das musst du auch nicht, wenn du mehr willst." Na gut, deutlicher konnte Archie sein Angebot nicht rüberbringen. Das Hämmern seines Herzens übertönte alles, seine Wünsche waren offensichtlich.

Schnell legte er sich neben Tommy und rutschte ganz eng an ihn heran.

„Daf gefällt mir", raunte er ihm ins Ohr und Archies Gänsehaut wurde mehrstöckig. Er hatte nichts dagegen, als sich Tommy von hinten an ihn drückte und den Arm über ihn legte. In Erwartung einer tastenden Hand, pumpte sich sein Schwanz zu voller Größe auf, während er Tommys Erektion an seinem Hinterteil spürte. Sie sollten eigentlich auf derselben Welle funken.

Archie zitterte und bebte vor Erregung. Aber da kam nichts. Angespannt hörte er auf zu atmen.

„Du mufft keine Angft haben." In der Dunkelheit hörte sich Tommys Stimme ein bisschen unheimlich an und Archie fiel erst jetzt auf, dass er das Licht gelöscht hatte.

Es kamen noch immer keine Grabbelfinger.

„Ich will ef diefmal ordentlich machen. Reden wir nicht von Fekf und Liebe braucht Feit", murmelte Tommy. „Gute Nacht." Zärtlich drückte er ihm einen Kuss aufs Haar.

Liebe! Diese Worte legten sich wie eine Decke über Archies Verzweiflung. Die Lust würde noch ein wenig brauchen, um sich zu beruhigen, aber er konnte in der Zwischenzeit darin schwelgen.

„Schlaf gut", gab er zurück und manövrierte geschickt Tommys Härte zwischen seine Pobacken, als er sich an ihn kuschelte. Archie würde kein Auge zumachen, aber das beflügelte seine wachen Träume.

Kapitel 4

Wovon war er wachgeworden? Als sich Tommy auf seine feinen Sinne konzentrierte, nahm er Archies Zimtduft wahr, der Kleine war also noch da. Aber er spürte auch kaum merkliche Bewegungen in seinem Haar, die regelmäßig wiederkehrten: Ein kleines Wesen atmete, er konnte sogar den schnellen Herzschlag fühlen. Ernsthaft? Archie musste sich im Schlaf gewandelt und ein Nest in seinem Nacken gebaut haben. Wie süß war das denn?

Er wünschte, sich das Bild ansehen zu können, es musste zu putzig aussehen, wie sich eine Maus in seine Locken kuschelte. Leider hatte er hinten keine Augen. Dafür wagte er es nicht, auch nur einen Finger zu rühren, um Archie weiterschnorcheln zu lassen. Das nervöse Hemd brauchte ein wenig Erholung.

Neben ihm lag seine Unterhose, Tommy hätte nur zu gern sein Gesicht hineingegraben. Obwohl er sich nicht bewegen konnte, stieg ihm Archies menschlicher Körpergeruch in die Nase, der sich in den Shorts gefangen hatte. Das Aroma unterschied sich leicht von dem, was der kleine Schläfer verbreitete. Es war sehr anregend, vielleicht sollte er ihm die Hosen klauen, aber das war natürlich abwegig.

Bestimmt hatte es ein Wandler der schwächeren Sorte nicht leicht. Tommy gewann immer mehr Einblick in so ein Leben und hoffte dabei auf Archies Hilfe. Sie mussten lernen, ihre Schützlinge zu verstehen, denn das waren die von außen angreifbarsten Mitglieder ihrer Gemeinschaft. Nur so war das Geheimnis ihrer Existenz sicher.

So hatte Shawn es erklärt und er fand es auch plausibel. Es würde allerdings einiges an Kraft erfordern, die sogenannte „Elite" davon zu überzeugen. Sie verachteten alles, was nicht an ihre Stärke heranreichte, und Tommy war sich mittlerweile unsicher, ob er zu ihnen gehörte.

Shawn war ein Panther-Wandler und besaß als Großkatze einen gewissen Herrscheranspruch. Jeder einzelne seiner Auftritte war bewundernswert. Gerade ihn als Verfechter des Gleichheitsgrundsatzes zu haben, würde ihre Community voranbringen. Eigentlich fühlte sich Tommy zu unbedeutend, um ein Teil dieser Bewegung zu sein, und er wusste, das ging vielen von ihnen so.

In Archies Augen war er ein Freund, aber er hatte herausgehört, was das für ihn bedeutete: kein Feind. Seine Feinde waren die großen Animalos, die ihn nicht vom Tellerrand schubsen würden. Wie sollte er Archie diese Urangst nehmen, zumal sie nicht ganz unbegründet war? Mehr als seinen persönlichen Schutz konnte Tommy ihm nicht anbieten. Und was war der schon wert, wenn er einem Raubtier gegenüberstand?

Er seufzte, denn die meisten Wandler waren noch Neandertaler im Kopf. Sie gingen mit der Keule auf die Jagd, Tommy dagegen war – domestiziert, der Wildheit beraubt. Was auch immer das bedeutete, aber er war ein treuer Begleiter der Menschen und kümmerte sich auch um das Wohlergehen von anderen. Das war schon immer so gewesen.

Wie gut, dass Shawn ihren Freund Orson hatte retten können. Als angeblicher Wolf schlich er sich in ihr

Vertrauen, doch er war ein Mensch, sogar schlimmer: ein Enthüllungsjournalist. Nur knapp überlebte er den ersten Prozess ihres gerade aufkommenden Rechtssystems, denn es hatte genug extreme Stimmen gegeben, die ihn lynchen wollten. Leben oder Tod, es gab nichts dazwischen. Aber Orson hatte zumindest Shawn davon überzeugen können, auf ihrer Seite zu stehen. Statt sie zu verraten, wollte er sich für ihre Sache einsetzen. Er roch nach Aufrichtigkeit, eine Lüge entging Tommys feiner Nase selten.

Es existierten noch keine allgemeingültigen Wandler-Werte, sie mussten erstmal auf einen Nenner kommen. Ein Mäuserich wie Archie betrachtete alles aus einem anderen Blickwinkel als zum Beispiel ein Löwe. Momentan trugen sie Informationen über ihre Spezies zusammen, um sich solche Dinge klarzumachen.

Tommy war stolz wie sonst was, weil Shawn ihn als Ermittler vorgesehen hatte. „Schnüffler" nannte Riley seine neue Aufgabe abfällig.

Der Besitzer des *Shapeshifter* gehörte bisher nicht zu ihren Unterstützern, der Stinkstiefel war sich aber bewusst, dass sie ihn brauchten. Nur im Club kamen die Wandler zusammen, ansonsten lebten sie anonym und waren auch ihnen unbekannt.

Tommy traute Riley nicht über den Weg, bei Gelegenheit würde er versuchen, so viel wie möglich über ihn herauszufinden. Freiwillig rückte der Kerl ohnehin nichts heraus, er war sehr eigen, wenn es um Persönliches ging.

Seit seinem Bedrängungsversuch gegenüber Archie war sein Boss bei Tommy untendurch. Am liebsten hätte er den Kleinen von Rileys Joch befreit, doch er verfügte nicht über die Mittel, Archie auszulösen und seine Schulden zu übernehmen. Trotzdem würde er ein Auge auf ihn haben. Gestern hatte ihn Riley nicht zum Gläser spülen herbestellt.

Tommy mochte Archie sehr, sein Herz schlug noch ein paar Trommelwirbel, als er daran dachte, wie süß er sich in seine Haare kuschelte. Ein leises Winseln entkam ihm, für das er sich unendlich schämte, falls der Mäuserich es gehört haben sollte. Diese Hundelaute fand er in seiner Menschengestalt mehr als überflüssig. Peinlich.

In seinem Nacken wurde jemand munter und er spürte eine feuchte Berührung, die sich anfühlte, wie von einer winzigen Zunge.

Dann kam Archie herausgekrabbelt, um sich neben ihm zu wandeln, nachdem er ihn kurz mit seinen schwarzen Knopfaugen betrachtet hatte. Er war eine hübsche hellbraune Feldmaus, aber der nackte Mann neben ihm gefiel Tommy gleich viel besser. Hatte er doch gewusst, dass sich geschmeidige Muskeln unter dem Shirt verbargen – nur nicht ganz so ausgeprägt, eher schlank.

„Guten Morgen. Würdest du mich bitte nicht so anstarren? Ich weiß, ich bin mager", sagte Archie leise und zog die Decke über seinen Körper. Aber Tommy hatte noch einen schnellen Blick auf diesen Wahnsinnsschwanz erhaschen können. Wow!

„Du bift fön", rutschte es ihm heraus. Eine zarte Röte wanderte über Archies Wangen, er selbst spürte die Hitze ebenfalls hochsteigen. „Und du fiepft im Flaf."

„Das tut mir leid, ich fühle mich unwohl, wenn ich in menschlicher Form schlafe. Dann bin ich so groß und kann mich nicht verkriechen, als Maus bin ich sicherer. Die Angst beschert mir Albträume und ich wandle mich automatisch." Zerknirscht schaute Archie ihn an und es tat Tommy leid, auch nur einen Ton darüber verloren zu haben.

„Und wenn du dich an mich kuffelft und ich dir immer mal wieder beruhigend daf Ohr lecke?"

Ein Strahlen huschte über Archies Gesicht, es pulsierte warm in Tommys Brust. „Das wäre toll, so voller Geborgenheit. Möchtest du auch an meinem Hinterteil lecken?", fragte Archie provozierend und zwinkerte ihm zu. „Mögen Hunde das nicht? Du dürftest mich auch markieren."

Was für ein Mäuserich! Der Kleine machte ihn hart, von jetzt auf gleich. „Vielleicht mal ein biffchen fnuppern. Mit dem Anpinkeln follten wir noch etwaf warten, daf ift doch fehr intim." Beim Lachen hielt Tommy sich die Hand vor den Mund. Es tat so gut, mit Archie herumzublödeln. Für eine Maus hatte er eine ziemlich große Klappe, aber er weckte auch wilde Fantasien in ihm. Es kribbelte in seinem Unterleib.

„Du bift ganf fön verdorben, Meifter." Für einen Moment ließ er seine Zungenspitze durch die Zahnlücke blitzen. „Ich bin kein Mann für eine Nacht."

Normalerweise spuckte er nicht rein und schob gern mal eine schnelle Nummer. Aber nicht unbedingt in seiner Wohnung, dazu gab es andere Plätze. Angebote bekam er mehr als genug, Wandler waren ziemlich triebgesteuert. Irgendwie hatte ihn Archie überrumpelt, Tommy konnte sich nicht vorstellen, mit ihm zu schlafen und dann allein im Bett aufzuwachen. Oder ihn nur mal schnell ranzunehmen, um ihn danach wegzuschicken.

Jetzt musterte Archie ihn aufmerksam. „Komisch, die wirklich wichtigen Dinge kannst du richtig sagen. Aber es wäre nicht übel, wenn ich alles verstehen könnte. Gibt es gar keine Möglichkeit, den Zahn zu ersetzen?"

Tommy schluckte. Allein der Gedanke, dass ihm jemand im Mund herumfuhrwerken könnte, ließ ihm den Schweiß ausbrechen. Zum Glück musste er so oder so allein damit klarkommen. „Fu einem Artft würde ich fowiefo nicht gehen. Ef gibt aber auch keinen, daf weift du doch."

Schon allein diesen mitleidigen Blick wollte er bei Archie nicht mehr sehen, er musste sich eine dauerhafte Lösung einfallen lassen. Für die Zahn-Geschichte und auch für Archies Schulden. Schade, die schöne Stimmung war dahin, sie hatten gerade noch heftig geflirtet.

„Haft du Hunger? Frühftück wäre eine gute Idee."

„Wahre Worte!" Kichernd angelte Archie nach seinen Boxershorts, die neben das Bett gefallen waren. Für einen kurzen Moment sah Tommy einen wohlgeformten Hintern und es drängte ihn, seine Nase mal ein wenig näher heranzubringen. Leider konnte er den Anblick nur kurz genießen.

Es funkelte unternehmungslustig in Archies Augen, als er in seine Jeans schlüpfte. „Was gibt es denn?"

Wahrscheinlich einen Angriff auf Tommys Kühlschrank, wenn er die Anzeichen richtig deutete. Er hatte nicht vergessen, wie Archie die Nüsse in sich hineinschaufelte. Der Schnellverbrenner musste schon längst auf Reserve laufen.

„Ich haue unf Eier in die Pfanne. Danach gehen wir fu Fhawn und Patfy auf einen kleinen Imbiff." Wenn er es nicht allein schaffte, Archie zur Kooperation in ihrer Wandler-Bewegung zu bringen, würde Shawn ihn bestimmt überzeugen können. Außerdem durften ihm ihre Freunde helfen, den Vielfraß zu füttern. Immerhin war es für eine gute Sache.

Wieso wunderte es ihn nicht, dass Archie schon wieder begeistert nickte? Dafür hatte sich Tommy einen Gutenmorgen-Kuss verdient.

„Komm doch mal her, du frecher Bengel", flüsterte er rau und zog Archie näher. Ihre Lippen berührten sich und das gute Gefühl machte wieder ein kleines Feuerchen in seinem Bauch an.

Er war voll auf Maus, anders konnte er die Wirkung dieser Droge nicht beschreiben.

Irgendwie musste Archie immer wieder zu Tommy herüberschauen. Aber so, dass er es nicht mitbekam, denn das war ja peinlich. Warum er so fasziniert von diesem Hund war, konnte er nicht sagen. Auf jeden Fall hatte er schon lange nicht mehr so gut gegessen.

Während des Frühstücks wollte ihm Tommy ständig von seiner Wandler-Vereinigung erzählen, aber er hatte ihm nur halb zugehört. Das Rührei und der Buttertoast waren so lecker gewesen, da hatte Archies Konzentration gelitten.

Außerdem wollte er nicht als schwach betrachtet werden, immer wieder hatte er gehört, er wäre einer von diesen Verlierern. Mit Tommy an seiner Seite fühlte er sich, als könnte er Bäume ausreißen. Trotzdem freute er sich, beschützt zu werden. Man konnte nie wissen.

„Kennst du die Geschichte *Die Maus, die brüllte*?", fragte er Tommy auf ihrem Weg zu Patsy und diesem Shawn, den Archie noch nicht kannte. Er würde sich ganz bestimmt nicht näher an einen Panther heranwagen, das war selbst für seinen Hundebegleiter gefährlich. Angeblich war Shawn der Anführer dieser Bewegung.

Bei diesem Wort kamen ihm nur Unanständigkeiten in den Sinn, er konnte es kaum glauben, dass sie keinen Sex gehabt hatten. Was stimmte nicht mit ihm? Oder mit Tommy. Wollte er ihn nicht? Ihre Küsse waren wie elektrische Schläge, die bis in die kleinen Zehen gingen. Sein Peilstab war von diesen Schwingungen ganz aus dem Ruder geraten.

„Erfäle mir davon." Tommy lächelte ihn leicht an. Wie schön es gewesen wäre, wenn er sich mehr getraut hätte, so richtig störte Archie diese Zahnlücke gar nicht mehr. Er hatte sich an den Anblick ebenso gewöhnt, wie an die etwas feuchte Aussprache.

„In dieser Story greift ein Zwergstaat die Vereinigten Staaten von Amerika an. Besonders putzig finde ich den Ausspruch der Großherzogin, es solle bitte niemand verletzt werden." Er grinste, denn Tommy kicherte leise. Offensichtlich hatte er begriffen, wo der Witz lag. „Nur, weil jemand klein ist, muss er nicht schwach sein, trotz allem kann er in seinem Mut über sich hinauswachsen", fügte Archie hinzu.

Seufzend spann er diesen Gedanken weiter: Nur, weil er schmächtig war, musste er noch lange kein Bottom sein. Archie hatte ja nicht nur ein stattliches Gerät, sondern wollte es auch mal benutzen. Er sah ihre schweißnassen Körper miteinander verschlungen, dabei bewegte er sich rhythmisch zwischen Tommys Schenkeln.

Obwohl es bei der Vorstellung in seinem Magen grummelte. Traute er sich das wirklich zu?

„Und es gibt ganz sicher etwas zum Essen, wenn wir Patsy und seinen Panther besuchen? Ich habe schon wieder Hunger." Es war Archie wirklich unangenehm, aber Aufregung heizte seinem Atomstoffwechsel zusätzlich ein – seit er Tommy nähergekommen war, fühlte er sich permanent, als würde er in einer Steckdose stehen.

„Nur Geduld." Tommy legte behutsam den Arm um ihn und Archie kuschelte sich hinein. „Du bift nicht fwach! Auch Patfy hat fich fehr tapfer verhalten,

179

er hat für Orfon gefprochen, obwohl die grofen Wandler ihn tot fehen wollten."

Davon hatte Archie nur gehört, es war für den Menschen in ihrer Mitte wohl sehr brenzlig geworden. Selbst, wenn der Panther gemäßigtes Handeln propagierte, waren die meisten der Herrschaften Anhänger einer radikalen Gesinnung. Immerhin hatten die mit den dicken Fäusten vom gleichnamigen Recht regen Gebrauch gemacht.

Aber Tommy war … Tommy. Ob er in der nächsten Nacht wieder bei ihm bleiben durfte? In seinem Loch vermisste Archie niemand. Er teilte das Schicksal vieler kleiner Wandler, keine richtige Bleibe zu besitzen.

Durch die ganzen Veränderungen bekam er Probleme. Plötzlich hatte er Platzangst, wenn er sich ausmalte, aus Versehen nachts in seine Menschengestalt zu wechseln. Andersherum kannte er es, schlief er als Mensch ein, erwachte er dauernd im Mäusekörper. Aber vielleicht war er so durch den Wind, dass er diese Vorgänge nicht länger steuern konnte. Paranoia hatte wenig mit Vernunft zu tun, die Bedrohung fühlte sich so real an.

Mit solchen Gedanken traute sich Archie nicht mehr in seinen Bau, den er in der dicken Wand eines alten Hauses angelegt hatte – mit drei Nebenausgängen, um im Falle der Gefahr einen Fluchtweg zu haben. Jetzt erschreckte ihn die Vorstellung, im Mauerwerk festzustecken. Das machte ihn faktisch obdachlos.

„Darf ich heute mit dir schlafen?", raunte er Tommy zu, während sie über den Gehweg liefen. O nein! Was hatte er gesagt? „Bei! *Bei* dir schlafen meine ich natürlich!"

Als er den Blick hob, schaute er direkt in die sanften Hundeaugen, die ihn aufmerksam musterten. Sie gaben Tommys Gesicht einen leicht melancholischen Ausdruck und Archie liebte es einfach, wie er ihn ansah. Nur im Moment hätte er sich in einem tiefen Loch ganz wohl gefühlt.

„Ein doppeltef Ja."

Tommys geflüsterte Worte sorgten dafür, dass sich Archies Nackenhaare aufstellten. Es klang so gefühlvoll. Bisher war er nur benutzt worden, er spürte, wie ihm die Brust eng wurde. Das war doch alles nicht wahr, gleich würde ihn der Hund auslachen, weil ein Mäuserich sich einbildete, sein Lover sein zu können.

Aber das tat Tommy nicht. Stattdessen legte er auch noch den anderen Arm um ihn und küsste ihn zärtlich. Das Spiel ihrer Lippen berauschte Archie, er taumelte, als Tommy ihn in eine Auffahrt schob.

„Wir find da, hier wohnt Patfy mit Fhawn."

Wahnsinn! Sie gingen die kleine Treppe hinauf und Archie konnte sich nicht sattsehen. Das war ein tolles Haus! Hier durfte Patsy leben?

Bei ihrer Unterhaltung im *Shapeshifter* hatte sich das noch anders angehört, da erzählte ihm Patsy von seinem Kauz-Dasein im Wald und von einer einsamen Bushaltestelle mit Wartehäuschen.

Ihre Situation hatte sich gar nicht so sehr voneinander unterschieden, Patsy wusste seine Reize nur wesentlich geschickter einzusetzen.

Ihm wäre das sicher nicht passiert, dass er Schulden anhäufte, weil er seine Drinks zu oft selbst bezahlt hatte. Das kleine Schlitzohr war in einem warmen Nest gelandet.

„Archie!", schrie Patsy regelrecht, als er die Tür geöffnet hatte. „Ich bin so froh, dass es dir gutgeht. Von deiner Misere mit Riley habe ich schon gehört, wir finden sicher etwas, um dich da rauszuholen." Dann riss er ihn an sich und Archie versteifte sich.

Das war noch immer ein Kauz. Eine kleine Eule, aber eine sehr gefährliche. Archie hatte oft gehört, welche Verwandten leider geholt worden waren: von lautlosen Schwingen und messerscharfen Dolchen. Auch als Wandler waren sie nicht sicher vor solch unliebsamen Überraschungen.

Patsy ließ ihn sofort wieder los und wirkte erleichtert. „Ich esse keine Nager mehr, das solltest du wissen", sagte er und blinzelte grinsend.

Er lispelte gar nicht. Komisch, Archie hatte sich in Tommys Gesellschaft so daran gewöhnt, ihm fiel das Fehlen des Sprachfehlers direkt auf. „In Zukunft werde ich auch darauf verzichten, Käuze zu verspeisen", murmelte er ganz in Gedanken. Angriff war die beste Verteidigung.

„Da bin ich wirklich froh." Das war von einem gutaussehenden Mann gekommen, den Archie schon im *Shapeshifter* gesehen hatte. Es musste Shawn sein, der Panther. Wenn er sich diese glänzend schwarzen Haare und das Bärtchen unter seinem Mund ansah, konnte er sich das gut vorstellen. Ganz so furchteinflößend wirkte er gar nicht.

„Willkommen, kommt herein, der Kuchen wird kalt", lud sie Shawn ein, dieses kuschelige Häuschen zu betreten. Hach, es war so schön, wie ein Mäusebau, den man auch als Mensch sein Zuhause nennen konnte.

„Kuchen?" Das Wort war verzögert bei Archie angekommen, doch jetzt spitzte er die Ohren.

„Er kann freffen wie ein Grofer." Tommy lachte verlegen und schubste ihn sachte vorwärts. Wie er Shawn anhimmelte, gefiel Archie gar nicht. „Aber vielleicht mag unf Artfie doch helfen, feine Fichtweife beffer fu verftehen."

Jetzt kam das wieder, dabei hatte Archie den göttlichen Duft, der aus der Küche kam, in der Nase. Seine Hirnzellen waren nur noch auf Nahrungsaufnahme programmiert, darum wollte er nichts von irgendwelchen Wandler-Themen hören. Das ging ihm gehörig auf den Keks.

„Vorher sollten wir ihn füttern, findest du nicht?", schlug ihr charmanter Gastgeber sichtlich amüsiert vor. „So eine Maus verhungert innerhalb von Sekunden, wenn du nicht aufpasst."

Hatte er wirklich begeistert genickt? Mühsam wischte sich Archie das Strahlen vom Gesicht. Leider musste er zugeben, hauptsächlich mit elementaren Dingen beschäftigt zu sein, da blieb nicht viel Raum in seinem Kopf für wilde Theorien. Er schämte sich ein bisschen dafür.

„Ich bin dir sehr ähnlich." Patsy klimperte heftig mit den Augenlidern, was wohl ein Zwinkern sein sollte. „Ständig auf der Jagd und wenn nicht, denke ich ans Ficken."

Es fühlte sich gut an, mit dem Kauz gemeinsam zu lachen. Auch Raubvögel besaßen Humor und Archie konnte froh sein, dass er nicht wirklich ein Adler war, wie er auf seiner Member Card im *Shapeshifter* behauptet hatte.

Ficken! Schon wanderten Archies Gedanken wieder ab. Für Politik war er wirklich gänzlich ungeeignet, wenn Tommy in seiner Nähe war. Wie hypnotisiert folgte er seinem Hundeduft, der ihn praktischerweise zum gedeckten Tisch führte. Archie fiepte glücklich, denn auf seinem Teller prangte das größte Stück Apfeltorte, das er je gesehen hatte.

„Wir können dich hören, vergiff daf nicht", erinnerte ihn Tommy schmunzelnd an die Tatsache, dass ihre Ohren auf die hohen Frequenzen geeicht waren. Um Mäuse aufzuspüren. Sofort kam sich Archie wieder vor, als wäre er die Mahlzeit, er fühlte, wie ihm der Schweiß ausbrach. Wo waren die Notausgänge?

„Entspanne dich, Archie, du bist hier unter Freunden." Shawn lachte leise und schob sich eine volle Gabel in den Mund. „Stelle dir einfach vor, wir sind gerade menschlich und vergessen die Animalos, die wir ebenfalls sind, vorübergehend. Niemand tut dir etwas."

Nachdenklich kratzte sich Shawn an der Augenbraue und kaute dabei weiter. „Ich sehe schon, die größte Schwierigkeit wird sein, Respekt voreinander und gegenseitiges Vertrauen aufzubauen. Wir großen Wandler haben dabei wenig zu verlieren, aber die kleinen fürchten um ihr Leben. Das wird sehr viele Erklärungen erfordern."

Archie hörte auf, genüsslich Kuchen nachzuschieben, ihm blieb fast der Bissen im Hals stecken. „Erklärungen? Du kannst doch den Raubtieren nicht vertrauen!"

Betroffen nickte Shawn. „Du hast recht, ich kann ihnen nur bis vor den Schädel schauen. Sie finden diesen Gemeinschaftsgedanken recht spannend, weil er unser gesamtes Zusammenleben beeinflussen kann. Aber zuerst muss es zu einer Selbstverständlichkeit werden, niemanden als Futter zu betrachten, von dem man weiß, dass er ebenfalls ein Wandler ist."

„Dafür müssen wir uns erstmal gegenseitig erkennen", warf Patsy ein, wobei sein Adamsapfel über seinen Hals hüpfte. „Wir haben noch immer keine Merkmale identifiziert, die sicher auf einen Animalo hinweisen."

Das war ein richtig schlauer Einwand, Archie wünschte, auch ihm würden solche Dinge einfallen. Während des Kauens waren die Hirnzellen doch eigentlich frei. Aber nein, stattdessen wanderte sein Blick herum und scannte die Umgebung nach möglichen Gefahren.

„Du haft doch jetft einen Aufpaffer", flüsterte ihm Tommy zu. „Entfpanne dich mal."

Huh, dann meinte er es wirklich ernst mit ihm? Archies Herz schien ihm aus der Brust springen zu wollen, es ratterte wie wild. Vorsichtig tastete er nach Tommys Fingern, dann musste er eben mit der anderen Hand weiteressen.

„Danke für alles." Auch, wenn er dicke Backen hatte, schaffte Archie es, ihn anzulächeln.

Hier lag einiges in der Luft. Patsy und Shawn warfen sich ganz verliebte Blicke zu, aber zwischendrin beobachteten sie auch, wie er mit Tommy schäkerte. Wie schade, dass er nicht mitbekommen hatte, auf welchem Weg die zwei zusammengekommen waren.

Da war er sicher gerade Gläser spülen.

„Ihr habt also ein ernstes Problem mit Riley, richtig?", fragte Shawn und Archie nickte.

„Er ist ja im Recht, ich habe Schulden bei ihm."

„Daf … daf ….", wollte Tommy gerade beginnen, da legte ihm Shawn die Hand auf den Arm.

„Warte mal, reg dich nicht auf." Archie sah, wie er ihn beruhigend tätschelte und Tommy dann wieder losließ. „Leider ist Rileys Forderung gegenüber Archie begründet, aber er darf ihn deshalb nicht nach seinem Gutdünken unterdrücken und bedrängen. Du sagtest am Telefon, dass dein Boss ihn sexuell nötigen wollte …"

„Ganf genau, ich will nicht wiffen, waf er getan hätte, wenn ich nicht in die Küche gekommen wäre. Artfie hat panif gepfiffen. Aber die falfe Flange hört ja flecht."

Für einen Moment schaute ihn Shawn an, dann brach er in schallendes Gelächter aus. „Wir beide werden gleich in meiner Werkstatt etwas basteln, damit du dich nicht beim Sprechen überschlägst. Diese Gesichtskirmes kann ich nicht länger mit ansehen."

Bei Tommys Ausdruck konnte Archie nur loskichern und auch Patsy fiel mit ein. „Lass die beiden mal machen, wir tauschen uns dann über die intimen Details aus", bemerkte der Kauz gutgelaunt.

Das klang nach einer Mädelsrunde, während die Männer sich daran begaben, an den Autos zu schrauben. Aber okay, es versprach interessant zu werden, wenn sie über Sex sprachen: So von Twink zu Twink.

„Prinzessinnen-Zeit!" Patsy klimperte mit den Augen und packte Archie noch ein großes Kuchenstück auf den Teller. „Seit meine Freundin Cat nur noch an ihren Babybauch denkt, fehlt meinem Leben der Glitzer."

Archie klappte fast der Mund auf vor Überraschung. So hatte er Patsy nicht eingeschätzt, aber für diese duftende Apfeltorte würde er mit ihm auch über Nagellack reden.

Kapitel 6

„Du bist total in diese Maus verschossen", stellte Shawn fest, als er mit ihm in die Werkstatt gegangen war. Es war ein toller Raum, der Traum jedes Bastlers. „Ich freue mich für euch."

„Fo ein Quatfffff." Die Hitze stieg Tommy ins Gesicht, er fühlte sich ertappt. Ausgerechnet Shawn musste ihm das auf den Kopf zu sagen. „Ich befütfe ihn nur vor Riley. Er braucht auch fonft jemanden, der fich um ihn kümmert."

Es wunderte ihn, dass Shawn plötzlich so ernst geworden war. Eigentlich hatte sich Tommy darauf eingestellt, von ihm aufgezogen zu werden, aber der Panther betrachtete ihn mit gerunzelter Stirn.

„Wir unterscheiden uns von den kleinen Animalos, Tommy", begann er sichtlich besorgt. „Sie haben wahrscheinlich nicht so ein langes Leben wie wir. Darüber habe ich schon viel nachgedacht und Patsy ist mir eine große Hilfe, hinter diese Mysterien zu schauen. Aber ich bin zu dem Schluss gekommen, jeden Moment mit ihm zu genießen, weil wir nicht wissen, wie lange uns bleibt."

Ein eiskalter Schreck durchfuhr Tommy, Shawn machte keine Scherze.

Er schluckte und nickte. Das Problem lag auf der Hand, Käuze wurden sicher noch um ein Vielfaches älter als Nager.

„Wie viele Jahre bleiben euch, wenn ein Wandler an die Lebenfdauer feiner Fpezief gebunden ift?", fragte er bedrückt. Die brennendste Frage traute er sich gar nicht zu stellen.

Shawn räumte die Werkbank auf und kramte dann in den Reststücken irgendwelcher Holzarbeiten. Vermutlich versuchte er, sich abzulenken, um ihn nicht ansehen zu müssen.

„Der durchschnittliche Kauz lebt etwa fünfzehn Jahre", sagte er dann fest und schaute Tommy in die Augen. „Leider konnte mir Patsy auch nicht genau sagen, wie alt der älteste seiner Familie geworden ist. Es gibt mir Hoffnung, dass er wohl erst mit fünf Jahren die Menschengestalt annehmen konnte, das könnte bedeuten, seine Lebenserwartung übersteigt die eines reinen Tieres."

„Patfy ift ein Vogel, bei unf Fäugern ift daf genau anderfherum", bemerkte Tommy verwirrt. „Wir entdecken erft mit der Pubertät unfere Tiergeftalt. Waf hat daf für Konfequenfen, wenn man daf fo betrachtet?"

Triumphierend hielt Shawn ein kleines Holzstück in die Höhe. „Daraus formen wir den perfekten Zahn für dich, damit du deinem süßen Archie Liebesschwüre ins Ohr säuseln kannst, ohne hineinzuspucken."

Tommy lachte, es tat gut, für einen Moment an etwas anderes denken zu können. Aber dann betrachtete er Shawn angestrengt, er war ihm noch eine Antwort schuldig. „Bitte fag mir, daff diefef Ohr länger alf ein paar Jahre bei mir fein wird."

Während er in dem Werkzeug kramte, stellte sich Shawn taub und spannte ihn auf die Folter. Er brauchte sicher nicht seine gesamte Aufmerksamkeit, um die passende Feile zu finden.

„Fixiere das mal im Schraubstock", sagte Shawn, als er endlich sein Schweigen brach und ihm das

Holzstück rüberschob. „Ich habe das Ganze noch nicht entschlüsselt. Allerdings habe ich eine Theorie. Um das mit Fakten zu untermauern, benötige ich aber noch eine Fülle von Informationen."

Es war gar nicht so einfach, das Hölzchen in der großen Haltevorrichtung einzuspannen, es rutschte immer wieder weg, bis es endlich fest hielt. Dabei hätte sich Tommy fast die Finger geklemmt.

„Erfähl mir, worüber du nachdenkft", bat er Shawn. „Allef, waf mich hoffen läfft, daff Artfie bei mir bleibt. Ef kann immer von heute auf morgen vorbei fein, ef gibt keine Garantie, die Feit holt unf alle."

Shawn nickte bedächtig. „Das ist es, wenn die Zeit abgelaufen ist, sind wir machtlos dagegen. Ob wir nun große Beschützer sind oder nicht. Möchtest du ein Bier oder was Stärkeres?"

„Whifky, bitte. Wenn du haft."

„Klar, habe ich. Manchmal durchlebt Patsy diese Glitzermomente, in denen will er unbedingt Sekt mit mir trinken. Ich komme dann hierher und spüle mit einem ordentlichen Gebräu nach. Zum Beispiel mit diesem uralten Glenfiddich." Stolz kramte er eine verstaubte Flasche aus der Werkbank. „Wir wollen ja nicht, dass uns die Brusthaare von der Puffbrause ausfallen."

Allein die Vorstellung von Prinzessin Patsy brachte Tommy zum Lachen. Er brüllte regelrecht und vergaß dabei, seine Lücke zu verstecken.

„Entfuldige, ich habe auf den neuen Fahn gefpuckt. Haft du auch eine Idee, wie wir ihn feftmachen follen?"

„Hmmm." Shawn musterte ihn nachdenklich. „Schrauben, kleben, verdrahten. Sehr viel mehr Möglichkeiten sehe ich nicht. Wir brauchen einfach einen richtigen Arzt. Nicht alles ist so harmlos wie deine kleine Macke."

„Vielen Dank", gab Tommy schmunzelnd zurück. „Fum Glück habe ich keinen Dachfaden."

Mit zwei alten Marmeladengläsern in der Hand, in denen gerade noch Pinsel gestanden hatten, kam Shawn zu ihm zurück. Aber er schüttelte den Kopf. „Ich hole uns mal vernünftige Gläser. Gib dem Ding doch schon mal die Grundform, aber bringe dich nicht damit um, du Meisterhandwerker."

Haha, wahrscheinlich trank er den edlen Tropfen sonst direkt aus der Flasche, dieser Banause. „Ich bin ein Barkeeper und kann die ganfe Fapfanlage aufeinandernehmen und wieder fufammenbauen", entgegnete er stolz. „Alfo bin ich auch ein Baftler, nur mehr fo ein Frauber alf ein Freiner."

„Holz ist mein liebstes Material, ich werde demnächst mit Patsy in dieser Werkstatt arbeiten und dann verkaufen wir Wandler-Möbel." Leise lachend schickte sich Shawn an, vom Schuppen ins Haus zu laufen.

„Warte!" Tommy wollte keine Sekunde länger darüber im Unklaren bleiben. „Wie lautet deine Theorie?"

Betont langsam rieb Shawn die Flasche mit seinem Ärmel sauber. Dann suchte er seinen Blick. „Ich könnte mir vorstellen, dass ein Animalo in seiner Tiergestalt anders altert, als wenn er als Mensch lebt. Von Patsy weiß ich, dass es eine Frage der Energie ist, ob er sich permanent in der humanen Form aufhalten kann – und jede Wandlung kostet Kraft. Meine Theorie besagt, es hilft, ihr Leben zu verlängern, wenn sie sich gut ernähren und möglichst wenig Zeit in ihrer tierischen Erscheinung verbringen."

Er schaute zu Boden und fügte murmelnd hinzu: „Weil Patsy sich schon während seiner Jugend als Kauz durchgeschlagen hat, wird es höchste Zeit, ihn da herauszuholen. Möglichst dauerhaft, damit er nicht vorschnell altert."

Das machte Tommy sprachlos, aber er nickte. Ja, diese Betrachtung war durchaus nachvollziehbar. Nur konnte es nicht darüber hinwegtäuschen, wie erschreckend kurz Archies Lebensspanne vielleicht war. Wenn er das Ablaufen seiner Uhr verlangsamen konnte, indem er ihn gut fütterte, war es jeden Bissen wert.

Kapitel 7

„Tommy, komm mal rüber!", rief Archie und war einen Moment später an der Werkstatttür. „Shawn hat gerade einen wichtigen Anruf, das solltest du dir anhören. Drüben im Haus!"

Archie hätte sich gerne näher umgesehen in der Männerhöhle, aber jetzt war er viel zu aufgekratzt. Außerdem wirkte der Sekt, den Patsy ihm angeboten hatte. Oder besser gesagt: Womit er ihn gerade abfüllte. Aber er vertrug mehr, als dieser Kauz meinte, trotzdem stieg ein Kichern in ihm hoch, weil er sich freute, Tommy wiederzusehen. Wie gern würde er sich kleinmachen und in seiner Hemdtasche ein Nickerchen halten. Das war etwas für später, nach dieser Aufregung.

„Schnell, wir verpassen das Beste."

Obwohl er sich beeilte, war ihm Tommy nicht schnell genug und Archie zog ihn an der Hand hinter sich her. Dabei hatte er noch Zeit, den kräftigen Griff zu bewundern und diese schöne Wärme. Überhaupt war Tommy sehr warm, so richtig zum Ankuscheln.

Fast hätte Archie hysterisch gelacht, der Anfang des Telefonats hatte ein Thema berührt, das ihm ganz eigenartige Gefühle bescherte: der Tod. Nur in Tommys Nähe wollte er sich dem stellen. Wobei es wirklich spannend geklungen hatte.

„Warte, Artfie, du reifft mir den Arm auf", beschwerte sich Tommy in gewohnter Manier und es beruhigte Archie, dass er noch der Alte war. So ganz wollte er das niedliche Lispeln nicht missen, es gehörte einfach zu ihm.

Sie waren im Wohnzimmer angekommen und Archie schaute Shawn erwartungsvoll an, der noch immer mit dem Handy in der Hand dastand. Nur hörte man keine tiefe Stimme mehr, die bei ihm eine Gänsehaut produziert hatte.

„Was ist los? Hat dir der geheimnisvolle Anrufer mitgeteilt, was er sagen wollte?", fragte er. Offenbar hatte der Mann schon wieder aufgelegt, aber Archies Herz ratterte noch wie ein Maschinengewehr.

„Es war so schnell vorbei, wie ein Wurm auf taunasser Wiese flitzen kann." Patsy klimperte mit den Augen. „Schlüpfrige Scheißerchen."

„Erfählt mir jemand, waf hier überhaupt abgeht?" Laut seinem Gesichtsausdruck war Tommy ebenfalls enttäuscht, das Gespräch verpasst zu haben.

„Ein gewisser Jack hat angerufen", knurrte Shawn und steckte sein Smartphone wieder weg. „In der Gerichtsmedizin ist die Leiche eines Wandlers eingeliefert worden. Jack hat sich kryptisch für die Seele des Toten zuständig erklärt. Wir sollen uns schnell um die sterblichen Überreste kümmern, sonst werden sie sich auf dem Seziertisch wandeln."

O weh, was für ein Mist! Archie war sich darüber im Klaren, wie wichtig es war, dass die Menschen nichts von ihrer Existenz erfuhren. Tommy hatte ihn schon während des Frühstücks mehrfach darauf hingewiesen. Buttertoast mit Rührei verstopfte ihm ja nicht die Ohren, auch, wenn er nicht wirklich jedes Wort registriert hatte.

„Waf follen wir tun? Einbrechen?" Grinsend rieb sich Tommy das Kinn. „Daf hört fich nach einem fauerlichen Abenteuer an."

Ja, ein wenig gespenstisch. Ohne Archie würde Tommy nicht losziehen, er wollte bei ihm bleiben und auf ihn aufpassen. Niemand wurde zurückgelassen. „Dann werden wir wohl den Kompost dorthin bringen, wo er hingehört: In die Natur, damit er verrottet und wieder zur Nahrung für kommende Generationen wird."

Apropos Nahrung … vorsorglich nahm sich Archie das letzte Stück Apfeltorte, damit hatte er schon vor dem Anruf geliebäugelt.

„Du willst mitkommen, Archie?", fragte Shawn erstaunt. „Ich dachte, du gehörst zur ängstlichen Sorte." Dann zwinkerte er ihm zu. „Macht ihr Mäuse das wirklich so? Ihr kompostiert eure Toten?"

Archie verdrehte die Augen. Sobald die Seele den Leib verlassen hatte, war er nur noch eine leere Hülle. Was sollten sie sonst bitte damit machen? Da sich ein Wandler kurz nach dem Tod in seine tierische Form begab, blieb ja von einer Maus nicht viel übrig.

„Ja, wir sind ja nicht solche große tote Klumpen wie eine Raubkatze oder ein Bär. Dafür braucht man schon ein tiefes Loch. Wir sollten einen Spaten mitnehmen." Der Vorschlag war pragmatisch gedacht, gruselig fand Archie das eigentlich nicht. Das grummelige Gefühl in seinem Bauch blieb, aber das konnte auch von der Mischung aus Sekt und Kuchen sein.

„Ich hole eine Füppe, die habe ich in der Werkftatt gefehen", bot Tommy an und schmunzelte. „Daf wird eine luftige Miffion."

Aus Patsys Richtung hörte Archie plötzlich ein lautes Hicksen, dann rülpste er geräuschvoll. „Wohlsein, bin dabei!"

Die Sektflasche war jetzt leer, was man von ihrem kauzigen Freund nicht behaupten konnte.

Mit einem breiten Grinsen öffnete Shawn einen Schrank und holte vier Gläser heraus. „Ins gerichtsmedizinische Institut einzubrechen, wird sicher eine aufregende Sache. Ich denke, wir sollten alle einen Schluck Whiskey nehmen, um uns in Stimmung zu bringen."

Shawn brauchte nicht zu sagen, wie unheimlich ihm das Ganze war, Archie hätte es auch so bemerkt. Für ihn gehörte der Tod zum Leben, eine Maus machte sich darum wenig Gedanken. Natürlich bereitete es ihm ein ungutes Gefühl, wenn er an das Kompoststadium dachte, aber er würde schließlich nicht mehr dabei sein, wenn es für ihn soweit war.

„Was denkt ihr, wohin unsere Seele gebracht wird? Und wer war dieser Jack?", fragte Patsy, während sein Schluckauf eine kleine Pause einlegte. Seine Augen waren noch größer als sonst. „Ich habe mich bisher nur damit beschäftigt, dass ich irgendwann vom Ast falle."

„Wenn ein Wandler gehen muff, freut fich ein Tier, eine Feele fu bekommen und fich auch in einen Menfen verwandeln fu können", erklärte Tommy feierlich. Genauso hatte es ihm seine Mutter erzählt, das konnte man hören. Dann ging das wohl so in Ordnung.

„Du meinst, auf diese Weise entsteht ein neuer Animalo? Und wenn ein Wandler normal geboren wird? Bekommt er dann automatisch eine Seele? Willst du damit sagen, Tiere hätten keine Seelen? Aber sie können zum Wandler werden, wenn sozusagen eine übrig ist?"', feuerte Patsy eine Frage nach der nächsten in den Raum. Nach dieser Salve senkte er die Augenlider halb und sackte regelrecht in sich zusammen.

Huuui, dieser Whiskey hatte es auch in sich. Archie war verwirrt, die Fragen und möglichen Antworten schwirrten planlos durch sein Hirn.

„Wir sollten das gleich weiterdiskutieren und alle Ansichten aufschreiben, die zu dem Thema existieren. Ich rufe Orson dazu, für unseren Auftrag brauchen wir jemanden, der zur Not seine Personalien angibt. Außerdem ist unser Schriftführer betrunken." Schon hatte Shawn sein Telefon wieder parat und wählte. Gleichzeitig hatte er einen Arm um Patsy gelegt, dessen Augenlider wohl bald an der Nasenspitze angekommen waren.

Wie schön, sein Panther drückte ihm einen Kuss aufs Haar.

O ja, das konnte in die Hose gehen. Falls sie von der Polizei überrascht werden sollten, hatte keiner von ihnen Daten vorzuweisen, geschweige denn einen Ausweis. Das Problem war allen Wandlern bekannt, obwohl es Mittel und Wege geben sollte, sich einen offiziellen Eintrag ins Personenregister zu erkaufen. Doch sie lebten eigentlich nicht in derselben Gesellschaft.

Auf Orson war Archie mehr als gespannt, wobei er nicht bereit war, ihm so schnell sein Vertrauen zu schenken. Menschen gegenüber verhielt er sich immer sehr reserviert. Das stellte eine Lebensversicherung dar, wenn man eine Maus war. Wenngleich er von ihren Vorräten lebte.

Archie seufzte und suchte Tommys Blick. Hoffentlich gab es ein üppiges Abendessen und sein treuer Begleiter war das Dessert. Allein bei der Vorstellung hüpfte sein Herz und es kribbelte in seinen Hoden. Aber vorher mussten sie noch den Leichenraub begehen, um die Nerven des menschlichen Pathologen zu schonen – und die Wandler-Welt zu retten.

„Die Maus, die brüllte", murmelte er und leerte das Glas. So etwas passierte in seinem Leben selten, es wurde Zeit, mal ein bisschen Gas zu geben.

„Nun zeig doch mal, ob das so geht", feuerte ihn Shawn an und Tommy spürte, wie ihn Röte überzog. Die Hitze in seinen Wangen kam nicht vom Whiskey.

Da sie warten mussten, bis in der Gerichtsmedizin kein Betrieb mehr war, hatten sie den Zahn noch weiter bearbeitet. Nur die Befestigung war ein Problem. Puh, er war so aufgeregt, vor allem wollte er sich nicht blamieren.

„Es gibt Schlangen-Salat", begann Tommy vorsichtig und ließ die Zunge nur behutsam gegen die Holzprothese stupsen. Ja! Funktionierte! „Riley in Scheiben geschnitten – mit Zwiebeln."

„Waaaaahnsinnnn!", brüllte Patsy und rülpste wieder wie ein brünftiger Elch. Wo der kleine Kerl das Volumen hernahm, war Tommy unbegreiflich. Der Kauz war in Ordnung, obwohl er die Sissy gerade sehr deutlich heraushängen ließ.

Archie wurde im Gegenzug mit jedem Glas machohafter, gleich würde er Chuck Norris herausfordern. Durch seinen beschleunigten Stoffwechsel reagierte er direkt auf Alkohol, aber er erholte sich auch während einer kleinen Trinkpause erstaunlich schnell.

„Sag noch was", säuselte der Mäuserich ganz verliebt und hing förmlich mit den Augen an seinen Lippen. Dann zwinkerte er ihm zu und schnalzte mit der Zunge. „Wie schmeckt Riley auf Toast?"

Tommys Herz raste. Sobald er Archies Namen ordentlich aussprechen konnte, durfte er ihn um ein Date bitten. Das hatte er nicht vergessen und es war sein größter Wunsch. Der hübsche Mauswandler hatte Grübchen in den Wangen, wenn er lachte. Immer wieder schaute er zu ihm herüber. Eigentlich waren sie schon verabredet, sie hatten sogar eine weitere gemeinsame Nacht vor sich. Mit dem neuen Selbstbewusstsein konnte er Archie seinen Namen zuflüstern.

Er brauchte jetzt noch einen Schnaps, warum machte ihn das so nervös? Gemeinsam mit Shawn vernichtete Tommy den alten Whiskey, während ihre Kleinen weiter ihre Brusthaare ausfallen ließen und Puffbrause tranken. Lautstark, die beiden rülpsten um die Wette.

Mit erhobenem Glas prostete Tommy Archie zu. „Schmeckt ganf klaffe!" Erschreckt hielt er sich die Hand vor den Mund und tastete nach dem Zahn. Verdammt, der war durch den Druck hochgeklappt und stand im rechten Winkel ab. Er richtete ihn wieder, aber er konnte das Holzstück problemlos bewegen.

„Wahrscheinlich spucke ich diesen Wackelfahn auf, wie die Mandel, die ich fuerft probiert habe", stellte Tommy resigniert fest. Am Anfang ging es, aber dann hatte er das Ding schon wieder nach vorn geschoben. Seine Zunge stieß beim Reden dauernd dagegen.

„Hmmm." Shawn musterte ihn ernst. „Das sieht eindeutig schlimmer aus als die Lücke und klingt auch nicht besser. Mit dem Verdrahten klappt das nicht, ich will dir ja auch nicht wehtun."

Sie hatten eine Art Spange gebogen, die er sich über sein restliches Gebiss schieben konnte, aber sie waren keine Profis. Vielleicht half ein Tropfen Leim, damit sich der Zahn nicht mehr auf dem Metall drehen konnte.

„Kleben, fementieren oder einfach einfrauben", grummelte Tommy, er hatte die Schnauze gestrichen voll. So ein Reinfall! Im Moment würde er auch zu drastischen Mitteln greifen. Ganz sicher wollte er keine Katzenklappe in seinem Mund. „Ift mir völlig egal. Dann tut ef eben weh!"

Shawn musterte ihn mit gerunzelter Stirn und schüttelte den Kopf. „Uns fällt schon noch was ein. Wenn Orson gleich kommt, werde ich ihn mal fragen, ob er einen Arzt kennt, dem wir vertrauen können. Wir brauchen dringend einen Mediziner."

Nachdenklich schaute er vor sich hin und Tommy wartete gespannt, was noch kommen würde. Ihr Anführer brütete etwas aus.

„Ich habe schon hin und her überlegt, ich war noch nie dabei. Hast du eine Ahnung, wie lange es dauert, bis sich ein toter Animalo in seine Tierform zurückverwandelt?", fragte Shawn. „Hoffentlich kommen wir nicht zu spät und alle Mitarbeiter in dem Institut sind in Aufruhr."

Hui, das traf ihn jetzt unvorbereitet. Tommy dachte angestrengt nach, er konnte sich dunkel an seinen toten Großvater erinnern. „Mein Grandpa wurde in einer Kifte beerdigt, die ähnlich auffah wie ein Farg. Wir haben ihn fuletft alf Menf gefehen, aber daf war auch direkt nach feinem Tod. Ich weif nicht, waf paffiert ift, nachdem wir den Deckel fugenagelt haben."

Seine Familie versuchte, sich an den menschlichen Gepflogenheiten zu orientieren, weil alles Tierische als unfein betrachtet wurde. Mit dieser blasierten Bande hatte er nichts mehr am Hut, seit sie sich zerstritten hatten. Nur, weil er lieber herumgetollt war, statt sich auf das Lernen zu konzentrieren.

Natürlich hatte keiner von ihnen eine Schule besucht, aber es gab Hausunterricht von den Ältesten, die sich um die Bildung des Nachwuchses kümmerten. Im Fach Menschenkunde erfuhren sie alles über die Wesen, mit denen sie sich ihre Welt teilten, nur konnte Tommy die Faszination der anderen nie teilen. Ihm hatte es gereicht, lesen und schreiben zu können, er wollte lieber für sich bleiben.

Viele Hundewandler suchten sich einen menschlichen Gefährten, um ihm ergeben zu folgen. Doch das verstand Tommy nicht, sie waren selbst wichtig genug und galten etwas, ohne sich an einen Menschen zu hängen. Diese Speichelleckerei war nie sein Ding gewesen, darum schloss er sich gern Shawn und seiner Bewegung an.

Sie waren jetzt *Animalos*, diese Bezeichnung vereinte sie und gab ihnen ein neues Selbstverständnis. Mit den anderen Wandlern verband ihn mehr als mit den Menschen. Es war spannend, die eigene Spezies mit all ihren Besonderheiten zu erkunden. Darüber hatte er noch nie etwas gehört.

„Bei uns war es üblich, dass sich die Alten zum Sterben zurückzogen." Shawn nahm einen großen Schluck, leerte sein Glas. „Wir sind Einzelgänger und wollen von niemandem schwach und hilflos gesehen werden. So bestimmt man den Zeitpunkt seines eigenen Todes und entscheidet auch selbst, in welcher Form man sich niederlegt."

Wie traurig das klang. Caniformia, so nannten sich die Hundeartigen selbst, waren sehr gesellig, sie lebten ungern allein. Zwar hielten sie sich nicht mehr in Rudeln auf, aber Tommy wünschte sich, in seinen letzten Stunden jemanden zu haben, der ihm die Hand hielt. Oder die Pfote, das war ihm eigentlich egal.

„Ich möchte bei dir fein, wenn du gehft. Dafür find Freunde da, ef ift fon flimm genug, wenn der weitere Weg unbeftimmt ift. Bif dahin werde ich dich begleiten." Lächelnd berührte Tommy Shawns Arm. „Würdeft du mir auch diefen Gefallen erweifen, fallf ich vorher dran bin?"

Shawn hatte ihnen wohl gerade wieder die Gläser füllen wollen, doch er hielt in der Bewegung inne und schaute ihn erstaunt an. Seine Augen wurden plötzlich feucht. „Ich werde immer an deiner Seite sein, du verrückter Hundesohn", sagte er ganz bewegt und auch Tommy spürte, wie ihm das Herz überging. „Egal, ob es im Kampf ist oder in guten Zeiten."

Behutsam nahm ihm Tommy die Flasche aus der Hand und schüttete ihnen nach. „Ein guter Freund ift faft fo wichtig wie ein Partner. Man geht fufammen durchf Leben und du bift ja alf geborener Einfelgänger ein biffchen auf der Art geflagen." Er grinste Shawn an. „Fum Glück."

Darauf stießen sie an und tranken wortlos. Als es klingelte, hob Shawn den Kopf. „Das ist Orson. Ich hoffe, er ist ohne Cat hier, denn eine Schwangere können wir bei unserer Mission nicht brauchen." Zwinkernd stand er auf.

Puh, diese Katze mochte Tommy sowieso nicht besonders. Auch Shawn gehörte zu der Feloidea-

Familie, aber er war ein ganz anderes Kaliber. Irgendwie hatten diese stattlichen Wandler eine ganz andere Aura als die verhuschten Kleintiere, zu denen er Hauskatzen ebenfalls zählte. Wobei sein Mäuserich gerade weit über sich hinauswuchs.

Archie schien festentschlossen zu sein, seine Herkunft hinter sich zu lassen, und Tommy bewunderte ihn dafür. War er nicht selbst mehr als ein kläffender Köter? Leute wie Riley versuchten, jeden in ihrem Umfeld kleinzuhalten, aber sie waren auch keine Helden, zu denen man aufschaute. Im Gegensatz zu Shawn, der es nicht nötig hatte, andere herabzusetzen. Er weckte die besten Seiten in ihnen und Tommy war stolz, den Panther seinen Freund nennen zu dürfen.

„Orfon, alte Focke", begrüßte er ihn mit einem festen Handschlag. Anscheinend war ihr Menschenkumpel auch schon auf die Idee gekommen, dass sie den toten Körper irgendwie loswerden mussten, denn er hatte einen Spaten bei sich.

„Na, ihr habt euch ja schon lustig in die richtige Leichenschänder-Laune gebracht", bemerkte Orson grinsend. „Wir haben einen makabren Job, aber es tut gut, mal wieder ein paar Schwanzträger um sich zu haben. Ich kann dieses Baby-Gequatsche nicht mehr hören."

Da hatte er sich auch schön einfangen lassen. Erst vor Kurzem lernte Orson Patsys beste Freundin Cat kennen und sah in ihr etwas Besonderes, das sich Tommy nicht erschloss.

Aber Orson musste wissen, was er da tat. Zumindest hatten sie einen Wurf angesetzt, der schon bald auf die Welt kommen musste: Vierlinge. Selbst schuld, er würde zum Gequatsche noch das Geschrei bekommen – und nasse Windeln.

„Nimm einen kräftigen Schluck, Orson", sagte Shawn und reichte ihm ein Glas Whiskey. „Wir sollten dann auch gleich los, die Flasche ist leer. Auf dem Rückweg können wir noch etwas zum Trinken besorgen, wenn wir unseren Erfolg feiern wollen."

Orson lachte und trank, um Tommy dann intensiv zu mustern. „Was ist mit deinem Mund passiert? Er sieht anders aus."

Grinsend stupste Tommy gegen den Zahn und klappte ihn herunter. Solange er nichts sagte, blieb das blöde Ding in Position.

„Ha!", schrie Orson. „Wie geil, du hast eine Prothese! Genial."

„Flutft aber wieder weg, wenn ich rede." Tommy lächelte verlegen und brachte den Zahn zurück in Stellung. „Wir müffen etwas dagegen tun, daff er fo fwingen kann."

Auf Orson hatte er im *Shapeshifter* auch mal ein Auge geworfen, der große Kerl hatte sich als Wolfswandler ausgegeben und zog seine Blicke magisch an. Leider war er hetero, obwohl es für einige Zeit unsicher ausgesehen hatte. So ganz abgeneigt war er Männern gegenüber wohl nicht.

Es kribbelte in Tommys Bauch, als Orson ihn weiterhin fasziniert anstarrte, aber dann schaute er zu Archie, der langsam in sich zusammengesackt war und fast schlief. Die Spannung löste sich und ein Lächeln stieg in ihm hoch. Das war sein Kleiner, da konnte ein Mensch nicht mithalten, selbst kein so gestandener Bursche wie Orson.

Von Archie kam ein leises Säuseln, zwischendurch fiepte er so, wie Tommy es bereits von ihm kannte. Gleich würde er sich wandeln, das hatte er noch nie beobachtet.

Gespannt schaute er zu. In der Tat, die Metamorphose setzte ein, Archies Gesicht veränderte sich leicht, die Ohren wuchsen, dann schrumpfte er und bekam ein hübsches hellbraunes Fell. Das alles geschah rasend schnell.

„Du musst ihn besser füttern", bemerkte Shawn. „Du weißt schon, er sollte so wenig Zeit wie möglich in Mäusegestalt verbringen."

Puh ja, das war ein Vollzeitjob, bei Archie musste er Mahlzeit für Mahlzeit hineinschieben, um ihn in seiner menschlichen Form zu erhalten. „Gleich gehen wir noch Fif'n'Fipf beforgen. Daf mag er bestimmt und ef hält ein biffchen länger fatt", stellte Tommy fest. „Lafft unf gehen."

Patsy, die alte Schnapsdrossel, hatte sich schon die Schaufel aus der Werkstatt geholt und schwang sie sehr bedenklich, bevor er sie schulterte. „Kompanieeeeee los!", krakeelte er und gluckste vergnügt. „Schwingt die Hintern, ich will euch marschieren sehen."

„Du trägft gar nicht deinen Kampfanfug. Nichtf mit Blümchen." Lachend stand Tommy auf und nahm den schlafenden Archie behutsam in die Hand, um ihn in seine Hemdtasche gleiten zu lassen. „Flaf fön, kleiner Fatf."

„Hör bloß auf!", gab Shawn zurück. „Den Blümchenanzug konnte ich bis jetzt nicht wirklich ersetzen. Patsy ist mir noch immer böse."

„Ohooooo, das Ding war denkwürdig." Orson grinste breit. „Damit hast du gestrahlt und geblinkert."

„Shawn hat ihn zerschmust und draufgelullert!", zerstörte Patsy den Mythos ihres Helden. Amüsiert streichelte Tommy über Archies kleinen Schlafsack an seiner Brust. Die Vorstellung war doch mehr als witzig.

„Manchmal muff Liebe wehtun, damit man fie richtig fpürt."

„Wart's ab, wenn dir Archie in den Nippel zwickt", knurrte Shawn. „Und jetzt haben wir einen Auftrag. Wir wissen zwar nicht, wer dieser Jack ist, aber ein Tierkadaver auf dem Tisch wird die Gerichtsmediziner durcheinanderbringen. Da hat er recht."

„Ich übernehme die Luftüberwachung und sondiere die Lage." Patsy klimperte mit den Augen. „Trag du die Schüppe, Tommy."

Schmunzelnd griff Tommy nach dem Holzstiel. Im Nullkommanichts war der Kauz gewandelt und ließ einen durchdringenden Ruf hören. Sein Gefieder war dagegen im Flug völlig lautlos.

„Keine Schreie im Haus!", rief ihm Shawn ungehalten hinterher, als Patsy durch die Tür nach draußen flatterte. „Wir werden alle taub."

In Tommys Brusttasche war Archie zusammengezuckt, aber er schlief trotzdem weiter. Was für eine verrückte Bande. Und was für ein wildes Vorhaben.

„Denk daran, jeder, der sich zwischendurch wandelt, ist hinterher nackt, wenn er sich zurück in der Menschengestalt befindet", erinnerte Shawn Orson. „Du musst die Klamotten einsammeln, falls wir gezwungen sein sollten, zur Tarnung zum Tier zu werden."

Tommy kicherte vor sich hin, während er Orsons breites Grinsen betrachtete. Der Kerl hatte den Schalk im Nacken, kein Wunder, dass Shawn doch ein wenig beunruhigt war. Ihr Anführer wirkte eher angespannt, zumal Patsy über ihnen flog und gellende Rufe ausstieß. *Die* Tarnung war nicht so ganz perfekt.

„Was ist mit deinem Suppenhuhn los?", fragte Orson belustigt. „Entweder ist er voll wie 'ne Haubitze oder er hat seinen Erzfeind aus der Luft entdeckt."

„Mir wäre ganz lieb, wenn ich das wüsste, aber leider funktioniert die telepathische Kommunikation nicht reibungslos. Ich verstehe so wenig Käuzisch wie du", brummelte Shawn und drückte Orson die Tasche mit dem Einbruchwerkzeug in die Hand. „Pack die Kleider einfach mit hier hinein, dann haben wir sie greifbar, wenn sie benötigt werden."

Organisatorisch war Shawn ja ganz gut auf der Höhe, trotzdem drängten sich Tommy einige Fragen auf. Er hatte ja leider den Anruf von diesem mysteriösen Jack verpasst.

„Und daf ift auch ficher die richtige Klinik? Ef gibt ja mehr alf ein gerichtfmedifinifef Inftitut." Oh, es war zum aus der Haut fahren! Das Lispeln machte ihn wahnsinnig! Stinksauer nahm er sich die Drahtspange mit dem Zahn aus dem Mund. Durch die Spucke war das Holz zwar aufgequollen, aber das Drecksding klappte noch immer nach vorn, wenn er redete. „Ich fage jetft nichtf mehr."

„Es ist alles gut, mein Freund", beruhigte ihn Shawn und legte ihm die Hand auf den Arm. „Wir sind hier richtig und wir verstehen dich auch ohne viele Worte. Nur noch um die Ecke dort vorn, dann sind wir an dem Eingang, durch den die Leichen hineingebracht werden. Nein, das ist nicht der offizielle Weg ins Gebäude."

Tommy nickte, das hatte er auch wissen wollen. Sie mussten also sehen, nicht beim Eindringen erwischt zu werden, aber die Dunkelheit würde ihnen Schutz bieten. Es waren auch kaum noch Menschen unterwegs, weil es nieselte. Als sie vor dem Institut standen, versperrte ihnen ein hoher Metallzaun den Zugang. Das Tor war mit einer Kette gesichert.

„Einbrecher vor", sagte Orson und schaute sie erwartungsvoll an. „Wer von euch kann Schlösser knacken?"

„Gib mir den …" Mit einem Finger malte Tommy kleine Kreise in die Luft, aber Orson verstand nicht. „Fraubenfieher", schob er mit verdrehten Augen hinterher. „Foundfyfteme und Kühlerfiguren."

In seiner Jugend hatte er sich das Taschengeld ein wenig aufgebessert und professionell Luxuskarossen geknackt, diese Fertigkeit kam ihm jetzt zugute. Das Vorhängeschloss hatte schon verloren. Die Tür würde bestimmt mehr Probleme bereiten, zumal sie vielleicht alarmgeschützt war. Es gab genug Kranke, die aus ganz anderen Gründen Leichendiebstahl beginnen.

„Die Fportwagen und Limoufinen in den feinen Vierteln hatten die beften Autoradiof. Fu der Feit war ich noch fu jung, um damit fahren fu dürfen", erklärte er zerknirscht, als Shawn ihm einen neugierigen Blick zuwarf. Der Telegrammstil reichte wohl doch nicht aus, er musste das schon näher erläutern.

„Harmlof."

„So, so, du hast also geschickte Hände." Anerkennend nickte Shawn, als die dicke Kette aus den Metallstäben rutschte und er sie auffing, damit sie wenig Geräusche machten.

Fast zeitgleich sahen sie nach oben, denn es war sehr ruhig am Himmel über ihnen geworden.

„Wo ist Patsy?" Shawns Ausdruck war besorgt und Tommy tastete unwillkürlich nach Archie, um zu überprüfen, ob er sich noch in seiner Brusttasche befand. Zum Glück fühlte er die Maus sofort, ihr Herz ratterte gegen seine Fingerspitzen und er spürte die Wärme.

Der Kauz war definitiv verschwunden. Tommy signalisierte Shawn und Orson, sich still zu verhalten, während sie das Grundstück mit den Büschen betraten. Fast automatisch ging seine Nase hoch und sein Blick glitt über die Fassade nach oben. Dort, in einem Fenster konnte er Patsys Anwesenheit riechen. Jetzt hörte er auch ein leises Piepen und verhaltene Bewegungen.

„Er ift in einem gekippten Fenfter fteckengeblieben. Feht ihr ihn?" Schmunzelnd zeigte Tommy den beiden die entsprechende Stelle. Orson kniff angestrengt die Augen zusammen, aber Shawn schnaubte leise.

„Netter Versuch, nur leider vergeigt", murmelte er und von oben kam ein entrüsteter Ton, der zugleich kläglich klang. „Keine Angst, Prinzessin, wir holen dich da raus."

Shawns zärtliche Worte brachten Tommy beinahe zum Seufzen. „Fo übel war die Idee gar nicht. Direkt über uns ift auch ein offenef Fenfter, vielleicht kann Artfie da reinklettern und unf die Türe von innen öffnen."

„Meinst du, du bekommst den verpennten Mäuserich wach?" Offenbar hatte es Orson aufgegeben, Patsy sehen zu wollen, er glaubte ihnen auch so, dass er da war. Seine Sinnesorgane besaßen längst nicht die Präzision, die sie erreichten.

„Ich denke fon", sagte Tommy und griff behutsam in seine Hemdtasche. Als er auf seiner Handfläche lag, rollte sich Archie zu einer kleinen Kugel zusammen, ihm war scheinbar kalt.

„Du mufft leider aufwachen, Mäufe-Rambo, wir brauchen deine Hilfe." Mit einem Finger streichelte ihn Tommy und kicherte, als Archie ihm seinen Bauch zudrehte, um gekrault zu werden. Dabei fiepte der Bursche in den höchsten Tönen und klammerte sich mit den Pfötchen bei ihm fest.

Shawn runzelte die Stirn, er hörte es also auch. „Geht es ihm gut?"

„Daf ift wie Recken und Ftrecken, denke ich", erklärte Tommy, weil er das am Morgen auch so mitbekommen hatte. Dann ging ihm echt das Herz auf, Archie sah zu niedlich aus, während er ausgiebig gähnte.

Nachdem er damit fertig war, setzte sich Archie auf die Hinterbeine und schaute ihn aufmerksam an. Die kleinen schwarzen Augen funkelten lebhaft.

„Artfie, kannft du hier an der Wand hochlaufen und durch den Fenfterfpalt hineinhuffen?" Tommys Stimme war leise und der Mäuserich nickte. Allerdings wurde er auch unruhig, er wirkte nervös.

„Keine Angst, Kleiner", sagte Shawn. „Wir sind hier und passen auf dich auf, nur drinnen bist du auf dich allein gestellt. Die Tür ist hoffentlich nicht abgeschlossen, sie müsste von innen eine Klinke haben. Wenn alle Stricke reißen, komm auf demselben Weg wieder heraus, dann müssen wir versuchen, den Knauf abzuschrauben."

Da war Tommy gleich gedanklich wieder beim Alarmsystem. Möglicherweise würden sie einen Riesenaufstand provozieren, wenn sie wirklich einbrechen mussten. Aber okay, es konnte zur Abwechslung auch mal alles glattgehen.

„Macht lieber schnell." Das war Orson, der plötzlich gar nicht erfreut aussah. „Schaut mal dort rüber. Das ist ein Hund und seine Haltung sagt mir, da folgt gleich der Wachmann. Er ist auf lautlose Meldung von Eindringlingen trainiert."

O ja, der große Deutsche Schäferhund stand da wie eine Eins. Sein menschlicher Partner würde sofort wissen, dass es Einbrecher gab. Jetzt mussten sie ohne Zögern reagieren.

„Nicht bewegen", flüsterte Tommy und hob ganz langsam seine Hand bis an einen Mauervorsprung. Archie wusste Bescheid und kletterte an der Steinwand hoch. Hoffentlich kam er klar, denn sie sollten jetzt ihre eigenen Ärsche in Sicherheit bringen. „Mal fehen, ob der Kumpel auf Gefelligkeit fteht."

Das Prickeln der bevorstehenden Wandlung erfasste seinen ganzen Körper, Tommy spürte, wie ihn dieser Strudel durchdrang. Auch Shawn hatte wohl beschlossen, der Situation als Panther eher gewachsen zu sein. Noch während seiner Metamorphose sprang er wie ein schwarzer Schatten auf den Baum neben ihnen.

Die Sinnesreize überwältigten Tommy jedes Mal, wenn er sich in seiner Hundegestalt befand. Es strömten so viele Dinge auf ihn ein, er brauchte ein paar Sekunden. Dann sah er den Schäferhund unsicher tänzeln, der Kamerad winselte. Offensichtlich wusste er nicht, wie er reagieren sollte, weil er ihre beiden Wandlungen wahrgenommen hatte.

Behutsam stieg Tommy aus seinen Kleidern und schickte einen freundschaftlichen Laut zu dem Wachhund herüber. Wenn das Tier eine solide Ausbildung genossen hatte, würde es sich von seinem Auftauchen wenig beeindruckt zeigen, aber ein bisschen Körpersprache vereinfachte die Verständigung ungemein.

„Na toll, verpisst euch nur alle. Den Letzten beißen die Hunde", knurrte Orson, der dastand, wie vom Donner gerührt. Leider würde es an ihm hängenbleiben, zu erklären, warum sie mit Schaufeln bewaffnet vor der Eingangstür herumlungerten und das Torschloss geknackt hatten.

Kapitel 10

Archies Atem war ein einziges Hecheln, sein Puls jagte. Hoffentlich ging das mit dem Wachhund gut, er hatte die Entwicklung so gerade noch mitbekommen. Nur zu gern hätte er Tommy in seiner animalischen Form gesehen, aber wichtiger als seine Neugier war, dass ihm bei dem Zusammentreffen mit dem tierischen Aufpasser nichts zustieß. Ja, er hatte Angst um Tommy, das konnte böse enden.

Leider hatte man ihm ins Hirn gebrannt, sich Horrorszenarien auszumalen. Diese Vorsichtsmaßnahme sollte ihn schützen, doch jetzt sah er alles Furchtbare – von einer üblen Beißerei bis zum Arrest im Tierheim – vor seinem geistigen Auge und fühlte sich gelähmt vor Angst. Genauso war es ihm ergangen, als ihm Riley an die Wäsche wollte. Archie hätte es einfach geschehen lassen, weil es keinen Ausweg gegeben hatte: die sprichwörtliche Maus vor der Schlange.

Auch jetzt musste er auf der Hut sein, denn sobald er sich durch den Fensterspalt geschoben hatte, stieg ihm der Geruch einer Katze in die Nase. So langsam war er an die ständige Präsenz seiner Fressfeinde gewöhnt, nur handelte es sich diesmal nicht um einen Wandler. Von dem Tier konnte er keine höfliche Zurückhaltung erwarten.

Archies Leben war wenig ereignisreich gewesen, zumindest erlebte er selten etwas Spannendes, mal abgesehen von kleinen Hetzjagden, wenn ihm ein Fuchs oder ein anderer Mäuseliebhaber nachstellte. Bisher hatte er ganz gut auf seine Haut achtgegeben und war unversehrt geblieben. Immerhin besaß er den

Verstand eines „Animalos", mit dem eines Menschen gleichzusetzen, wenn man einige grundlegende Instinkte davon abzog. Seine Taktik hieß ‚Vermeidung von Gefahren'.

Jetzt war er kurz vorm Hyperventilieren, er wollte kopflos herumrennen, seiner Panik freien Lauf lassen. Noch nie war Archie Teil einer Gemeinschaft gewesen und es hing auch noch so viel von ihm ab, immerhin steckte Patsy in Schwierigkeiten.

Um den Kauz sollte er sich zuerst kümmern, statt die Tür zu öffnen und direkt dem Wachdienst in die Arme zu laufen. Sein Auftrag lautete zwar anders, aber er musste flexibel bleiben. Die Jungs draußen würden sich in der Zwischenzeit selbst zu helfen wissen. Hoffentlich. Am liebsten hätte er ein Gebet gemurmelt, ein wenig Zweckoptimismus hatte noch niemandem geschadet.

Archie wäre gern bei Tommy geblieben, dann hätte er sich nicht fragen müssen, wie es ihm ging. Außerdem hätte er ihn beschützen können, denn auch eine Maus besaß Stärke, wenn es wirklich zählte.

Konzentrieren, Archie! Los jetzt! Hole Patsy aus seiner misslichen Lage und dann helft ihr beide den anderen, ins Gebäude zu kommen. Das war der Plan. Die Operation ‚Totengräber' lief.

Wo war nur diese Katze? Archie konnte sie riechen, aber nicht sehen. Er saß noch immer wie paralysiert im Fensterspalt. Sein feines Gehör war auf die Ereignisse vor der Tür ausgerichtet, aber er musste jetzt aufpassen, nicht in die scharfen Fänge der Mieze zu geraten. Sie waren Gefährten, seine Mitstreiter verließen sich auf ihn.

Langsam kletterte er hinunter auf den Boden und verharrte immer wieder kurz, um die Umgebung zu sondieren. Es war wichtig, einen klaren Kopf zu behalten, so schwer es ihm auch fiel. Immer an der Wand entlang, jedes Versteck nutzend, nur so konnte er der Entdeckung entgehen. Ausgerechnet einer seiner Erzfeinde musste ihm hier auflauern, Katzen waren förmlich unsichtbar und griffen mit Vorliebe dann an, wenn man es am wenigsten erwartete.

Das Tier kann mich riechen! Ich werde gefressen! Wird es wehtun? Ist Tommy dann traurig? Wer wird danach in seinen Armen schlafen und seinen Herzschlag hören, laut wie eine Turmuhr? Wo fliegt die Seele hin? Hilfe! Bitte hilf mir!

Jetzt war die Panikattacke endgültig da! Das Pochen in Archies Ohren war nicht weniger laut als Tommys Herz. *Atmen! Atmen!* Übelkeit stieg in ihm hoch wie eine Welle. Dann kam ein bitterer Geschmack und Archie übergab sich genau vor der Tür, die er aufschließen sollte. Ganz toll, der erste Schritt in das Institut würde über Mäusekotze führen. Garniert mit einem Köttel, der das Aussehen eines glänzend braunen Reiskorns hatte.

Er spürte, wie sich das kleine Päckchen in seinem Darm zum Ausgang schob und dann herausrutschte. Eigentlich musste er ständig Kot absetzen, sein Schließmuskel tat da ziemlich unbeteiligt. Das war ihm unangenehm, aber er konnte es nicht ändern. An das Dilemma in Tommys Hemdtasche mochte er gar nicht denken. Glücklicherweise trockneten seine Hinterlassenschaften schnell.

Sollte Archie direkt zur Treppe laufen? Das Adrenalin in seiner Blutbahn verhinderte jeden klaren Gedanken, beinahe hätte er dem Drang nachgegeben, einfach loszurennen. Darauf wartete so ein Lauerjäger nur, also würde er die Strecke lieber im Zickzack hinter sich bringen und sie dabei hübsch mit kleinen ovalen Kügelchen verzieren.

Archie spitzte die Ohren. Die Geräusche, die ihn schon die ganze Zeit irritierten, kamen nicht von draußen. Vielmehr schien sich jemand in einem der hinteren Räume aufzuhalten. Das Institut war längst nicht so menschenleer, wie Shawn und die anderen gedacht hatten. Aber gut, das war nicht sein Problem. *Fokussieren! Denke an Patsy! Einatmen, ausatmen. Schön ruhig.*

Während er jede Deckung nutzte, kam er dem Treppenaufgang näher. Der helle Marmor wirkte steril. Sobald er sich darauf befand, blieb ihm nur der Spurt nach oben. Die Katze konnte sich ebenso wenig verstecken, nur war sie wesentlich schneller. Am besten wuppte er die Stufen mit Anlauf, dann Sprung für Sprung. Archie durfte unterwegs nicht stoppen. Das war auch nicht möglich, die Pfoten konnten seinen Schwung auf dem glatten Untergrund nicht so schnell abbremsen.

Er musste ein wenig durchatmen und sich auf die Höchstleistung vorbereiten. *Kräfte sammeln.* Ihm war noch immer übel, in seinem Bauch hatte er ein flaues Gefühl, aber auch gähnende Leere. Würde man ihm etwas ins Maul rufen, käme nur ein hohles Echo zurück.

Puh, ob er das packte? *Tu es für Tommy!* Sein Herz schlug gleich noch schneller, ja, er freute sich auf die kommende Nacht. Wenn alles vorbei war, lachten sie zusammen darüber. Es würde ihr gemeinsames Abenteuer sein. Genau.

Als Archie seine Muskeln anspannte, sah er Tommys festen Hintern vor sich, den er so gern verwöhnen wollte. Mit den Lippen, seiner Zunge und natürlich … Sein Penis schwoll an, dann sollten ihn eben elementare Kräfte hinauftreiben. Der lustgesteuerte Raketenantrieb. Egal, wie er ans Ziel kam, nur … *Los!!!*

Wie ein Wahnsinniger rannte Archie über die Stufen. An einer Kante blieb er mit seinem erigierten Schwanz hängen und fiel fast auf die Schnauze. Das tat weh. *Au! Aus, die Maus!* Mit seiner Erektion war es vorbei, aber er hatte es bis zum ersten Absatz geschafft.

Außer Atem blieb er kurz sitzen und peilte die Lage, während er sich hinter dem Geländer duckte. Hier war eine Mieze, aber sie schien sich ihr Futter nicht jagen zu müssen. Es war alles still, bis auf das Geklapper aus dem Hintergrund, trotzdem sollte er auf der Hut sein.

Jetzt noch der zweite Teil, dann war er oben. Aus seiner aktuellen Position sah die Stufe mächtig hoch aus und sein Energielevel sank noch tiefer.

Tommy braucht dich. Die Kameraden brauchen dich. Okay, er musste jetzt so viel Schwung holen wie möglich, um das letzte Stück ohne Unterbrechung hinter sich zu bringen. Für einen Sprung aus dem Stand fehlte ihm einfach die Kraft.

Wie sollte er brüllen? Was bedeutete das überhaupt für eine Maus? Fiepen im Dauerton? Das würde klingen wie Nulllinie, alles aus und vorbei.

‚Rambo' hatte ihn Tommy genannt, ja, das musste gehen.

Rennen, rennen, rennen! Sprung! In Gedanken stieß er einen Urschrei aus, der Seinesgleichen suchte. Dafür flog er förmlich die Treppe hinauf. Auf den Flügeln der Liebe, mit einem Messer zwischen den Zähnen. *Jaaaaaaaa!*

Oben angekommen, ruderte er mit den Beinen, um zum Stehen zu kommen. Aber er konnte nicht bremsen! *Verfluchte Scheiße!* Er rutschte direkt auf die beschissene Katze zu, die ein Stückchen vor ihm auf dem Gang hockte!

Seine Krallen machten hässliche Kratzgeräusche auf dem Marmor, während er unaufhaltsam auf das Tier zu schlitterte.

Rumms! Archie knallte ihr direkt auf die Nase, die sie schnuppernd gesenkt hatte. Himmel, sie schaute verdattert aus der Wäsche. *Schnell, superschnell! Waaaah!* In Windeseile war er an dem Vorhang hochgelaufen, der an einem der Fenster bis zum Boden hing. In seiner Brust fauchten die Lungen, als er sich an der Gardinenschiene festklammerte und heruntersah. Sein Herzschlag überschlug sich.

Die Mieze schüttelte ganz benommen den Kopf und drehte sich um. Danach lief sie weiter. Was zum Teufel war das bitte gewesen?

Jetzt war es an ihm, die Welt nicht mehr zu verstehen. Aber er wurde abgelenkt von unterdrücktem Piepen, das wahrscheinliches käuzisches Gezeter war. Die Katze war sicherlich Patsys Schreien gefolgt, weil es klang, als wäre er halb verendet. Um dann was auf die Nase zu bekommen. Einen linken Mäuse-Haken.

Ein Kichern stieg in Archie auf und er ließ entspannt einen Köttel fallen.

Offensichtlich war er als Futter uninteressant, also konnte er sich wieder von seinem Aussichtsposten abseilen. Jetzt wusste er auch, hinter welcher Tür sich Patsy befand, er sollte sich beeilen, ihn aus seiner Misere zu befreien.

Nachdem er wieder unten war, huschte Archie über den Flur und drückte sich unter dem Holz durch. Solange sich ein Spalt unter der Tür befand, konnte sie ruhig geschlossen sein. Der chemische Geruch nahm ihm fast den Atem, in dem Raum stank es furchtbar nach Desinfektionsmitteln. Das hier schien ein Labor zu sein und er sah auch das Problem: Patsy hatte sich mit seinen Krallen in einer Gardine verfangen, in der er hing, wie in einem Netz. Allein kam er da nicht mehr heraus.

Als Maus sollte sich ihm Archie nicht nähern, in ihrer Tiergestalt waren sie diversen Instinkten unterworfen. Selbst, wenn Patsy wusste, dass er es war, konnte er versuchen, ihn zu erwischen. Wandler waren unberechenbar, das hatte Archie schon öfter erfahren. Um Patsy aus seiner misslichen Lage zu helfen, musste er zwei Hände haben und groß genug sein.

Vorsichtig schob sich Archie bis zum Fenster. *Jetzt! Mensch!* Was war da los? Sonst hatte er nie Schwierigkeiten bei der Verwandlung gehabt. Das Prickeln blieb aus, seine Zellen fühlten sich nicht an, als stünde er unter Strom. Ja, er starb fast vor Hunger, seine Reserven waren anscheinend aufgebraucht. Und was nun?

Er brauchte Nahrung. Egal, was es war, Hauptsache, er konnte Energie daraus ziehen und vergiftete sich nicht dabei. Auf dem Boden fand er ein paar Krümel. Hier wurde auch gegessen, wahrscheinlich nutzten die Mitarbeiter das Labor als Pausenraum. Das konnte seine Rettung sein.

Ein göttlicher Duft erreichte seine empfindliche Nase. Das war ... ein Eiersalat-Sandwich mit frischen Gurkenscheiben!!! Leicht durchweicht, weil es schon seit dem Morgen auf seinen Besitzer wartete. Er roch nur einen Hauch davon, sonst hätte Archie die Köstlichkeit schon aus der Ferne wahrgenommen.

So schnell hatte er noch nie einen Schreibtisch erklommen. Im nächsten Moment verdammte er die Firma mit den luftdicht schließenden Deckeln, es würde schwierig werden, die Lunch-Box zu öffnen.

Patsy hörte auf, zu zappeln. Sicher war ihm nicht verborgen geblieben, dass er Gesellschaft bekommen hatte. Solange sie sich nicht wandelten, klappte es allerdings nicht mit der Verständigung.

Während Archie angestrengt darüber nachdachte, wie er an das Sandwich kam, lief ihm das Wasser im Mund zusammen. Auch zum Denken brauchte er Energie, darum würde er keine Einstein-Nummer produzieren.

Über die Hebelgesetze kam er nicht hinaus, obwohl Archie gerade die Mechanik in der Physik geliebt hatte.

Damit ließ sich etwas anfangen. Er brauchte einen Anschlagpunkt, einen Hebel und genug Widerstand, damit sich nur der Deckel der Dose anheben ließ. Viel Kraft war nicht notwendig, wenn man sie richtig einsetzte. Das war trotzdem eine intellektuelle Herausforderung für eine Maus.

Oder er schmiss die Lunch-Box einfach vom Tisch.

Yaaaaawwwppp!!!, schrie er innerlich, als das Sandwich herauskugelte und neben dem Papierkorb liegenblieb. Flink war er bei ihm und klappte die beiden Brotscheiben auseinander, dann versenkte er seinen ganzen Kopf im Eiersalat. *Oh, wie geil! Das ist so lecker* ... Es war beinahe ein Geschmacksorgasmus.

Die fette Mayonnaise würde seine Speicher schnell wieder füllen, damit er sich endlich um Patsy kümmern konnte. Bequem hatte seine Lage nicht ausgesehen, aber noch musste Archie in dem feinen Aroma des Brotbelags schwelgen. Wer auch immer sich dieses Sandwich besorgt hatte, er besaß einen vorzüglichen Geschmack. Das war um Längen besser, als irgendwelche Dichtungen zu fressen; Archie hatte das Schlimmste befürchtet.

Als es seinen ganzen Körper schüttelte, schrie er überrascht auf. Bisher hatte er sich noch nie spontan gewandelt, ohne es selbst gewollt zu haben, aber diesmal war es anscheinend die Fortsetzung des vergeblichen Versuchs von gerade. Er spürte, wie sich seine Glieder streckten und er seine menschliche Gestalt annahm. Der Eiersalat klebte ihm im Gesicht.

Schnell wischte er sich die Reste ab, das musste jetzt reichen. Obwohl ... Archie klappte die beiden Brotscheiben wieder zusammen und klaubte die herumliegenden Bröckchen auf, um sich das Sandwich schmecken zu lassen. Noch während er kaute, stand er auf und begutachtete Patsy in seinem Fensterspalt.

„Du kannst froh sein, dass du dich nicht zurück in einen Menschen verwandelt hast, dann stecktest du noch ein bisschen mehr in der Klemme", befand er mit vollen Backen. Seine eigene Paranoia kam ihm wieder in den Sinn: Der Mann in der Mauer. Er schüttelte den beunruhigenden Gedanken ab und überlegte lieber, wie er den Kauz befreien konnte.

„Ich werde das Fenster vorsichtig öffnen. Du hast dich so eingedreht in die Gardine, ich bekomme dich wohl nicht anders heraus."

Von Patsy kam ein leises Pfeifen, das hoffentlich Zustimmung bedeutete. Lächelnd kraulte Archie das Bündel. „Ich helfe dir, Prinzessin. Mach dir keine Sorgen, der Mäuse-Rambo ist hier." Dabei musste Archie selbst lachen.

Dann befasste er sich mit der Mechanik des alten Fensters, er bekam eine zweite Chance, seinen überlegenen Verstand zu nutzen. Kichernd betätigte er den Hebel und hielt den Fensterflügel fest, der jetzt schräg in den Angeln hin. Ganz schön schwer, das Ding. Er stemmte sich mit seinem Körper dagegen, um zumindest eine Hand frei zu haben.

„Entspanne dich einfach. Ich wickle dich gleich aus dem Netz, aber vorher muss ich das Fenster wieder reparieren, damit niemand etwas mitbekommt." Behutsam hob er Patsy über die Scheibe und ließ ihn kurz hängen. „So, es kann losgehen."

Plötzlich schoss ihm eine Idee durch den Kopf: Sie würden den Stoff brauchen, weil sie besser nicht mit nacktem Hintern herumgeistern sollten, wenn sich noch jemand im Gebäude befand. Also riss er die Gardine mit einem Ruck herunter, so war es auch einfacher, Patsy da herauszuholen. Er legte das ganze Paket auf dem Boden ab.

„Halt still, nur noch eine Umwicklung und dann puhlen wir erstmal deine Krallen aus dem Gewebe. Sonst reißt du dir einen Fingernagel ein, wenn du dich wandelst", sagte Archie grinsend.

Der Kauz streckte seine Flügel, sobald er es wieder konnte. Hui, er sah angepisst aus. Aber auf den ersten Blick war nichts gebrochen oder anders verletzt. Die Wandlung setzte direkt ein, als der letzte Dolch befreit war.

„Heiliger Bimbam! Was für ein Gehänge, Archie!", rief Patsy, nachdem er sich geschüttelt hatte. Er wirkte sichtlich amüsiert und hielt sich die Hand vor seine eigene Mitte. „Ich würde dich zum Dank gerne knuddeln, aber das ist mir zu gefährlich."

„Du bist unmöglich." Archie kicherte gleich weiter und riss dann die Gardine in zwei Teile. Sie war bereits morsch, sonst hätte er das nicht hinbekommen. „Schling dir das um die Hüften, wir wollen ja niemanden erschrecken."

„Danke, Mann. Wie blöd kann ich eigentlich sein, mich dort zu verfangen?", fragte Patsy zerknirscht, während er seinem Rat folgte. Dann sah er ihn wortlos an und zuckte mit den Schultern. „Egal, eigentlich passiert mir dauernd etwas Dummes."

Vehement schüttelte Archie den Kopf und schaute erstaunt einem Stückchen Ei hinterher, das dabei wegflog. Ihm fiel siedend heiß ein, dass ihre Freunde dringend Unterstützung benötigten.

„Die Idee war sehr gut, ich bin auch durch ein gekipptes Fenster ins Haus gelangt", erklärte Archie.

„Aber währenddessen haben unsere Jungs draußen Ärger mit dem Wachdienst bekommen. Vielleicht sind sie schon im Gebäude und wir können ihnen helfen. Oder sie stehen noch immer vor der Tür, was ich ehrlich gesagt nicht glaube."

Seine Rettungsaktion für Patsy hatte ewige Zeiten gedauert, so kam es Archie zumindest vor. Vielleicht waren die anderen auch abgehauen und sie waren auf sich allein gestellt. Es ratterte in seiner Brust, im Moment fühlte er sich nicht mehr wie Rambo. Was war mit Tommy geschehen? Was war überhaupt passiert?

„Ganz ruhig, Archie", sagte Patsy und lächelte. Freundschaftlich legte er ihm die Hand auf die Schulter. „Wir sehen zwar aus wie die Swinging Sisters mit unseren Röckchen, aber wir finden unsere Süßen schon. Du hast eine Menge Mut bewiesen."

Puh, Patsy hatte gut reden. Die Katze war zwar harmlos gewesen, aber ein paar Angstköttel waren sicher zu den üblichen dazugekommen. Ihr verdutztes Gesicht war allerdings eine echte Schau.

„Ich habe einer Katze was auf die Nase gegeben", prahlte Archie und zwinkerte Patsy zu. „Und gebrüllt habe ich auch. Wie ein Löwe."

Kapitel 11

Tommy schob seinen Kopf in Orsons halb geöffnete Hand, bevor er sich dem Schäferhund zuwandte. Es tat gut, als sein Freund ihn kurz kraulte. Den Trost konnten sie beide brauchen, denn es würde Ärger geben, wie auch immer dieser geartet war.

Das Tier war sicher eines von der dominanten Sorte und Tommy wollte jetzt kein Machtgerangel starten. Schon optisch machte der Rüde klar, dass er sich nur seinem Herrn unterwarf, also war es unklug, ihn herauszufordern.

Hatte Tommy Angst? Sein Puls war zumindest nicht gerade langsam, er spürte das wilde Klopfen deutlich. Leise winselnd und mit gesenktem Blick näherte er sich dem Hund.

Was wollte er überhaupt erreichen? Es wäre cool, den stahlharten Wächter von seinem Job abzulenken und ein freundschaftliches Spiel anzuzetteln, aber schon ein einziger Befehl seines menschlichen Partners würde wieder einen Gegner aus ihm machen.

Der Kerl hob die Lefzen und zeigte sein imponierendes Gebiss, dabei knurrte er drohend. Bei einem Kräftemessen würde Tommy den Kürzeren ziehen, es blieb ihm nichts anderes übrig, als ihn zu überlisten. Immerhin war er zwischen den Ohren ein wenig fitter als der Hund. Ohne ihm zu nahe treten zu wollen.

Doch, was sollte er tun? Eine direkte Konfrontation fiel aus, er war ja nicht lebensmüde.

Tommy konnte nichts entdecken, wo er den Burschen hätte einsperren können, allerdings sah er ein großes schmiedeeisernes Tor. Es kam auf die Verständigung mit Orson an, ob sein Plan klappen würde. Als er sich zu seinem Freund umschaute, suchte er Augenkontakt und deutete mit der Schnauze auf den Zaun. Hoffentlich verstand Orson.

Also gut, sie mussten es probieren. Wenn Tommy keine Gelegenheit fand, den Schäferhund einzusperren, musste er ihn eben *aus*sperren ... zum Überspringen war der Gitterzaun zu hoch.

Nur Mut! Sein Schwanzwedeln wurde gleich viel forscher, dann rannte er das letzte Stück auf den Kameraden zu und zwickte ihm kräftig in die Vorderläufe. Hauaha! Jetzt nahm Tommy buchstäblich Reißaus und raste auf das geöffnete Tor zu. Als er an Orson vorbeilief, blaffte er ihn kurz an. Bitte, er sollte kapieren, was er von ihm wollte.

Das tiefe Bellen des Schäferhundes zerrte an seinen Nerven. Natürlich würde das den Wachmann auf den Plan rufen, aber vorher bekamen sie die vierbeinige Gefahr in den Griff.

Kurz, bevor der wütende Kläffer sein Hinterteil erreichen konnte, wich Tommy aus. Das Gebiss seines Verfolgers hinterließ ein scherenartiges Geräusch, als es ins Leere schnappte. Puh, das war knapp gewesen, aber jetzt musste ihn Tommy überspringen, damit es keine Karambolage gab. Mit einem riesigen Satz katapultierte er sich in die Höhe und drehte sich dabei in die entgegengesetzte Richtung. Das war Adrenalin pur!

„Schnell, hau rein!", schrie Orson, der sich am Tor positioniert hatte. O ja, das musste jetzt fix gehen, denn auch sein Widersacher hatte mit allen vier Pfoten abgestoppt, nachdem Tommy in vollem Lauf gebremst hatte. Er würde nicht lange zum Wenden brauchen.

Tommy musste sich abreagieren und lautstark bellen. Er hatte auf dem letzten Meter den Hintern eingezogen, damit Orson das Tor zuknallen konnte. Jetzt feuerte er ihn an, die Kette schneller um die Stäbe zu wickeln. Der Wachhund war bereits am Scharren und versuchte, sich wieder Zugang zum Grundstück zu verschaffen. Jede Sekunde zählte.

„Gib mir das Schloss!", rief ihm Orson zu. „Der Bursche hat Kraft! Und ich muss auf meine verfickten Finger aufpassen!"

Wo hatte er das Ding hingeworfen, nachdem er es geknackt hatte? Tommy schaute sich um. Da war das Vorhängeschloss, aber er konnte es mit den Zähnen schlecht greifen. In Windeseile wandelte sich Tommy und reichte es dann an Orson weiter.

„Zieh dir was an, dieser Köter zerkratzt dir sofort die Haut, wenn er dich erwischt."

Sein Freund war ja sehr besorgt, aber er hatte recht. In der Ledertasche mit dem Werkzeug fand Tommy seine Kleider.

„Gut gemacht", sagte Orson, nachdem er das Tor gesichert hatte und der Schäferhund nun winselnd am Zaun entlanglief. Das Tier tat Tommy leid, denn es gab nichts Schlimmeres für einen abgerichteten Hund, als seine Pflichten zu verletzen.

„Danke, Kumpel. Ich bin froh, daff du fo direkt reagiert haft." Grinsend klopfte Tommy ihm auf die Schulter. Er war wirklich erleichtert, denn mit den Hundezähnen hatte er keine Bekanntschaft machen wollen.

Aber dann gefroren seine Bewegungen: Der Wachmann stand an der Hausecke und schaute sich ihr Treiben in aller Seelenruhe an. In einer Hand hielt er einen Schlagstock, in der anderen ein Walkie-Talkie. Gerade wollte er einen Funkspruch absetzen. Jetzt wurde es unangenehm. *So ein fuckin' Mist!*

In der nächsten Sekunde zuckte Tommy zusammen, denn ein schwarzer Schatten flog an ihm vorbei. Oder vielmehr fiel er von oben herab. Der Raubtiergeruch und das Aufblitzen der leuchtenden Augen in der Dunkelheit verrieten, was passierte. Es war natürlich Shawn, der den Security-Mann mit seinem Gewicht von den Beinen geholt hatte. Begleitet von einem langgezogenen Gähnen machte es sich der große Kater auf seinem Opfer gemütlich.

„Gott im Himmel!", entfuhr es Orson. „Das war genau der richtige Zeitpunkt, aber du hast mir einen Mordsschrecken eingejagt."

Tommy war sprachlos. „Fhawn", flüsterte er kaum hörbar. Seine Pumpe überschlug sich und trommelte in einem wilden Rhythmus.

Damit hatte keiner von ihnen gerechnet. Ein ausgewachsener Panther brachte beinahe hundert Kilo auf die Waage. Der Wachmann war ohnmächtig geworden und sicherlich platt wie eine Flunder. Keine schlechte Taktik, die Schwerkraft für sich arbeiten zu lassen.

Im Handumdrehen setzte bei Shawn die Rückverwandlung ein, die Tommy fasziniert beobachtete. So etwas sah man nicht jeden Tag.

„Gute Arbeit! Fesselt ihn und nehmt ihm die Schlüssel ab", kommandierte ihr Anführer leise, während er in seine Klamotten schlüpfte. „Wir nehmen ihn mit. Aber der Hund macht da draußen zu viel Lärm. Hast du einen Draht zu ihm, Tommy? Können wir ihn wieder hereinlassen?"

Langsam schüttelte Tommy den Kopf und amüsierte sich über Orsons panischen Ausdruck in den Augen. Es wäre wohl eine blöde Idee, das Schnappmonster zurückzuholen.

„Laff mal lieber, wir find nicht fo direkt Freunde, aber ich werde ihm ein paar Kommandof geben, damit er brav ift", antwortete Tommy schmunzelnd. Er konnte eindringlicher mit dem Tier kommunizieren als ein Mensch, sie nutzten dieselbe Sprache. Zumindest verstanden sie sich und der Schäferhund würde auf ihn hören.

Der clevere Bursche hatte seine Wandlung mitverfolgt. Er wusste schon anhand des Geruchs, dass er noch immer Tommy war und seine Gestalt verändert hatte. Das machte ihn zu einem unheimlichen Wesen, das man besser mit Ehrfurcht behandelte. Darauf hielt Tommy jede Wette.

Dank des Schlüssels war die Eingangstür nun weit geöffnet. Bevor er Shawn und Orson folgte, die den Wachmann in die Mitte genommen hatten, ging Tommy an den Zaun.

„Fo, Kamerad, du wirft jetft ftill für mich fein", sagte er mit respekteinflößender Stimme. „Auf! Platf!"

Zum Glück waren die entsprechenden Befehle kein großes Geheimnis und der Hund schien sie zu kennen. Nur zögerte er, ihm zu gehorchen – mit eingekniffener Rute.

Ein tiefes Grollen kam aus Tommys Kehle und schon waren die Verhältnisse geklärt. „Bleib!" Nach diesem Knurren würde ihr tierischer Freund gut auf sie aufpassen und jeden Störenfried melden, genauere Anweisungen waren überflüssig.

Ein bisschen stolz war Tommy schon auf ihre Truppe. Jeder hatte seinen Beitrag geleistet und sie waren ein tolles Team. Hoffentlich ging es Archie gut. Sein Mäuserich hatte nicht wie vereinbart die Tür geöffnet, also war irgendetwas aus dem Ruder gelaufen.

Mit gespitzten Ohren horchte Tommy in die Nacht. Auch von Patsy war nichts mehr zu hören, er vernahm nur das leise Schnarchen eines Mannes in der näheren Umgebung. Wahrscheinlich machte ein weiterer Security-Mitarbeiter ein Nickerchen.

Sein Herzschlag war bis in den Hals zu spüren, als er ins Haus ging und dem Hund noch einen strengen Blick zuwarf. Sicher war sicher.

Kapitel 12

Als Tommy das Gebäude betrat, machte er einen Schritt über einen nassen Fleck, der irgendwie glitschig aussah. Es war bereits etwas hindurchgeschleift worden und das Zeug müffelte unappetitlich. Aber dann lenkte ihn Gelächter ab, das er aus dem Foyer hörte.

Das waren Archie und Patsy, sein Supermäuserich hatte doch wirklich den Flattermann befreit. Stolz breitete sich in Tommys Brust aus, er lief gleich ein wenig schneller.

Die Wärme in seinem Herzen beruhigte es, aber zugleich bebte er vor Anspannung.

„Artfie!" Erleichtert schloss er ihn in seine Arme. Alles war gut, es sah so aus, als hätte niemand von ihnen etwas abbekommen. Sein Kleiner kuschelte sich an ihn. Der Duft war atemberaubend, obwohl sich der Geruch von Angstschweiß dazu gemischt hatte. Und Essig, Zwiebeln, Ei und Gurke? Tommys Nase entging nichts.

„Geht ef dir gut?", murmelte er ihm ins Haar.

„Ja, ich habe Patsy gerettet und diese dämliche Mieze besiegt. Mit einem ordentlichen Schlag mitten auf die Zwölf." Kichernd vergrub Archie das Gesicht an seinem Hals.

Mieze? Erst jetzt fiel Tommy auf, dass Archie und Patsy nicht allein waren. „Waf macht Cat hier?", fragte er verwirrt. Die Katze mochte er wirklich nicht, seine Nackenhaare stellten sich auf, wann immer er sie sah. „Ift fie nicht fwanger genug, um einfach fuhaufe fu bleiben?"

„Freut mich auch, dich zu sehen, Barkeeper", begrüßte ihn Cat reserviert. Sie hatte Gewicht zugelegt und schob eine ganz schöne Kugel vor sich her. Stand ihr. Aber was zum Henker hatte sie hier zu suchen, wenn sie sich in einer verdeckten Aktion befanden?

„Haft du gedacht, wir kommen nicht ohne dich klar?" Tommy hielt Archie unwillkürlich fester an sich gedrückt. Allein die Vorstellung, dass sich Katze und Maus in ihrer Tiergestalt begegneten, war ihm unerträglich. Das hätte so was von schiefgehen können! Auf Orsons wilde Pantomime hinter Cats Rücken reagierte er nicht. „Wenn Patfy fon irgendwo fteckenbleibt, wärft du mit deinem Umfang ficher keine Hilfe gewefen."

Warum sollte er die Klappe halten? Orsons hochschwangere Partnerin hätte sie nur in Schwierigkeiten bringen können.

„Lass es gut sein, Tommy. Cat gehört zu uns und es ist nicht ihre Stärke, sich im Hintergrund zu halten", schlichtete Shawn ihren Streit. Ihr Anführer war wohl auch nicht unbedingt erfreut, aber er verhielt sich neutral. „Wenn wir wirklich eine Wandler-Gemeinschaft sein wollen, müssen wir alle als gleichberechtigt betrachten. Egal, welcher Spezies er angehört. Und in welchen Umständen er sich befindet."

Ja, jetzt kam diese Nummer wieder. Manchmal fiel es Tommy sehr schwer, die Gleichmacherei nachzuvollziehen, vor allem, wenn es sich um traditionelle Konflikte handelte, die innerhalb ihrer Kultur weitergegeben wurden. Kein Wunder, dass gerade die einflussreichen Mitglieder ihrer „Gesellschaft" schwer davon zu überzeugen waren.

„Zum Glück bin ich so schwanger. Schon vom Gedanken an eine Mäusemahlzeit steigt mir die Galle hoch." Da hatte Cat also wieder Oberwasser. Grinsend hakte sie sich bei Patsy ein. „Wir veranstalten auch keine Jagden mehr."

Sollte sich Orson doch um sie kümmern, immerhin musste er ihre spitzen Bemerkungen öfter ertragen und hatte es sich so ausgesucht. Aus dieser Unterhaltung war Tommy raus.

„Heeeee, ich fresse schon lange keine Nager mehr!", beeilte sich Patsy klarzustellen. „Archie ist mein Freund, ich habe sogar meine Gardine mit ihm geteilt." Glucksend präsentierte er seinen Lendenschurz.

„Nachdem sich Cat zurückverwandelt hat, mussten wir ihr Archies Gewand überlassen", fügte er kichernd hinzu. „Unser Outfit wurde also immer gewagter und ihr seht jetzt unsere spitzenmäßigen Ärsche blitzen."

Archie löste sich aus Tommys Armen und zeigte ihnen gemeinsam mit Patsy die nackte Rückfront.

Die beiden hatten einen Mordsspaß und Tommy leckte sich genüsslich die Lippen. O ja, er freute sich auf die kommende Nacht, mit seiner Zurückhaltung war es vorbei, wenn er diesen süßen Hintern betrachtete.

„Wie gut, dass ihr Jogginghosen tragt." Orson lachte und klopfte Tommy auf die Schulter. „Zumindest bei einem von euch wären uns sonst die Knöpfe um die Ohren geflogen. Du geiler Hund!"

Da hatte er ihn ertappt, sein Schwanz hatte sich voller Vorfreude bereitgemacht. Verlegen rieb sich

Tommy den Nacken und wunderte sich über die kleinen dunklen Brösel, die herunterrieselten.

„Entschuldige bitte", flüsterte ihm Archie zu und half ihm, seine Haare davon zu befreien. „Das sind getrocknete Köttel, aber sie riechen nicht. Ich mache das nicht mit Absicht, als Maus kann ich das nicht unterdrücken. In deiner Hemdtasche sind sicher auch noch welche."

Einen Moment brauchte Tommy, um zu verstehen, dann gluckste er vor Vergnügen. Er fügte dem niedlichen Bild des Mäuserichs, der sich in seinen Haaren ein Nest gebaut hatte, die Fließbandproduktion von Exkrementen hinzu. Es war nicht mehr ganz so putzig.

„Na, du kannft ja nichtf dafür", befand er schicksalsergeben. Was blieb ihm anderes übrig? „Ich dufe fowiefo nach dem Aufftehen."

Cat musterte sie und rümpfte die Nase. „Wie romantisch. Der Kleine kackt dir ins Genick."

„Das ist Liebe, du doofe Kuh." Mit verschränkten Armen stand Patsy neben ihr und knuffte seiner Freundin grinsend in die Seite. „Etwas Ähnliches ist mir bei Shawn auch schon passiert, aber von dem dicken Fell perlt ja alles ab."

In diesem Moment kamen Shawn und Orson zurück, die sich um die Wachmänner gekümmert hatten

„Du hast mir auf den Kopf geschissen?", fragte Shawn mit großen Augen. „Das wagst du, kleines Hühnchen?"

„Klar." Patsy zog ihn zu sich herunter und küsste Shawn zärtlich.

Von dem Anblick bekam Tommy Herzklopfen und suchte Archies Blick.

„Jetzt fangt ihr nicht auch noch an, zu knutschen", bemerkte Orson sichtlich genervt. Entweder hatte er gerade seine liebe Not mit den Schwangerschaftsallüren seiner Katze oder der Haussegen hing schief.

Ein Knall ließ sie zusammenzucken. Die Tür zu einem der Seitenräume war so schwungvoll aufgeflogen, dass sie an die Wand gedonnert wurde. Heraus kam ein großer blonder Mann mit weißem Kittel, dessen Haare in alle Richtungen abstanden. Schon aus der Ferne konnte Tommy das Adrenalin riechen, das er gerade ausdünstete.

„Ich erwarte eine sofortige und umfassende Erklärung!", schrie er ihnen entgegen.

„Wer fum Teufel ift daf?", entfuhr es Tommy und er schaute seine Begleiter ratlos an.

„Sie fragen *mich*, wer ich bin?", brüllte der Mann außer sich. „*Sie* sind doch die Eindringlinge und führen Gott weiß was im Schilde. Ich habe keine Zeit für Einbrecher, ich habe verdammt andere Sorgen!"

„Entschuldigen Sie bitte die Störung." Shawn straffte sich und ging auf den Kerl zu, der gehetzt von einem zum anderen schaute. „Ich bin Shawn Lahmar. Wir sind hier, weil Sie einen ungewöhnlichen Leichnam auf dem Seziertisch haben. Ein unbestimmtes Gefühl sagt mir, dass Sie bereits davon wissen."

Das hatte Shawn schnell kombiniert, Tommy war beeindruckt. Aber er kam nicht dazu, den Gedanken weiterzuführen, denn der vermeintliche Pathologe machte auf den Hacken kehrt und stürmte zurück in den Sektionsraum. Zumindest stand das in großen Buchstaben auf der Tür. Shawns ausgestreckte Hand hatte er einfach ignoriert.

„Kommen Sie herein!", rief er von drinnen.

Ein bisschen mulmig war es Tommy schon, obwohl der Tod zum Leben gehörte. Er hatte auch kein Problem mit den Überresten, denn sie waren ja nur noch … Kompost. Schmunzelnd dachte er an Archies Geschichte über die Mäuse-Beerdigungen. Trotzdem betrat Tommy den großen Raum mit einem Grummeln im Magen. Archie schien es ebenso zu gehen, denn er hielt seine Hand fest umklammert.

In dem regelrechten Saal musste sich Tommy erst einmal umschauen. Alles wirkte so steril, anscheinend wollte man sich durch penible Sauberkeit vor dem Atem des Todes schützen. Klar, es möffelte, wenn man mit Aas herumhantierte, aber es war übertrieben, so zu tun, als gäbe es den natürlichen Zersetzungsprozess nicht. Die Menschen hatten wohl ein Problem, ihre Vergänglichkeit zu akzeptieren.

Auf zweien der vier Seziertische lagen tote Körper, wobei einer noch in einem Leichensack verborgen war. Doch der Stein des Anstoßes war sicherlich der riesige Tiger, der alle viere von sich streckte und auf der anderen Edelstahlpritsche lag.

Unter dem Kopf hatte die Raubkatze eine Stütze, damit sie in dieser Haltung auf dem Rücken stabilisiert blieb.

„Ah, ich habe nicht gewusst, dass sich das Institut auch mit Tiermedizin befasst", brach Shawn das Schweigen, nachdem er sie alle hineingescheucht hatte und nun die Tür hinter ihnen schloss. Tommy amüsierte sich. *Was für ein scheinheiliger Bastard!*

„So!", rief ihr „Gastgeber" derart schneidend, dass Tommy zusammenzuckte. Gleichzeitig hatte er den anderen Leichnam mit seinem Leichensack in eines der Kühlfächer befördert, das sich mit einem lauten metallischen Rumms schloss. *What the fuck?* Der Kerl besaß echt einen Sinn für Dramatik.

Es war die herausgezogene Schublade gewesen, die Tommy für einen weiteren Tisch gehalten hatte. Nur der Arbeitsplatz mit dem Tigerkadaver war beleuchtet, der Rest lag im Halbdunkel. Die Atmosphäre in dem Raum war gespenstisch, obwohl Tommy in der Dämmerung gut sehen konnte. Kein Wunder, sie waren wohl alle etwas schreckhaft.

„Der ist echt creepy", raunte ihm Archie zu, während er sich an seinen Arm schmiegte. Tommy nickte und drückte ihm einen Kuss aufs Haar. Es war so ruhig wie in einer Kirche, man hätte nie vermutet, dass der gerade noch schnatternde Verein von Wandlern so still sein konnte.

Plötzlich wandte sich der Mann Shawn zu. „Sehr erfreut, Mr Lahmar. Ich bin Dr Simon Coldwater, meines Zeichens Pathologe der Einrichtung. Somit gibt es einen guten Grund, warum ich mich in diesen geheiligten Hallen aufhalte." Er schwieg und musterte ihre Gruppe eingehend. „Sie glauben gar nicht, wie gespannt ich darauf bin, den Ihren zu erfahren. Ich nehme an, Sie sind der Wortführer dieses illustren Haufens?"

Mit den Augen verfolgte Tommy seinen Blick: Außer Orson war niemand vollständig angezogen. Patsy, Shawn und er selbst trugen nur Jogginghosen, während Archie und Cat noch immer die gewagte Gardinen-Kreation am Leib hatten. Zumindest waren sie ein hübscher Anblick, wenn man von der fetten Katze absah.

Der Pathologe war für einen Wissenschaftler auch ganz ansehnlich.

Die kurzen Haare standen wahrscheinlich nicht immer so ab und der blonde Dreitagebart hatte was. Ohne die große Brille, hinter der seine blauen Augen fast so groß wie Patsys waren, sah der Bursche gut aus. Mittleres Alter, breites Kreuz, obwohl er bestimmt eher ein Theoretiker war …

„Ja, ich spreche für uns alle", sagte Shawn lächelnd.

Er hatte so eine ruhige und besonnene Art, Tommy hätte ihm jedes Wort abgenommen. Ob er jetzt auch ihre Köpfe aus der Schlinge ziehen konnte?

Dieser Dr Coldwater brauchte nur die Polizei zu rufen. Tommy hoffte, dass sie dem Mann nicht wehtun mussten. Wenn es um ihre Entdeckung ging, wurden sie empfindlich, schließlich war keiner von ihnen – außer Orson – bei der Meldebehörde registriert. Das konnte verflucht unangenehm werden.

„Also, was ist Ihr Anliegen?", fragte Coldwater. „Wenn Sie einfach nur einen Leichnam entwenden wollten, dann können Sie sich einen aussuchen. Ich habe eine schöne Auswahl an Jane und John Does im Angebot. Es ist meine Aufgabe, ihre Identität ausfindig zu machen, aber wenn ein Körper fehlt, ist das zu verschmerzen." Entnervt schaute sie der Pathologe an. „Nehmen Sie, was Sie wollen, und verschwinden Sie!"

Shawn nickte todernst. „Würden Sie uns bitte den Tiger schön verpacken? So ein neutrales Säckchen wäre hilfreich, damit es nicht so auffällig ist, wenn wir damit das Institut verlassen."

Wie von allen guten Geistern verlassen, starrte ihn Coldwater an. „Können *Sie* mir erklären, was ich gerade gesehen habe?"

Nach dieser Frage musste Tommy ein aufsteigendes Kichern unterdrücken, er war angespannt wie sonst was. Der komische Kerl war offensichtlich Zeuge der Wandlung geworden, das erklärte sein eigenartiges Auftreten.

„Kommt darauf an, was Sie gesehen haben, Doktor", wich Shawn aus. Die beiden schlichen um den

240

heißen Brei und belauerten sich. Dabei konnte der Mensch nur den Kürzeren ziehen, Shawn war ein Profi.

„Tommy", flüsterte Archie in sein Ohr. „Mir wird ganz flau, ich habe Hunger."

Das war ja nichts Neues, wann hatte der Kleine mal keinen Kohldampf? Patsy hatte ihn doch sicher mit der Apfeltorte gemästet, das sollte für den Moment noch ausreichen.

„Wir effen gleich auf dem Rückweg waf." Sanft legte er den Arm um Archies Schultern und drückte sie aufmunternd.

Hoffentlich war er jetzt ruhig, es wurde spannend, die Unterhaltung nahm eine sehr eigenartige Richtung.

„Tommy!" Als er Archie ansah, schaute er in seine entsetzt aufgerissenen Augen, danach wurden seine Ohren größer, bevor er komplett in sich zusammensank, um sich zur Maus zu wandeln. Puh, da war die Katze wohl aus dem Sack.

Er bückte sich schnell und nahm Archie auf die Hand, dann drückte er ihn sanft an seine nackte Brust. Zumindest war er bei ihm sicher.

Fassungslos schnappte der Doktor nach Luft. Sein Finger zeigte auf Archie und zitterte. Alle Anwesenden schienen mit ihm den Atem anzuhalten, keiner gab auch nur den geringsten Laut von sich.

Shawn räusperte sich in die Stille hinein. „Sie erleben das jetzt zum zweiten Mal, habe ich recht? Ja, unser Freund hat gerade vor Ihren Augen eine Metamorphose durchlaufen, genau wie der Tiger dort auf Ihrem Seziertisch."

„Archie ist jetzt eine leckere kleine Maus", fügte Cat schmunzelnd hinzu und schnurrte leise. Sie strich sich über den überdimensionalen Bauch. „Und mir wird von seinem Geruch schlecht."

„Ist das so?", fragte Coldwater tonlos und tastete hinter sich nach einem Hocker mit Rollen, um sich zu setzen. Seine Lippen zitterten. „Ich bin bereit, mir jede gute Geschichte anzuhören, wenn sie bestätigt, dass ich nicht meinen Verstand verliere."

„Sie sind vollkommen Herr Ihrer Sinne. Das kann ich Ihnen bestätigen." Beruhigend legte Shawn dem Pathologen eine Hand auf den Arm. Tommy konnte sehen, wie er gleichzeitig hinter seinem Rücken nach Patsys Fingern griff. Die Situation stand auf Messers Schneide, sie konnte jederzeit kippen.

„Wir nehmen diesen Tierkörper jetzt mit und Sie vergessen einfach, was hier passiert ist. Nicht jede Frage benötigt eine Antwort. So, wie viele John Does in Ihrem Kühlschrank unbekannt bleiben werden", fügte Shawn mit fester Stimme hinzu. Er schien den Mann regelrecht beschwören zu wollen, der zusammengesunken auf seinem Stuhl saß.

Ein stählernes Band legte sich um Tommys Brustkorb. Noch nie war die Wandler-Welt so nah daran gewesen, das Geheimnis um ihre Existenz zu verlieren. Dr Simon Coldwater war sicher ein Mann mit Einfluss in seinen wissenschaftlichen Kreisen, sein Wort hatte Gewicht.

Bisher hatte es nur durch Orson eine ähnliche Bedrohung gegeben. Dafür hätte ihr Freund beinahe sein Leben gelassen, denn ihr provisorisches Rechtssystem war überaus simpel gestrickt: Freispruch oder

Todesstrafe. Diese Entscheidung würde Shawn gleich fällen müssen und Tommy beneidete ihn nicht um die Verantwortung. Jetzt war die Frage, ob Dr Coldwater den Köder schluckte.

Es beruhigte Tommy, Archie in seiner Nähe zu fühlen. Zärtlich kraulte er ihm mit einem Daumen das Fell. Der Mäuserich war ein kleines warmes Bündel, dessen Herzschlag er an seinen Fingern spürte.

So eine beschissene Angst hatte Tommy selten. Ein Blick in die Runde bestätigte ihm, dass er damit nicht allein war.

„Warum hat sich dieser Mann gerade in eine Maus verwandelt? Ich wünsche eine vollständige Aufklärung über diesen doch sehr befremdlichen Vorgang", brachte Dr Coldwater japsend hervor und straffte seinen Rücken. Fassungslos war er aufgesprungen.

Leider hatte er es verkackt. Shawn hatte ihm den Hinterausgang gezeigt, um Ärger zu entgehen, und er stellte sich stur.

„Sind Sie bereit, für dieses Wissen zu sterben?" Jetzt hatte Shawn sein Pokerface aufgesetzt. Es war Tommy klar, dass er nicht länger der umgängliche Panther-Wandler war, sondern sich schützend vor ihre gesamte Spezies stellte. Das machte ihn hart und kompromisslos, genauso erlebte er ihn bei Orsons Tribunal.

Ihre Freundschaft hatte er ausgeblendet, weil es um ihrer aller Wohl gegangen war.

Die beiden standen sich Nase an Nase gegenüber, während Shawn Coldwater ein wenig überragte.

„Wie meinen Sie das?", fragte der Pathologe blinzelnd. Er erinnerte Tommy wirklich an Patsy und er wünschte, der Mann würde seine Brille abnehmen. Ihr Kauz hingegen war sehr ruhig geworden, er hätte sich wohl gern ebenso verkrümelt wie Archie.

„Ihnen als Wissenschaftler muss ich nicht erklären, wie gefährlich es sein kann, gewisse Dinge aufzudecken, die im Verborgenen bleiben sollten", sagte Shawn nun gefährlich leise. „Wenn ich Sie einweihe, werde ich Sie vielleicht töten müssen, um das Geheimnis zu schützen."

Coldwater schluckte gut sichtbar, fahrig wischte er seine Hände am Kittel ab. „Lassen wir es darauf ankommen." Mit zitternden Fingern strich er sich durch die Haare, um sie zu glätten. „Mein Verstand ist zu neugierig und erpicht darauf, Grenzen zu überschreiten, die ich mir kaum vorstellen kann. Bitte, ich muss wissen, wie das möglich ist."

Puh, Hut ab vor diesem Mann, er hatte Mut. Tommy hob kurz den Finger und Shawn nickte ihm zu.

„Artfie hat furchtbaren Hunger und ich weif jetft auch, warum. Im Eingang war eine Ftelle auf dem Boden, die widerlich ftank. Ich glaube, er hat fich dort übergeben, darum war fein Bauch leer und er befaf nicht genug Energie, damit er ein Menf bleiben konnte." Behutsam kraulte er den Mäuserich wieder. „Wir brauchen etwaf, um ihn fu füttern."

Angestrengt hatte Coldwater an seinen Lippen gehangen. „Was für ein grauenhafter Sprachfehler!", befand er ungehalten. „Ich habe noch ein Eiersalat-Sandwich im Labor. Wir haben es also mit Mäusekotze zu tun? Von dieser Maus? Wo genau ist der Fleck? Ich muss dringend eine Probe nehmen und sie analysieren."

So ein Wichtigtuer! Es trommelte in Tommys Schläfen. Da wollte man ihm helfen und er beschwerte sich über seine Aussprache, er würde keinen Finger mehr krummmachen für den Kerl. Dieses Sandwich hatte Archie ohnehin schon verdrückt; jetzt verstand Tommy auch die seltsame Geruchskomposition, die an seinem Kleinen klebte: Eiersalat. Darauf hätte er auch selbst kommen können.

Er beobachtete, wie Coldwater in dem kreativen Chaos auf seinem Schreibtisch, der neben den Seziertischen stand, herumkramte.

Schmunzelnd nickte Shawn. „Sie sind wirklich durch und durch Wissenschaftler, wenn Sie wegen ein wenig Kotze so aus dem Häuschen geraten. Sollten Sie nicht mehr genug davon finden, klebt noch etwas am Schuh Ihres Wachmanns."

„Stören Sie nicht, ich brauche eine saubere Petrischale und einen Objektträger. Mein Kollege veranstaltet immer eine heillose Unordnung", murmelte Coldwater abwesend. „Ich muss diesen Prozess verstehen."

Während der Mann weiter seinen Mitarbeiter verfluchte, wirkte Shawn sehr nachdenklich. Tommy konnte sich vorstellen, was ihn beschäftigte. Die Erforschung der Wandler lag ihm am Herzen und dieser verrückte Leichenschnippler konnte genau der Richtige dafür sein.

„Sind Sie studierter Mediziner?", fragte Shawn lauernd, bevor Coldwater den Sektionsraum verlassen konnte. „Entschuldigen Sie bitte, ich muss Sie begleiten, wenn Sie sich zum Ausgang des Gebäudes begeben wollen."

Mitten in der Bewegung hielt Coldwater inne und starrte ihn an. „Denken Sie wirklich, es ginge mir darum, mein schnödes Leben zu retten, Mr Lahmar? Ich habe einem Wunder beigewohnt, einer gänzlich unerklärlichen Verwandlung. Diese Gelegenheit lasse ich sicherlich nicht aus."

Mit einem Finger schob er seine Brille wieder hoch, die ihm fast bis zur Nasenspitze gerutscht war.

„Und natürlich bin ich Mediziner, ich kenne die Vorgänge im menschlichen Körper besser als jeder Arzt. Diese unsägliche Aufgabe, der ich gerade nachgehe, dient nur meiner Disziplinierung, da ich mich ungern an Vorschriften halte."

Der Doktor spielte auch noch gegen die Regeln, Tommy hörte schon die Hochzeitsglocken läuten. Wäre Shawn nicht in Patsys festen Händen ... mit Sicherheit war der Kerl ihr Mann. Immerhin suchten sie händeringend nach einer Behandlungsmöglichkeit für ihre Gesundheitsprobleme.

„Hören Sie mir jetzt sehr genau zu, Dr Coldwater", begann Shawn auch schon mit dem Anwerbungsgespräch. „Wenn es Sie nicht stört, weder Ruhm noch wissenschaftliche Anerkennung zu erhalten, hätte ich einen Vorschlag für Sie."

Der Pathologe legte den Kopf leicht schräg. „Bekomme ich die Möglichkeit, dieses Phänomen umfassend zu untersuchen? Und nochmal: Ich erwarte komplett eingeweiht zu werden in Ihr Wissen über diese Verwandlungen. Dafür unterschreibe ich jede Geheimhaltungsklausel."

„Moment!" Es war nur eine Frage der Zeit gewesen, wann sich Orson zu Wort meldete, er hatte schon länger so ausgesehen, als wollte er etwas sagen. „Sie müssen wissen, worauf Sie sich einlassen. Wir beide sind die einzigen Menschen im Raum, wenn die Leichen hinter den Klappen nicht mitzählen." Er deutete auf die Kühlfächer. „Diese Wesen sind gnadenlos, wenn es um Verräter geht. Also sollten Sie die Bedrohung Ihres Lebens sehr ernstnehmen."

Besonders beeindruckt sah Coldwater nicht aus, wieder wanderte sein Blick über sie alle und blieb an jedem Einzelnen hängen. „Kann ich Ihre Metamorphose sehen? Zu welchen Tieren werden Sie?"

Dann schaute er Orson an und drückte ihm eine Glasschale in die Hand. „Danke für die Warnung. Ob Sie mir wohl eine Probe von diesem Erbrochenen besorgen könnten? Bitte achten Sie darauf, es nicht zu verunreinigen."

„Ich werde mir Mühe geben", knurrte Orson und nahm den Behälter. „Ist mir eine Freude, für unsere Sache im Dreck zu wühlen."

„Was genau meint er damit?" Coldwater zog die Augenbrauen zusammen und schaute Orson hinterher, als er die Tür hinter sich schloss.

Behutsam drückte ihn Shawn zurück auf den Hocker. „Bevor wir Sie in irgendwelche Einzelheiten einweihen, möchte ich mit Ihnen über die Leiche reden. War sie ein älterer Herr mit einem buschigen weißen Schnurrbart, bevor er sich zur Raubkatze wandelte?"

Er beugte sich über den Kadaver, der eine klaffende Schnittwunde am Hals hatte. Dem Tiger war die Kehle durchschnitten worden, es war eindeutig ein Mord.

„Sie kennen das Opfer?" Dr Coldwater musterte ihn eingehend. „Es wäre hilfreich, wenn Sie mir weitere Informationen über Ihre Spezies übermitteln. Ich nehme an, dass es keine erkennungsdienstlichen Angaben im Fall von Gestaltwandlern gibt?"

Tommy war gespannt, wie viel Shawn bereits über sie preisgeben würde, bevor er die Antworten auf seine Fragen hatte. Ihm selbst fiel nicht ein, wer dort vor ihnen liegen könnte, aber Shawn hatte ganz sicher eine Vorstellung.

„Warten Sie", sagte Coldwater und stand auf, um sein Handy zu holen. „Ich habe ein paar Fotos gemacht, als der Körper gebracht wurde. Obwohl die Todesursache auf der Hand liegt, sollte ich eine Autopsie durchführen und habe die erste Leichenschau dokumentiert."

Als er Shawn das Smartphone hinhielt, konnte sich Tommy nicht zurückhalten, er musste ihm über die Schulter sehen, aber er konnte sich nur dunkel daran erinnern, den älteren Mann einmal gesehen zu haben.

„Das ist William Overlord, ein sehr einflussreicher Wandler, den ich für unsere Gleichberechtigungs-Bewegung gewinnen wollte", erklärte Shawn niedergeschlagen. „Ich habe es mir fast gedacht, als ich den Tiger sah, aber wir erkennen die Unseren auch hauptsächlich in ihrer Menschengestalt. Dieser Mann wäre eine große Bereicherung gewesen, er wollte sich uns anschließen, es fehlte nur noch ein letztes Treffen, um seinen Beistand zu besiegeln. Wir benötigen die Unterstützung solcher Prominenten, damit wir auch die anderen Mitglieder unserer Gemeinschaft überzeugen, die noch immer am Recht der Stärkeren festhalten wollen – weil sie es können."

Coldwaters Augen wurden groß. „Kann es sein, dass Sie in der Entwicklung von freiheitlichem Gedankengut weit hinterherhinken?"

Bitter lachte Shawn auf. „Wollen Sie mir etwa weismachen, die Menschen wären auf dem Pfad der Tugend so viel weiter als wir? Ich sehe überall Rückschritte, der Einzelne zählt immer weniger. Wir beginnen erst damit, gleiche Rechte für alle in unserer Gesellschaft zu etablieren, aber wir schreiten voran ... während große Errungenschaften der Menschen, wie zum Beispiel Demokratie, gerade nach und nach demontiert werden."

Nach diesen Worten sah Coldwater aus, als hätte er in eine Zitrone gebissen. „Ich weiß, warum ich mich als gänzlich unpolitisch erklärt habe. Es passiert so viel um mich herum, was ich nicht mit tragen könnte, wenn ich in die Entscheidungen eingebunden wäre. Mich interessieren feste Größen wie naturwissenschaftliche Gesetzmäßigkeiten."

Shawn nickte. „Das ist verständlich. Aber auch wir haben ein Unrechtsbewusstsein: Dieser Wandler wurde ermordet, das können wir so nicht stehenlassen. Wir müssen den Täter fassen und ihm das Handwerk legen, sonst lässt sich niemand von unseren Veränderungen überzeugen. Das Letzte, was wir brauchen können, ist eine Atmosphäre von Angst."

Warum hatte Tommy sofort das Bild von Riley vor Augen, wie er Archie bedrängte? Solche Dinge mussten aufhören. Kein kleiner Wandler sollte länger der Willkür der Stärkeren ausgeliefert sein. Und Mord war ein absolutes Unding, jetzt brachten sich die Mächtigen schon gegenseitig um, damit die Verhältnisse unverändert blieben.

Aber ihr Pathologe schien dieses Thema schnell wieder verlassen zu wollen. „Wenn Sie erlauben, werde ich unsere neue Bekanntschaft besiegeln, indem ich uns allen eine Pizza bestelle. Sollte ein metabolisches Problem die Rückverwandlung der Maus verhindern, geben wir ihrem Stoffwechsel ausreichend Energie und stärken uns für weitere Schandtaten." Ein breites Grinsen huschte über Coldwaters Gesicht. „Mit einer gut belegten Pizza lässt sich alles lösen."

So langsam begann Tommy, den Mann zu mögen.

Archie wäre am liebsten gleich komplett auf die Pizza gesprungen, aber er beschränkte sich darauf, die Zähne tief in den fetttriefenden Käse zu graben. Seine Tischmanieren als Maus waren nicht die besten, aber solange er sich in der Tiergestalt aufhielt, durfte er sich auch so benehmen. Lecker! Das Zeug schmeckte grandios!

Wie auf der Hühnerleiter saßen sie auf den freien Seziertischen hinten im Raum. Der Doc hatte die Beleuchtung angemacht und jeder balancierte einen Karton auf seinen Knien.

Archie selbst natürlich nicht, er hockte auf dem aufgeklappten Deckel. Zwischendurch wurde er von Tommy gekrault, an dessen Brust er die ganze Zeit gekuschelt hatte. Hach, es war schön gewesen, seinen Duft so intensiv wahrzunehmen, mittlerweile fühlte er sich in seiner Nähe gleich geborgen. Tommy war sein Beschützer und er würde ihn noch heute zu seinem Lover machen.

Ein Rülpser perlte über Archies Lippen, den die anderen wahrscheinlich gar nicht als solchen mitbekamen. Na ja, vielleicht ganz leise. So ging das aber nicht, er war schon beinahe satt, dabei war das alles seine Pizza. Ganz für ihn allein. Nun musste er sich zurückwandeln, damit sein Magen das auch packte.

Eigentlich tat er ungern, was jemand anderes von ihm erwartete. Dr Coldwater starrte ihn die ganze Zeit an und wollte ihn als Menschen sehen. Das hatte er zwar nicht gesagt, um ihn nicht zu drängen, aber es war offensichtlich. Archie war nicht wild darauf, seine

Fragen zu beantworten, es war ihm schon unheimlich genug, wie sehr sich der Wissenschaftler über seine Kotze gefreut hatte. Ganz sicher würde er nicht die Laborratte für ihn spielen.

„Na komm fon, Artfie, wir wollen dich gewandelt bei unf haben. Ef fmeckt doch viel beffer, wenn wir fufammen quatfen können und ich dir daf Fett von den Lippen lecke", sagte Tommy und schaute ihn ebenfalls gespannt an. Nicht nur er, die verfressene Katze hatte sogar aufgehört, zu kauen.

Hmm, das klang verlockend. Außerdem stieg ein Monster-Rülpser in Archie hoch, den er lieber mitnahm in seine Menschengestalt. Wer wusste schon, was sonst geschah, Coldwater hatte genug von seiner … den Glibber zusammengekratzt halt. Es war ein unappetitlicher Gedanke und er hatte nicht vor, sich das göttliche Futter zu vermiesen.

Ja, er wollte unbedingt Pizzaküsse von Tommy. Archie säuberte sich genüsslich die Pfoten und grinste innerlich. Leider konnte er als Maus einem echten Grinsen keinen Ausdruck verleihen, er war überhaupt sehr eingeschränkt in seiner Kommunikation.

Komm schon, Kribbeln. Er musste nur loslassen, dann überkam ihn die Wandlung von allein. *Den Kopf leeren, dich ganz dem Sog hingeben.* Allerdings war es wesentlich schwieriger, sich in die Menschenform zu begeben, es war vergleichbar mit bergablaufen oder einen Gipfel zu erklimmen. Der Käse gab ihm Kraft, das spürte er bis in die Haarspitzen.

Als er sich gestreckt hatte und wieder als Archie neben Tommy saß, lachte er befreit. Das war eine Domäne des Menschen. Selbst bei den Affen, die ihnen genetisch am nächsten waren, bedeutete das Verziehen des Gesichts zu einem Grinsen etwas gänzlich anderes: Es war eher ein Ausdruck von Angst und Unsicherheit.

Irgendwann würde Archie einfach vor Heiterkeit platzen, ein kleiner Mäuseballon mit Überdruck. Lachen war ein wichtiges Ventil, um die angestauten Gefühle herauszulassen. Und einen wahren Sinn für Humor besaßen nur Menschen – und Animalos. Darum verstanden sie sich so gut. Das musste er sich ins Gedächtnis rufen, als Dr Coldwater schon zu seiner Analyse ansetzen wollte.

„Nach dem Essen, lieber Doktor", befand Archie mit einem Zwinkern und haute wieder rein.

Plötzlich erschien ihm die Pizza nicht mehr so groß wie ein Fußballfeld, aber sie war noch immer so lecker. Beim Schmausen kuschelte er sich an Tommy. Sie waren sich mittlerweile so vertraut, er wusste kaum noch, wo er aufhörte und sein Schmusehund begann.

„Wie ist Ihr Name?", fragte Coldwater nun Tommy. „Sie brauchen dringend ein Zahnimplantat, bevor Sie sich und Ihr Umfeld weiter mit diesem Gelispel traktieren. Mr Lahmar hat es noch nicht einmal angedeutet, aber ich denke, die Frage nach meinen medizinischen Kenntnissen hat damit zu tun, dass Sie ärztliche Versorgung benötigen."

Betreten schaute Tommy von seiner Pizza hoch und Archie hätte am liebsten seine Fäuste geschwungen für den Ausdruck in seinen Augen. Dieser aufgeblasene Kerl verletzte ihn bereits zum zweiten Mal, das hatte Archie selbst als Maus mitbekommen.

„Mein Name ift Walfh, Dr Coldwater. Thomaf Walfh." Er sah niedergeschlagen aus, noch nicht einmal seinen eigenen Familiennamen aussprechen zu können.

Archie tat es unendlich leid, ihn damit aufgezogen zu haben, er würde Tommy erst daten, wenn er ihn korrekt anreden konnte. Was hatte ihn nur geritten? Er hatte doch der liebsten Person, die er kannte, nicht wehtun wollen.

„Mr Walsh, es ist mir eine Freude. Sobald ich einen geeigneten Spender aufgetrieben habe, werde ich Ihren fehlenden Schneidezahn ersetzen und unser aller Ohren einen Dienst erweisen", griff der Pathologe hochnäsig auf.

Ganz, ganz langsam ballte Archie seine Hand. Mitten auf die Nase hatte er der Katze einen gegeben, das konnte er in seiner jetzigen Form wesentlich besser. „Wenn Sie Mr Walsh noch einmal beleidigen, werde ich Ihnen die arrogante Visage polieren und dann samt meiner Kotze verschwinden."

Archie stand auf und stellte sich zwischen Tommy und Coldwater, während ihn alle Anwesenden verblüfft anstarrten, soweit er das überblicken konnte. „Entschuldigen Sie sich augenblicklich für Ihr Benehmen, Dr Coldwater. Nur, weil ihm der Zahn fehlt und er dadurch keine deutliche Aussprache hat, gibt es Ihnen nicht das Recht, Mr Walshs ans Bein zu pinkeln."

„Hört, hört!", rief nun Patsy, der sich nach langer Zeit auch mal wieder zu Wort meldete. „Da hat Archie vollkommen recht. Lasst dieses ganze artige Gerede, ich finde den Sprachfehler völlig okay, auch, wenn er die verwöhnten Ohren dieses Snobs beleidigt. Tommy ist unser Freund, das ist viel wichtiger."

„Findest du nicht, du solltest dein Röckchen anziehen, Mäuslein?", brachte Cat mit vollen Backen heraus und kicherte dabei, dass die Brocken flogen. „Wenn ich diesen riesigen Schwengel sehe, bekomme ich Angst, die nächste Maus erschlägt mich mit ihrem Schwanz."

Oh! Wie blöd. Daran hatte Archie gar nicht gedacht, er war ja nackt nach der Wandlung. Deshalb hatten ihn alle so intensiv angeschaut.

„Danke, Artfie", flüsterte Tommy und griff nach dem Stück Gardine, das wohl auf dem Boden gelegen hatte. „Ich würde dich ja gern mit meinen Händen bedecken, aber daf Anfaffen hebe ich mir für fpäter auf, wenn wir allein find." Lächelnd wickelte er ihn in den Fetzen und zog ihn dann auf seinen Schoß. „Du haft daf Hertf einef Löwen."

„Ich bin so unglaublich stolz auf meine Leute." Endlich sagte auch Shawn etwas und fixierte Dr Coldwater mit seinem Blick. „Die Würde hat nichts damit zu tun, was man vermeintlich darstellt, sondern es geht darum, zueinanderzustehen. Egal, ob man groß ist oder klein, ob arm oder reich, klug oder nicht. Wir können von diesem Mäuserich lernen, dass man niemanden oberflächlich beurteilen sollte."

„Sie sollten wirklich in die Politik gehen, Mr Lahmar." Coldwater hielt Tommy die Hand hin. „Es tut mir sehr leid, Mr Walsh. Ich wollte Ihnen nicht zu nahe treten, aber ich melde mich, wenn ich einen Leichnam auf den Tisch bekomme, dessen Organe noch frisch genug sind, um als Transplantate genutzt zu werden. Leider habe ich so einen Fall hier in der Pathologie selten."

Ein wenig zögernd schlug Tommy ein. „Fie reden hier von dem Fahn einef Toten. Wie foll daf bei der Wandlung gehen?"

„Nun, unser Mäusefreund wird mir sicher behilflich sein, die Vorgänge in Ihren Körpern zu verstehen. Ich benötige jemanden, der mir bei Experimenten behilflich ist, damit ich die Chemie und Physik in Ihrem Organismus nachvollziehen kann."

Archie hielt jede Wette, dass er wenig begeistert aus der Wäsche guckte. Es beschlich ihn das Gefühl, der Doc hätte Angst vor den anderen Wandlern. Nur ihn hielt er für harmlos, weil er mit ziemlicher Sicherheit der Kleinste von ihnen war. *Na warte …*

„Es geht zunächst um Blutabnahmen und ein paar Tests Mr …", fügte Coldwater hinzu. „Ich hoffe, Sie lassen von dem Vorhaben ab, mich schlagen zu wollen. Als Akademiker bin ich nicht gut in diesen Dingen."

„Ich heiße Archie Gambit und schlage keine Brillenträger. Kommen Sie mal von Ihrem hohen Ross herunter. Sie haben doch bestimmt irgendeinen Fusel hier, der sonst dazu da ist, die Leichen einzubalsamieren. Etwas, womit wir anstoßen können." Hoffnungsvoll schielte Archie zu einer Reihe von Flaschen. Der Sekt hatte seine Wirkung schon lange verloren und diese steife Gesellschaft hier brauchte ein wenig Auflockerung.

„Mit Formaldehyd werden Sie wohl kaum gurgeln wollen, Mr Gambit", bemerkte Coldwater und zwinkerte ihm amüsiert zu. „Aber ich habe in der Tat noch einen kleinen Trinkvorrat versteckt. Normalerweise ist die Gesellschaft hier eher schweigsam und nicht zum Feiern aufgelegt, aber ich konnte etwas für einen besonderen Anlass bunkern."

„Spitzenidee, Archie", rief Orson und klopfte ihm auf die Schulter.

Innerlich seufzte Archie. Er lernte die Menschen jetzt von einer ganz anderen Seite kennen. Seine Eltern hatten ihm ihre Erfahrungen aufgezwungen, für sie mochte es die Wahrheit gewesen sein, dass man ihnen nicht trauen konnte, aber er verlor so langsam seine Scheu.

Sie saßen jetzt in einem Boot und mussten sich gegenseitig vertrauen. Notgedrungen würde er auch Dr Coldwater bei der Erforschung ihrer biologischen Eigenarten helfen ... denn damit half er allen Animalos. In erster Linie Tommy.

Mit einer ganzen Batterie Bechergläser kam der Pathologe zurück und verteilte sie. „Die Gefäße sind zwar nicht neu, aber zumindest sauber gespült. Wir legen größten Wert auf Sterilität. Falls Sie nicht mehr richtig zielen können, funktioniert die kleine Tülle an der Seite wie eine Schnabeltasse."

„Hey, hey, Sie trinken Whiskey?" Shawn grinste breit und zog eine Flasche hervor, die der Kerl sich unter den Arm geklemmt hatte. „Ich habe Sie wirklich unterschätzt, Dr Coldwater. Haben Sie Haare auf der Brust wie ein richtiger Mann?"

„Nennen Sie mich Simon." Lächelnd schaute Coldwater in die Runde und öffnete die Flasche fachgerecht. „Kann bitte mal jeder seinen Vornamen und dabei seine Tierspezies nennen? Wenn ich etwas dahingehend zu sehen bekomme, zeige ich auch meine Brusthaare."

„Ich bin Shawn und ein schwarzer Panther", machte ihr Anführer den Anfang. Es klang ein wenig nach Kindergarten, aber sein Tonfall war eine Spur zu samtig und tief. Als Archie zu Patsy schaute, sah er ihn aufgeregt blinzeln.

„Ich bin ein Adler, der König der Lüfte!" Nach einem nervösen „Schuhu!" schluckte Patsy heftig und klimperte mit den Lidern. Es klang so, als wollte er Shawn nacheifern, doch außer ihrem Pathologen wusste jeder von ihnen, dass er ein Raubvögelchen war.

„Keine Sorge, Prinzessin", hauchte ihm Shawn zu und küsste ihn. „Der Doc ist heiß, aber gegen dich kommt niemand an."

Ein breites Grinsen schlich sich auf Archies Gesicht, es war alles in bester Ordnung. Auf einmal war er froh, dass der Pathologe die Brille auf der Nase behielt und so aussah, wie ein Bilderbuch-Gelehrter. Sein Tommy mochte es mit Sicherheit handfester, mit einem Intellektuellen konnte er nichts anfangen.

„Du riechft fum Anbeifen", raunte ihm Tommy zu und legte ihm den Arm um die Schultern. „Ein biffchen Eierfalat und jetft die Pitfa. Ich werde dich vernaffen müffen. Forry."

Es war zwar ein Mörder in ihren Kreisen unterwegs, was ihnen der aufgebahrte Tiger ins Gedächtnis rief, aber ansonsten war Archies kleine Welt im Lot. Ihre gemeinsame Nacht konnte kommen.

„Geht klar", antwortete er amüsiert. Tommy war sein bester Freund und wirklich eine wahre Flirt-

Bombe. Ohne Worte würde das sicher besser rüber-
kommen.

Kapitel 16

„Und Riley ist in der Nacht wirklich nicht hier?", fragte Archie mit zitternder Stimme, während er ihm fast die Hand zerquetschte. Tommy lächelte, denn es lag eindeutig an der wilden Gruselgeschichte, die Patsy zum Besten gegeben hatte, dass aus dem Mäuse-Rambo wieder ein Angsthase geworden war.

„Normalerweife fläft er in feiner Wohnung auferhalb. Ef ift meine Aufgabe, auf daf Hauf und den Club auffupaffen."

Was für eine Tortur, mit jedem einzelnen Wort kämpfen zu müssen. Das war ihm durch Dr Coldwaters sarkastische Bemerkungen noch einmal besonders bitter aufgestoßen. Simon. Er sollte den Doktor jetzt beim Vornamen nennen, sie hatten das intensiv begossen.

Anders konnte Tommy nicht sprechen, er war ja froh, es überhaupt zu können. Ihn überkam immer ein seltsames Gefühl von Minderwertigkeit, wenn er sich in seiner Hundeform zeigte. Ihrem neuen menschlichen Partner zuliebe hatten sie sich zur Schau gestellt und Simon war bei jeder Wandlung, die er sehen durfte, vor Begeisterung fast in Ohnmacht gefallen.

Der Mann war wohl ein Berufs-Skeptiker, aber er hatte einsehen müssen, nicht alles erklären zu können. Da waren sie selbst überfragt. Zuletzt waren sie übereingekommen, den unbekannten Anteil ihres Daseins vorerst „Magie" zu nennen. Tommy war gespannt, ob Simon diese Geheimnisse zumindest zum Teil lüften konnte.

„Ich bekomme das Bild von dem herumschleichenden Riley nicht mehr aus dem Kopf. Patsy ist sich ganz sicher, ihn erkannt zu haben", sagte Archie noch immer bebend. Die Angst vor seinem Boss musste echt tief bei ihm sitzen.

Aufmerksam horchte Tommy in die Nacht, während sie den Innenhof, der zum *Shapeshifter* führte, überquerten. Es waren keine verdächtigen Laute zu hören, sie befanden sich allein auf dem Hof.

Laut Patsy war Riley ebenfalls in der Nähe des Instituts unterwegs gewesen, darum hatte der Kauz auch so einen Krawall am Himmel veranstaltet, bevor er in dem Fenster steckenblieb. Das war eine schwerwiegende Beschuldigung, denn es lenkte den Verdacht auf den Schlangen-Wandler.

„Denkst du, er war es?"

Mit großen Augen starrte er Archie an. „Du meinft, ob ich Riley für den Mörder halte?"

Ja, darüber dachte Tommy gerade nach. Was hätte sein Chef dort in der Dunkelheit gewollt, wenn er nicht versuchte, ihnen zuvorzukommen? Vielleicht hatte er einen ähnlichen Plan verfolgt wie sie: Die Leiche zu stehlen, um sie verschwinden zu lassen. Möglicherweise war sein Motiv, William Overlords Ableben zu vertuschen, zumindest glaubte Tommy nicht, dass Riley aus denselben Beweggründen handelte wie sie. Der Mann interessierte sich wenig für das Schicksal ihrer Gemeinschaft.

„Ja, traust du ihm so etwas zu?"

Hmmm, bisher verhielt sich Riley Tommy gegenüber recht anständig. Damals, als er seine Familie verlassen hatte, gab er ihm einen Job und ein Zuhause, allerdings forderte er nebenher ein paar Erledigungen von ihm, über die Tommy lieber nicht näher nachdachte. Riley ließ ihn seine Überlegenheit spüren, er spielte sich als sein „Besitzer" auf.

Genau diese dämliche Hundementalität führte zu Tommys großer Loyalität gegenüber seinem Herrn. Erst jetzt begann er, seinen Arbeitgeber anders zu betrachten, und erlaubte sich, seine Befehle zu hinterfragen. Begonnen hatte das mit dem sexuellen Übergriff gegenüber Archie. Tommy kochte noch immer vor Wut, wenn er daran dachte.

„Irgendetwaf führt Riley im Filde, denn ich muffte manchmal Aufträge für ihn erledigen, die mir komif vorkamen." Was war das noch gewesen? Meist hatte er jemanden observiert und später Riley Bericht erstattet. „Ich glaube, er fammelt belaftende Beweife auf dem Privatleben anderer grofer Wandler. Wahrfeinlich will er fie damit erpreffen."

Nachdenklich musterte ihn Archie, als sie vor der Haustür standen, die zum Treppenaufgang seiner Wohnung führte. „Hast du auch über diesen Overlord Informationen zusammengetragen?"

„Nein, ich denke, der Tiger-Kerl hatte fu viel Einfluff, da wäre fogar mir aufgefallen, daff da waf nicht ftimmt. Ich habe ihn im Club gefehen, aber er war nicht alf Befucher da." Riley hatte den betagten Gentleman zu einer Besprechung eingeladen, daran erinnerte sich Tommy noch. Es war seinem Boss nicht recht gewesen, als sie sich begegneten, also handelte es sich wohl um eine Art Geheimtreffen.

Archie nickte. „Das musst du morgen sofort Shawn erzählen."

„Du bist ein wunderbarer Ermittler, sollen wir beide nicht ein Team bilden? Shawn kann sich nicht um alles persönlich kümmern, aber wir kommen in unseren Tiergestalten überall hin und du bist clever genug, um die richtigen Fragen zu stellen, Artsie", sagte Tommy leise und schmiegte sich an seinen Mäuserich. „Wir wären tolle Schnüffler."

In Archies Augen funkelte es lebhaft. „Was für eine geniale Idee! Du mit deiner Spürnase und ich mit meiner angeborenen Neugier. Patsy könnte uns aus der Luft unterstützen, er ist auch sehr wissbegierig."

Schmunzelnd stimmte ihm Tommy zu. „Falls Patsy die Zeit dazu findet, weil er doch mit Orson alle neuen Erkenntnisse über uns Animalos aufschreiben soll. Aber er hat bestimmt Lust."

Er wollte schon längst mit Shawn besprochen haben, wie es bei ihm mit einer Festanstellung aussah. Jetzt konnten sie ihm den Vorschlag unterbreiten, gemeinsam als Aufklärer zu arbeiten. An Verbrechen hatten sie dabei noch gar nicht gedacht, aber sie waren in jedem Fall nützlich genug, um ein Gehalt zu beziehen. Dann war auch sein Kleiner finanziell versorgt und Shawn verfügte ja mit dem Vermögen der Stiftung im Rücken über ausreichend Geld, das allen Wandlern zugutekommen sollte.

„Sherlock Tommy", flüsterte Archie und vergrub die Finger in seinem Haar, während er ihn beidhändig zu sich heranzog. Holla, er konnte es wohl nicht erwarten, bis sie in seiner Wohnung waren. Es war ihm völlig egal, dann eben auf der Treppe …

Archies Lippen schmeckten noch nach der Pizza, es war schön, ihn so intensiv zu fühlen. In Tommys

Brust trommelte es heftig, als er den Kuss vertiefte und den Duft dabei inhalierte. Diese Mischung war einzigartig. Schon die ganze Zeit, während sie die Mission auf ihre eigene Weise erfüllt hatten, wollte er Archies Nähe spüren.

Was passierte nur mit ihm? Seine Sinne wurden überflutet, vor allem, als Archie ihn auf die Stufen drückte und sich über seinen Schoß schob. Dabei knöpfte er sich das Hemd auf, das ihm Tommy geliehen hatte. Durch ein Dachfenster fiel das Licht der Morgendämmerung, denn sie hatten es geschafft, die Nacht zu durchzechen. Wie schön Archie doch war, sein Anblick nahm Tommy den Atem.

Das Gardinenröckchen wurde von seinem enormen Mäuseschwanz in die Höhe gehoben und Tommy war ganz begierig, diese Härte endlich zu erkunden. Mit der Nase, mit den Fingern … mit der Zunge und den Lippen. O Himmel, er bekam auch einen Mordsständer, allein das Precum, das er roch, brachte ihn um. Der Kleine dünstete pures Testosteron aus, es machte ihn ganz kirre.

Behutsam hob Tommy Archie in die Höhe und brachte seinen Schritt über sein Gesicht. Zum Glück war es bei Gardinenröckchen wie bei einem Kilt, die Glocken konnten frei schwingen, darum vergrub er seine Nase zwischen Archies Bällchen und schnupperte genüsslich. Ja, das war es! Genauso wollte er ihn endlich in sich hineinsaugen, so, wie er jetzt mit dem Mund die prächtigen Hoden umfasste und liebkoste.

„Aaaaah! Jaaaaa, Tommy!", stöhnte Archie und wiegte sanft sein Becken. Er stützte sich mit den Händen am Geländer ab und kniete sich auf die Stufen, um mehr Halt zu finden. Ein Bein stellte er auf, so konnte er sich rhythmischer bewegen.

Tommy war im Himmel, er wusste gar nicht, wo er seine Zunge zuerst hinwandern lassen sollte. Er wollte alles von Archie intensiv aufnehmen, die Reize hypnotisierten ihn und seine Jogginghose drohte zu platzen. Das Pochen in seinen Lenden wurde immer stärker, vor allem, als er Archies Pobacken spreizte, um ihn dort zu lecken. Der reinste Genuss!

„Nimm mich, Tommy. Ich möchte mich mit dir verbinden", hauchte Archie tonlos, während er wild hechelte. Sein Herz überschlug sich sicher genauso wie Tommys.

Was für ein absurder Gedanke, aber er fragte sich plötzlich, wie viel Kalorien der Mäuserich wohl gerade verbrannte. Ob ihm die Pizza ausreichend Energie gegeben hatte, damit er den Orgasmus erreichen konnte, bevor er sich wandelte? Hoffentlich ...

Ungeduldig schob Tommy diese Überlegung zur Seite. Auch er war begierig darauf, eine Einheit mit Archie zu bilden, ganz mit ihm zu verschmelzen. Er speichelte im den Anus kräftig ein, um seinem Kleinen nicht wehzutun.

Schnell-Fick-Hosen nannte man die Jogginghosen auch. Sie wurden ihrem Namen gerecht, denn es dauerte nur einen Moment, seinen pulsierenden Schwanz freizulegen.

„Ich habe deinen Wunf nicht vergeffen", flüsterte Tommy, als er behutsam in Archie eindrang, der sich auf ihn gehockt hatte. „Gleich, nach einer Dufe und ganf in Ruhe darfft du mich ficken. Fo richtig, nicht hier auf der Treppe."

Eine Mahlzeit würden sie auch noch dazwischenschieben müssen, doch jetzt konzentrierte er sich voll und ganz darauf, sich tief in Archies Körper zu befinden.

„Du bist so groß, Tommy. Aber da kann ich auch mithalten." Leise kichernd bewegte sich Archie schneller, er ließ das Becken kreisen und spielte dabei mit seinen inneren Muskeln.

Es war so schön, das Kribbeln breitete sich in Tommys ganzem Leib aus. Er konnte Archie nur noch mit den Armen umfangen und ihn küssen, wann immer sich ihre Münder begegneten. Jetzt gab es nur noch sie. Mit gestöhnten Schwüren, einem flammenden Inferno und diesem Gefühl … ja, diesem Gefühl …

Ein Seufzer entkam Tommy, die blauen Flecken am Rücken konnten ihm egal sein. Das war jedes Stößchen wert. „Artfie", hauchte er.

Archie amüsierte sich königlich. Er kam sich vor, als hätte er dicke Eier und würde mit O-Beinen herumlaufen. So fühlte es sich also an, wenn sich in den Hoden mal so richtig etwas tat, die Nachproduktion lief auf Hochtouren. Kichernd klaute er Tommy die Kaffeetasse.

„Das mit dem Raketenantrieb war echt der Hammer. Ich muss Patsy gleich unbedingt fragen, ob ihm das auch schon mal passiert ist", bemerkte er mit einem breiten Grinsen.

Der Stunt von der Treppennummer war wirklich eine Sensation gewesen, niemals hätte er vermutet, dass das physikalisch möglich war.

„Du bift bei der Wandlung mit einem Plöpp von meinem Fwanf gefoffen und mir entgegengefprungen, um dann felbft dein Fperma inf Geficht fu bekommen. Wenn wir daf wiederholen können, treten wir damit im Firkuf auf." Tommy musste neben seiner Lispelei derart lachen, es war wirklich nicht leicht, ihn zu verstehen. Doch das hatte Archie mittlerweile perfekt drauf.

Ja, wie ein Sektkorken war er nach vorn katapultiert worden, als der Raum in seinem Hintern schlagartig zu eng wurde. Dabei überholte er seinen eigenen Schuss. Das sollte ihm mal einer nachmachen. Fast zeitgleich erreichte auch Tommy seinen Orgasmus und wandelte sich unter ihm zum Hund. Glücklicherweise war er nicht auf ihm gelandet, sonst wäre Archie-Maus platt gewesen. Abenteuerlich. Wirklich abenteuerlich.

Danach probierten sie es auch mal andersherum. Endlich hatte er aktiv sein dürfen und freute sich über Tommys Vertrauen. Es war etwas ganz Besonderes, tief in ihm zu sein – und weniger gefährlich obendrein.

Archie fühlte sich so wohl, wie noch nie in seinem Leben. Sie hatten nicht nur seinen Schwanz entjungfert, sondern waren miteinander verschmolzen. Sogar als Mäuserich kam er sich bei Tommy geborgen vor, er leckte ihn mit der breiten Hundezunge sauber, nachdem Archie in seiner eigenen Sahne gebadet hatte. So liebevoll und mit einem total süßen Winseln. Verdammt, er bekam Herzklopfen, wenn er an die vergangene Nacht dachte.

Mit einem Schmollmund holte sich Tommy seine Tasse zurück. „Futter nicht fo viel, wir find heute bei Patfy und Fhawn eingeladen, um unf durchfufreffen."

Begeistert nickte Archie. Es tat ihm ja auch leid, ständig Tommys Kühlschrank zu plündern, aber dieser Tag würde ganz nach seinem Geschmack verlaufen: Sie hatten eine Gefriertruhe abtauen müssen und es gab gleich einen ganzen Berg Lebensmittel zu verwerten. Daraus machten ihre Freunde eine Party, es sollte die Gründungsveranstaltung für ihre „Bewegung" im kleinen Kreis werden.

„Dann mal los, sie warten sicher schon auf uns. Ich habe allerdings ein komisches Gefühl, Riley gegenüberzutreten." Auf den Kerl konnte Archie gründlich verzichten, aber Shawn hatte ihm erklärt, warum er ihn miteinbeziehen wollte. Er war als Eigentümer des *Shapeshifter* nun einmal wichtig für ihre Gemeinschaft, der Club war der einzige Ort, an dem sie als

Wandler zusammenkamen. Außerdem gab es dort große Räumlichkeiten, in denen sie sich versammeln konnten.

Shawn hatte vor, Riley mit Patsys Beobachtung zu konfrontieren. Da würde das Ekelpaket wohl erklären müssen, was er mitten in der Nacht am gerichtsmedizinischen Institut getrieben hatte. Sie wussten aus eigener Erfahrung, dass da zwielichtiges Volk unterwegs gewesen war, um schreckliche Dinge zu tun, wie zum Beispiel Tigerkadaver zu entwenden.

Dieser William Overlord hatte seine vorübergehende Ruhestätte in Patsys und Shawns Gefriertruhe gefunden, aber Archie hoffte, Simon wollte ihn nicht ausgerechnet heute obduzieren. Es gab appetitlichere Dinge auf dem Küchentisch, während sie sich an so viel leckerem Futter gütlich taten.

„Mach dir keine Forgen, Artfie. Ich bin ja bei dir und Riley wird dich nicht mehr anfaffen", versicherte ihm Tommy, nachdem sie sich zu Fuß aufgemacht hatten. Shawns Haus lag in einem der feineren Viertel, also hatten sie eine schöne Strecke zu laufen. „Kommft du mit dem Frühftück auf, bif wir da find?"

Jetzt zog Tommy ihn aber auf. Ganz so schlimm war Archie ja doch nicht, obwohl er zugeben musste, sich gedanklich viel mit Essen zu beschäftigen. Zusätzlich hatte sein Schnuckelhund etwas in ihm geweckt, auch unanständige Ideen schossen ihm regelmäßig durch den Kopf. Er war nun mal ein Mäusebock: Fressen, Ficken, Schlafen. Die ganze Aufregung zehrte auch an seiner Substanz.

„Schaffe ich schon." Beherzt griff Archie nach Tommys Hand. Mit ihm gemeinsam konnte er alles schaffen. Normalerweise lebte er von der Hand in den Mund, ohne festes Einkommen, sein Bauch war selten gut gefüllt. Seit er Tommy kannte, ging es ihm auf sehr vielen Ebenen besser, aber die wichtigste war sein Herz.

Es war schön, so miteinander herumzulaufen, doch auf dem letzten Stück wurde er von seiner Nase geleitet. Auch Tommy schnupperte genüsslich.

„Man riecht ef auf der ganfen Ftrafe, daff da göttlich gekocht wird. Fon am frühen Morgen, daf gefällt mir", sagte er schmunzelnd. „Dabei bin ich nicht ganf fo verfreffen wie du, Maufi."

O nein, bitte. Dieser Kosename musste dann doch nicht sein, obwohl es sich einfach niedlich anhörte. Aber das war nicht Archie, er hatte sein kleines Formtief überwunden. Selbst sein Gang hatte sich normalisiert, er konnte laufen, ohne seine Bälle zu spüren. Es war also wieder genug Tinte auf dem Füller.

„Nicht ganz, aber du kannst auch gut reinhauen. Und wir sind schon da." Archie zog ihn regelrecht hinter sich her, als sie zur Veranda kamen, weil er es kaum noch erwarten konnte, diese gemütliche Höhle wieder zu betreten. Tommys Wohnung war toll, aber wenn Archie ehrlich war, träumte er davon, sich mit ihm so ein Haus leisten zu können. Darin würde es immer köstlich duften. Irgendwann vielleicht.

Als sich die Tür öffnete, wurde der Geruch überwältigend. Mittendrin stand Patsy mit einem breiten Grinsen. „Kommt rein, ihr Schnuffelhasen. Der Tisch ist so gut gedeckt, dass sich die Beine biegen, aber wir haben auch Cat zu Gast, also solltet ihr euch beeilen."

„Fnuffelhafen", murmelte Tommy amüsiert, während er Archie sanft hineinschob. Den Weg hätte er auch allein gefunden, aber er mochte es, von ihm angefasst zu werden. Hach, es war noch immer so heimelig hier.

„Was soll das denn heißen?" Ziemlich sauer stand Cat in der Tür zum Wohnzimmer. „Ich esse für einen ganzen Wurf, stellt mich nicht immer als Heuschreckenschwarm dar."

„Du brütest doch nur vier Eier aus." Patsy gackerte los und wich ihrem Schlag aus. Jetzt, wo sie so unförmig geworden war, hatte er offensichtlich Oberwasser. Aber Archie dachte auch gern an den Nasenstüber zurück.

„Habt ihr schon etwas von den Trunkenbolden gehört?", lenkte Archie schnell vom Thema ab. Die Präsenz des Futters war sowieso gerade übermächtig, da sollten sie nicht auch noch darüber reden. Nicht, bevor er am Tisch saß und mit Besteck bewaffnet war. Sein Magen grummelte voller Vorfreude.

„Ja, unser Plan ist aufgegangen. Der Teil ihrer Geschichte, in dem die Sicherheitsleute behaupteten, abgefüllt worden zu sein, klang offenbar wenig glaubwürdig. Ansonsten haben sie zum Glück nichts gesehen, aber sie konnten bezeugen, dass die Einbrecher von einem Hund begleitet wurden, der ihren Wachhund ausgetrickst hat", erklärte Shawn beim Hereinkommen. In jeder Hand hatte er eine dampfende Schüssel, die er abstellte, bevor er sie begrüßte.

Erst jetzt wurden sie alle von ihm und auch Patsy gedrückt. Sie waren wie eine große Familie und Archie bekam gleich feuchte Augen. „Danke, dass wir hier sein dürfen. Und für eure Freundschaft", stammelte er unbeholfen.

„Ach, du Zuckermaus!" Patsy knuffelte ihn kräftig durch.

„Fuckermauf", wiederholte Tommy, der heute scheinbar den Papageien mimte. „Manchmal kann ich daf allef gar nicht glauben. Unfere Gemeinfaft fühlt fich gut an."

„Kann ich bestätigen. Alles wendet sich zum Guten." Auch Shawn nickte. „Der Leichenraub ist jetzt aktenkundig und Simon sehr zuversichtlich, dass die Polizei über kurz oder lang die Ermittlungen einstellen wird. Es gab keine Spuren des Mörders, der Tote war unbekannt und jetzt fehlen auch noch die Überreste als letzter Beweis. Selbst die offiziellen Fotos der Erstbegutachtung sind merkwürdigerweise verschwunden."

Klar, es war alles in Shawns Gefriertruhe gelandet. Ihre nächtliche Wanderung durch London mit dem Körper im neutralen Leichensack war wirklich denkwürdig verlaufen. Hätte sie jemand beobachtet, wirkten sie sicher wie eine Gruppe Betrunkener, die jemandem einen Streich spielten.

Schelmisch grinsend zwinkerte ihnen Shawn zu, dann drückte er Archie auf einen Stuhl. Es waren wirklich alle sehr fürsorglich.

„Essen fassen!", rief jetzt auch Orson, der eine Platte mit Braten aus der Küche brachte. „Wir sind vollzählig, Simon hat angerufen und mitgeteilt, dass er das Institut nicht verlassen kann. Er hat gerade eine Leiche hereinbekommen, die seine Aufmerksamkeit erfordert."

„Als ob das dem Kompost nicht egal wäre." Cat stellte ihren Teller ab und betrachtete den Berg darauf zufrieden.

Das konnte Archie gut nachvollziehen, auch er packte sich den Suppenteller voll, den Shawn ihm gereicht hatte. Sehr gut bemerkt, er liebte es, wenn alles in Soße schwamm.

„Was ist mit Riley?", fragte er, sobald ihm der Gedanke durch den Kopf schoss. Davon hätte er beinahe einen Schluckauf bekommen.

„Der hat anscheinend die Flatter gemacht." Ganz in Gedanken schubste Patsy ein Würstchen auf seinem Teller an, als wollte er sehen, ob es noch krabbelte. „Wir haben ihn nicht erreichen können und Shawn hat seine Wohnung leer vorgefunden. Der Tag ist noch jung, aber wir waren früh auf den Beinen. Zum Glück hatte mein Kater keinen Kater." Kichernd stach Patsy in die Wurst, dass es spritzte.

Es war Archie auch aufgefallen, wie gut sie im Vergleich zu den Menschen den Alkohol verpackten. Es war ein Leichtes gewesen, die beiden Wachmänner ruhigzustellen. Dafür hatten sie nur den Rest aus der Whiskeyflasche gebraucht.

Aber der gute Simon besaß noch einen ordentlichen Vorrat, der Fusel war ihnen nicht ausgegangen. Zuletzt legten sie den Pathologen gemütlich auf einen der Seziertische und deckten ihn mit einem Tuch zu. Dort hatte er verschnarcht, wie sie sich mit dem Tigerkadaver abmarschbereit machten.

„Ich wüsste zu gern, ob jemand Simon Coldwater auf seiner Pritsche gesehen hat", sagte Archie und lachte. „Die Putzfrau oder sein Kollege? Es gibt dort selten einen Körper, der lautstark einen ganzen Wald absägt."

Auch die anderen lachten bei der Vorstellung, aber dann klimperte Patsy plötzlich erschreckt mit den Augen und sprang auf. „Verdammt, ich muss nachsehen, ob die Kühltruhe auch nicht zu kalt eingestellt ist. Simon hat mir so halb lallend aufgetragen, darauf zu achten, dass Mr Overlord keine Eiskristalle an den Schnurrhaaren hat. Er will ihn nur haltbar, aber nicht gefroren."

„Da haben wir ja einen netten Braten in der Röhre!" Glucksend stach Shawn in das Fleisch und nahm sich noch eine Scheibe von der Platte.

„Bitte keine Fwangerenwitfe mehr", winkte Tommy ab und hielt sich den Bauch. „Mir tut fon allef weh vom Lachen."

Schon okay, er konnte es sich leisten, den Zorn der Katzenmama auf sich zu ziehen. Einen entsprechenden Blick kassierte er von Cat. Archie war da lieber etwas vorsichtiger, so viel er wusste, konnte sie verdammt nachtragend sein.

„Tommy, du sollst sofort zu Simon ins Institut kommen", schrie Patsy alarmiert, während er wieder aus der Küche zurückgeflitzt kam, und wedelte mit dem Smartphone in seiner Hand. „Er sagt, du musst alles liegenlassen, es geht um Leben und Tod!"

Der Löffel fiel Archie aus der Hand und landete scheppernd auf seinem Teller. Was in aller Welt hatte der Pathologe herausgefunden? Über seinen Tommy? Sein Herz raste wie wahnsinnig los und ihm wurde übel. Zumindest hatte Simon nicht gesagt, sie sollten den coolen Overlord mitbringen.

275

„Passen wir zusammen ins Auto?" Auf die Schnelle zählte Shawn durch. Wie immer war er es, der die Ruhe behielt. „Cat, du machst dich auf dem Beifahrersitz so dünn es geht. Der Rest quetscht sich auf die Rückbank. Los!"

Zeigte Archie wirklich so gar keine Reaktion auf Rileys Abflug? Als er nach dem Mann gefragt hatte, zitterte seine Stimme noch. Aber das kannte Tommy bereits von ihm, er war wohl durch den Gedanken an den angetrunkenen Simon Coldwater abgelenkt gewesen.

Sie hockten wie die Ölsardinen im Fond des roten Sportwagens, den Shawn fuhr. Orson musste sogar mit dem Kofferraum vorliebnehmen, während Cat vorn saß – die Königin von Saba residierte dort mit ihrem Babybauch. Okay, das Thema Riley war zu interessant, um ignoriert zu werden, obwohl Tommy natürlich umso dringender wissen wollte, was Simon gemeint hatte, als er ihn so dramatisch ins Institut beorderte. Er war froh, dass ihn alle seine Freunde begleiteten.

„Du fagst alfo, Riley wäre aufgeflogen?", fragte er Shawn zur Erinnerung und prompt starrte ihn Archie an, als hätte er diese Information zum ersten Mal wahrgenommen. „Woher weift du daf, Fhawn? Waren die Fränke aufgeräumt, hat er feine Fachen gepackt?"

„Die Klamotten waren zum größten Teil noch da, aber die Wohnung hat auf mich einen verlassenen Eindruck gemacht. Es kam mir vor, als hätte er ein paar persönliche Dinge zusammengerafft und wäre verschwunden." Shawn schwieg für einen Moment, sie kurvten wild durch die Straßen. Aber er redete weiter, bevor Tommy erneut fragen konnte: „Ich vermute, Patsy hat ihn wirklich erkannt und er wusste, wir würden zu ihm kommen, um ihn auszuquetschen. Da er sich dem entzogen hat, sehe ich das als Schuldeingeständnis. Aber ich muss noch darüber nachdenken, wie wir weiter vorgehen sollen."

„Ich wollte ja die Umgebung aus der Luft absuchen, aber du hast mich nicht gelassen", brummelte Patsy, der sich auf die Seite hinter dem Fahrersitz gequetscht hatte. Er konnte kaum atmen, weil Shawn lange Beine besaß und den Platz vorn brauchte. „Jetzt ist er natürlich über alle Berge. Wer weiß, ob wir ihn wiedersehen, aber ich glaube auch, Riley hängt mit drin in dem Mord. Oder er ist sogar der Täter."

Resigniert zuckte Shawn mit den Schultern. „Darüber reden wir später, jetzt ist erstmal wichtig, was Simon mit Tommy vorhat."

Archie riss die Augen auf und griff nach Tommys Hand. „Was soll er denn mit ihm vorhaben?" Wahrscheinlich malte er sich wilde Szenarien aus.

Tommy lächelte und spielte mit seinen Fingern. „Ich fätfe, die Blitfbirne hatte einen hellen Moment und will mit meinen Fpermien eine neue Fpefief füchten", zog er seinen Mäuserich ein wenig auf. „Wir werden ef gleich erfahren."

„Falls wir hier jemals wieder herauskommen. Es wird knallen wie ein Sektkorken, wenn ich diesen Platz hinter dem Sitz verlasse", maulte Patsy. „Warum haben wir uns nicht gewandelt? Das wäre doch viel sinnvoller gewesen."

„Weil ihr endlich begreifen müsst, dass gerade die kleinen Animalos vorsichtig damit sein sollten. Simon will Archies Stoffwechsel untersuchen und herausfinden, wie das mit der Alterung und so weiter aussieht.

Bis wir da mehr wissen, möchte ich euch als Energie-sparmodelle sehen. Gut essen, in der Menschenform bleiben und nichts durch unnötige Wandlungen verschwenden." Ihr Anführer klang mächtig genervt. Ob sie schon darüber diskutiert hatten, ob Patsy auf Würmerjagd gehen durfte?

„Sektkorken", bemerkte Archie kichernd und Tommy verdrehte die Augen, weil er wusste, was jetzt kommen würde. „Bist du auch schon mal abgegangen wie ein Luftpfeifer, weil du dich beim Orgasmus zu früh gewandelt hast, Patsy? So wie ein Kondom, das als Mützchen vorn auf der Eichel sitzt und runterflitscht, wenn es sich zusammenzieht?"

Für einen Moment stockte Patsy, dann begann er gackernd zu lachen. „Hatten wir auch schon, das war genial. Freiflug für mich, sogar ohne Flügel."

„Was für unglaubliche Dinge ihr erlebt", ätzte Cat vom Vordersitz. „Orson ist dagegen ein Langweiler."

War das ihr Ernst? Sie hatte sich einen der geilsten Kerle geangelt, die je an Tommys Tresen herumgehangen hatten. Na gut, als Mensch hatte er weniger aufregende Geheimnisse, aber sie als Wandler waren es schließlich gewohnt, damit umzugehen.

„Find alle Fwangeren fo farkaftif?" Gut, ‚sarkastisch' war eines der Wörter, die er wirklich meiden sollte. Aber Shawn hatte den Wagen auch schon abgestellt, Tommy würde nicht mehr in den Genuss von Cats Antwort kommen.

„Benutzt ihr Weirdos ernsthaft Kondome?", schoss sie allerdings sofort zurück, bevor sie sich umständlich aus der Autotür schraubte. Die Frage war berechtigt, sie waren nicht anfällig für Krankheiten.

Plötzlich fing Shawn an zu grinsen, während er den armen Orson aus dem Kofferraum befreite. „Es geht ja auch um das Geschmiere, aber Patsy hat Angst, schwanger zu werden. Er hat wohl keine Lust, meine Kinder auszutragen."

Ausgerechnet der große Orson musste sich wieder entfalten, nachdem er sich für die Fahrt kleingemacht hatte. Tommy reichte ihm die Hand und half ihm beim Herausklettern. Der arme Mann musste wirklich Opfer für seine Partnerin bringen.

„Bei den Wölfen klappt das auch", schmollte Patsy. „Ich wüsste zwar nicht, wie du dein Panther-Ei in mich hineinbekommst – und noch viel weniger, wie ich es legen sollte – aber man kann nicht vorsichtig genug sein."

„Ich kann ja meinen Wolfskumpel mal fragen, wie das bei ihnen mit den Welpen läuft", bot Orson amüsiert an. „Der Bauch war echt, ich habe sogar gespürt, wie sich die Kleinen bewegt haben. Es war genau wie jetzt bei Cat."

„Japp, japp, unbedingt!" Patsy klimperte schon wieder aufgeregt.

„Bei mir weißt du genau, wo unsere Kinder wieder herauskommen, du hast sie ja hineingesteckt." Jetzt grinste sogar Cat und hakte sich bei Orson ein.

Sie zeigte ihre Zuneigung selten, fiel Tommy so auf. Dafür angelte Archie direkt nach seiner Hand, als sie auf das Klinikgebäude zuliefen. Sanft drückte er ihm die Finger und lächelte zuversichtlich. Sein Kleiner machte sich viel zu viele Gedanken.

Diesmal sollten sie den Haupteingang benutzen. Simon kam ihnen bereits entgegengelaufen.

„Tommy, hast du schon etwas gegessen?", rief ihr Pathologe sofort. Sein Äußeres sah etwas derangiert aus, offensichtlich war er noch nicht zuhause gewesen, nachdem er die Nacht auf dem Seziertisch verbracht hatte. Dabei hatte er heute eigentlich keinen Dienst.

„Äh, ja", antwortete Tommy knapp. „Wir hatten gerade eine Frefforgie bei Fhawn und Patfy. Wiefo?"

„Kotzen!" Das kam von Simon heraus wie ein Befehl. Tommy starrte zuerst den Spucknapf in seinen Händen und dann ihn fassungslos an.

„Du bringst einen Hund nicht dazu, etwas wieder herauszulassen, nachdem er sich den Bauch vollgeschlagen hat", warf Cat überaus hilfreich ein. „Und wenn doch, frisst er es erneut auf."

Angewidert verzog sie das Gesicht und stieß gut hörbar auf.

„Fei leife, Katfe", knurrte Tommy. „Kein Wunder, wenn dir dauernd flecht ift, wenn du dir folche Dinge aufmalft. Ich bin ein Animalo wie du und kein Tier."

Schmunzelnd verfolgte Shawn ihre Unterhaltung. „Würdest du uns bitte erklären, warum du so versessen auf Erbrochenes bist, Simon? Als Pathologe wühlst du doch oft genug im Mageninhalt."

Wie einen Hühnerhaufen scheuchte Simon sie jetzt vor sich her in Richtung des Sektionsraums, die Antwort verkniff er sich wohl lieber. „Ich habe einen eingefrorenen Metzger, der sich im Kühlraum eingesperrt hat, auf dem Tisch. Seine Leiche ist noch in einem sehr guten Zustand, ich hätte also einen geeigneten Spenderzahn, wir müssen nur sehr schnell vorgehen."

Was? Tommy dachte, nicht richtig gehört zu haben. So von jetzt auf gleich überrumpelte ihn diese Nachricht. Ja, natürlich wollte er einen neuen Schneidezahn und endlich diese vermaledeite Lücke schließen. Aber das kam sehr plötzlich.

Und er hatte eine Heidenangst, wenn ihm jemand im Mund herumfummelte und er diesem Jemand auch noch ausgeliefert war.

Vertrauen war etwas Schönes ...

„Warum ſoll ich dafür einen leeren Bauch haben?", fragte er vorsichtig. „Haſt du vor, mich umfuhauen?"

Um alles vorzubereiten, rannte Simon im Sektionsraum herum, den er hinter ihnen abgeschlossen hatte. Das war Tommy nicht entgangen, es beruhigte ihn nicht gerade. Eine kalte Faust umklammerte sein Herz und drückte langsam zu. Auf einer Pritsche lag ein Mann wie ein Berg, das musste der gefrostete Metzger sein. Es war ihm unheimlich, auch noch den Ursprung seines Ersatzteils zu kennen, und sein Arzt gab sich heute besonders schweigsam.

„Simon!", rief Shawn und lehnte sich gegen einen der Edelstahl-Schränke. Ihr Anführer wirkte ganz ruhig, aber sicher war ihm Tommys Angst nicht entgangen. „Würdest du uns bitte sagen, was du vorhast?"

Der Pathologe schnaufte. „Ich bin schon nervös genug. Lasst mich die Unsicherheit abreagieren, bis meine Hände nicht mehr zittern", bat er für seine Verhältnisse recht kleinlaut. „Euer Metabolismus ist mir noch unbekannt und ich hatte nicht vor, derart unwissend eine Operation durchzuführen. Also bin ich nicht weniger überfordert als Tommy."

„Metabolismus klingt dämonisch. Denkst du, wir haben einen bösen Zauber in uns?" Das mit der Magie hatte Archie wohl etwas falsch verstanden. Trotz seiner Aufregung musste Tommy schmunzeln.

Erst verzog Simon bei Archies Frage das Gesicht, aber dann glätteten sich seine Züge wieder und er lächelte. „Das bedeutet nur Stoffwechsel, ansonsten lieben wir Wissenschaftler so ein hochgestochenes Gequatsche, weil wir uns dann schlauer vorkommen."

Ein beinahe hysterisches Lachen stieg in Tommy auf und er zog Archie an sich. „Wenn er daf felbft bemerkt, gibt ef noch Hoffnung." Zärtlich küsste er seinen Kleinen. Irgendwie würde er diese Barriere überwinden müssen, seine Panik durfte ihn nicht lähmen. *Für Archie!*

„Weift du denn, waf du tuft, Fimon?", fragte er mit leicht schwankender Stimme, obwohl ihm klar war, dass ihm nichts anderes übrigblieb, als diese Gelegenheit beim Schopfe zu packen.

Auch Shawn musterte Simon eingehend. „Die meisten deiner Patienten zucken nicht mehr, wenn du ihnen ins Fleisch schneidest. Bitte sei vorsichtig, wenn du das Skalpell in die Hand nimmst. Vergiss nicht, wir haben gestern gesoffen."

Simons Miene hellte sich gleich wieder auf und er deutete Tommy an, er sollte sich auf eine der Pritschen setzen. „Danke für den tollen Abend. Mit Menschen komme ich nicht immer so gut klar, aber mit euch teile ich zumindest den Humor." Er zwinkerte Orson zu. „Geht nicht gegen dich, mein Freund."

Begleitet von Archie, kam Tommy der Aufforderung nach. Bitte, er wollte den Eingriff nur überleben.

Für Archie!!! „Ich muff mich nicht auffiehen, oder?"

„Nur, wenn du mich ungehörig in einem OP-Hemdchen ablenken willst." Auffordernd klopfte Simon auf den Seziertisch, damit er sich hinlegte. „Ich muss nur deinen Dreitagebart abrasieren, Sterilität ist wichtig. Danach reicht es, ein Operationstuch als Abdeckung zu benutzen."

„Wird es wehtun?" Das war ja klar, natürlich machte sich Archie wieder Gedanken. Gerade das hatte Tommy nicht wissen wollen, ihm ging doch sowieso schon die Düse.

Simons Blick ging von dem Leichnam zu ihm und er nahm ihn genau in Augenschein. „Du bist von der Statur wie ein kräftiger Mann, ich kann dich also mit einer vollen Dosis in Narkose legen. Ich werde schneiden müssen, darum geht es nicht ohne Betäubung. Ein leerer Magen wäre mir lieber, aber gut, du bleibst ja unter Beobachtung."

Nachdenklich rieb er sich das Kinn. „Wenn ich nur wüsste, ob dein Körper darauf reagiert wie ein menschlicher Organismus. Nach dem gestrigen Alkoholkonsum nehme ich an, ihr vertragt etwas mehr als wir."

„Schneiden?", echote Cat. „Ich kann im Moment echt kein Blut sehen. Noch nicht einmal von diesem Köter."

Vielen Dank, die Mieze war wirklich mitfühlend. Tommy schluckte hart, ihm wurde ganz anders.

Auch Patsy war blass geworden. „Wir beide machen einen Spaziergang. Wirklich, ich sollte auf dich aufpassen." Er tat ganz besorgt und streichelte Cats Bauch. „Schließt jemand hinter uns ab?"

Der Bursche hatte es ganz schön eilig, den Raum zu verlassen.

„Ich brauche einen Assistenten", murmelte Simon geistesabwesend. Ihm standen die blonden Haare wieder in alle Richtungen. „Die OP-Anweisung habe ich eingehend studiert, es dürfte alles sitzen. Nur muss ich Tommy reglos haben, damit ich mich nicht erschrecke, wenn er sich bewegt. Das tun meine Patienten normalerweise nicht."

Ein wenig skeptisch zog Shawn die Stirn kraus. „Eine Vollnarkose ohne die entsprechenden Gerätschaften, mit denen wir die Vitalfunktionen überwachen können? Ist das nicht sehr riskant?"

Simon nickte. „Es gibt ein Mittelding zwischen örtlicher Betäubung und Vollnarkose, aber da ich nicht weiß, welche Werte bei euch Gestaltwandlern normal sind, kann ich wenig zur Verträglichkeit sagen. Ich halte das Gegenmittel bereit und kann sofort eingreifen, wenn etwas schiefgehen sollte." Er suchte Tommys Blick. „Vertraust du mir? Mehr als mein Bestes kann ich nicht geben, aber ich benötige deine Einwilligung, Mr Walsh."

„Schon verstanden, Vitalfunktionen sind nicht so ganz dein Ding", sagte Shawn leise und lachte, während sich Simon dem Spender zuwandte. „Ich werde dir assistieren und Archie würde sicher gern darauf achten, ob es Tommy gutgeht." Shawn schaute sich zu Orson um. „Unser Mensch steht Schmiere."

Dankbar sah ihn Orson an. „Sorry, ich hätte meine bessere Hälfte begleiten sollen."

Ein nervöses Kichern stieg in Tommy hoch. Gleich würde er Simon vor die Füße kotzen, dann hatte er den gewünschten leeren Magen. „Im Moment ift Cat etwaf mehr alf die Hälfte." Es tat einfach gut, die Aufregung mit Heiterkeit zu bekämpfen, auch wenn es sich sehr nach Galgenhumor anfühlte. „Du mufft deinen Vorgefetften noch erklären, warum du eine Leiche fu wenig haft, Fimon. Verfuch einfach, keine überfällige fu produfieren, ich würde gern wieder aufwachen."

„Ha, da ist das Ding! Dieser Zahn ist ein Mordstrümmer!", rief der Pathologe, der ihm anscheinend gar nicht zugehört hatte, und hielt den herauspräparierten Schneidezahn des Metzgers in die Höhe. „Und er hat schön auf Eis gelegen. Jetzt nur noch reinigen und es kann losgehen."

„Foll ich etwaf unterfreiben?" Sein Todesurteil vielleicht? Der Schweiß stand Tommy auf der Oberlippe und seine Handflächen fühlten sich verdächtig feucht an.

Während er das Transplantat in einer Schale spülte, schüttelte Simon den Kopf. „Hätte doch keinen Wert, so ein Papier zu besitzen. Wenn du den Eingriff wirklich nicht überleben solltest, muss ich nur ein wenig warten und dann den Abdecker rufen, damit er einen Hundekadaver abholt."

„Dr Coldwater!" Da entgleisten Orson fast die Gesichtszüge und Tommy musste wieder grinsen. Jetzt zeigte er die Lücke ungeniert, immerhin war sie bald Geschichte. Ihm war so langsam alles egal.

„Ist zwar eine heftige Aussage, aber er hat recht", mischte sich sogar Archie ein. „Allerdings würde ich ihn selbst begraben. An einer Stelle, die nur ich kenne."

Wie gut, dass das geregelt war. „Her mit der Fprit-fe!" Tommy hatte es eilig, alles hinter sich zu lassen. Sonst würde er einfach vom Tisch springen, Archies Hand nehmen und mit ihm das Weite suchen. Aber das konnte er nicht machen. *Für Archiiieeee!!!*

Wenn er wieder wach wurde, würde sein Kleiner bei ihm sein. Falls nicht, wollte er ihn regelmäßig besuchen und sein Grab pflegen. Das war wesentlich mehr, als er von seinem Tod erwartet hatte. „Wird fon fiefgehen."

Ganz selbstverständlich tastete er nach Archies Hand. „Bif gleich, Maufi."

Gespannt betrachtete Archie Tommys Gesicht. Simon hatte gesagt, er würde nur kurz schlafen, also musste er bald aufwachen. Es hatte ihn Nerven gekostet, die ganze Zeit dabei zuzusehen, wie ihr Leichenschnippler mit dem Skalpell gearbeitet hatte und dann diesen Zahn mit der großen Wurzel einpflanzte. Blutige Angelegenheit. Trotz allem war Archie nicht von Tommys Seite gewichen.

Nackt war er im Gesicht, das sah ungewohnt aus, an der Lippe klebte noch ein wenig Blut. Archie machte einen Lappen nass und putzte Tommy zumindest sauber, dann küsste er ihn sanft.

Laut Simon war es wahrscheinlich, dass der Wandler-Organismus den Zahn wie einen Fremdkörper behandelte. Das Medikament, das er Tommy gespritzt hatte, sollte eine Abstoßung verhindern, aber wieder einmal wusste er nicht, ob es wirken würde. Viel schlimmer war aber seine Verordnung für nach der Operation: Mindestens vier Wochen keine Wandlung!

„Er wird wach!", rief Archie aufgeregt. Tommys Augenlider flatterten und öffneten sich dann. Verständnislos schauten ihn die braunen Hundeaugen an, die Tommy auch als Mensch hatte. Danach wurde der Blick langsam klar und er lächelte.

„Artfie." Das Lispeln hatte sich sogar verstärkt, denn das Gewebe war geschwollen und in seinem Mund befand sich noch Tamponade, neben anderem Verbandmaterial.

Wie komisch es sein würde, wenn Tommy ganz normal sprechen konnte. Archie war sich sicher, diesen kleinen Makel zu vermissen. Das gehörte einfach zu ihm, aber er freute sich trotzdem für Tommy, weil er seinen Komplex endlich vergessen konnte.

„Waf ift daf allef für ein Zeug?"

„Das wird nicht mehr lange drinbleiben müssen", erklärte nun Simon, der sich kurz auf einem Seziertisch ausgestreckt hatte, um sich von der Anstrengung zu erholen. Er war mächtig unter Druck gewesen. „Ich gebe dir gleich Coolpacks, mit denen du die Wunde kühlen kannst. Die Schwellung wird schnell zurückgehen und die Blutung habe ich eben schon stoppen können."

„Ich habe gutef Heilfleif." Tommy versuchte, zu grinsen, doch das verunglückte ein bisschen. Die Betäubung ließ sicher schon nach und die Schmerzen kamen.

Mit der versprochenen Kühlpackung kam Simon zu ihm und hob behutsam Tommys Oberlippe an. „Sieht sehr gut aus. Dafür, dass ich normalerweise zwar Präzisionsarbeit leiste, aber nicht viel an den Überresten kaputtmachen kann, habe ich das gut hinbekommen. Jetzt liegt es an deinem Körper, ob er den Zahn behalten will. Auf jeden Fall keine spontanen Wandlungen und vor allem keinen Sex. Auch, wenn es hart für euch beiden Turteltäubchen sein wird."

„Keinen Fekf?", fragte Tommy mit ungläubig aufgerissenen Augen und Archie musste kichern. Ja, das würde eine große Herausforderung werden und sicher kein Spaß. Sie hatten gerade erst so richtig angefangen.

Mit Verzweiflung im Blick drückte Tommy das Coolpack an sein Gesicht. „Daf kann nicht dein Ernft fein", murmelte er. „Ich kann doch nicht die Finger von diefem heiffen Mäuferich laffen."

Simon wuschelte Tommy über den Kopf, als würde er einen Hund liebkosen. Wenn ihm sein Patient nicht trotz allem in den Finger beißen sollte, war es besser, das zu lassen.

„Ist ja gut", beeilte sich der Doc zu sagen, als es tief in Tommys Kehle grollte. „Auf Grundlage dessen, was ich mir zusammenreime, hast du eine beschleunigte Wundheilung. Aber von der reinen Logik her weiß der fremde Zahn nicht, wie man zu einem Wolfszahn wird. Biologisch wird er ein Stück von dir, diese Metamorphosen sind allerdings etwas Feinstoffliches. Ich kann nicht garantieren, dass das Zahntransplantat von deinem Organismus auf dieser übergeordneten Ebene akzeptiert wird. Ob das mit der Magie funktioniert, wird die erste Wandlung zeigen."

Huh, das hörte sich nicht ungefährlich an. „Was ist denn das Schlimmste, was passieren könnte?", fragte Archie bang. Dieses Gerede über magische Abläufe gab ihm das Gefühl, selbst ein kleines Wunder zu sein, aber das verstand er wahrscheinlich falsch.

Seufzend strich sich Simon durch die Haare. „Keine Ahnung, ich denke, wir haben vielleicht einen blutigen Zahn auf dem Boden liegen, wenn Tommy seine Hundegestalt annimmt. Danach hat er wieder eine Lücke."

„Und wenn ef gut verheilt, wandelt fich der Fahn vielleicht mit?"

Simon nickte Tommy zu. „Aber ganz sicher erst nach einer gewissen Zeit, ich würde die vier Wochen unbedingt einhalten. Du musst das Implantat ganz und gar verinnerlicht haben, es als Teil deines Körpers ansehen. Unabhängig vom Heilungsprozess."

Von der Tür aus hörten sie leisen Beifall. „Toll, du bist wirklich ein sehr guter Mediziner, Simon", sagte Shawn anerkennend, nachdem er gerade erst wieder hereingekommen war. „Und ein noch besserer Wissenschaftler. Ich denke, du hast absolut recht mit der ganzheitlichen Betrachtungsweise. Diese Offenheit hätte ich dir gar nicht zugetraut, zumindest nicht gegenüber dem Meta-Aspekt."

Er setzte sich neben Simon, der es sich auf einem Seziertisch gemütlich gemacht hatte. Seit er seinen Rausch auf dem Ding ausgeschlafen hatte, fühlte er sich in dieser Umgebung scheinbar umso wohler.

„Du hast mir in Whiskey-Laune genau erzählt, wie sich eine Wandlung anfühlt und wie du sie einleitest. Ich habe mir erlaubt, diese Informationen – in Ermangelung wissenschaftlicher Fakten – als Grundlage für weitergehende Überlegungen zu nutzen", dozierte Simon Coldwater wieder in gewohnt arroganter Weise. „Wenn ich schon keine Tatsachen festhalten kann, muss ich mit diesen Größen rechnen."

Shawn legte ihm einen Arm um die Schultern. „Sag doch einfach, du hast mir geglaubt. Du musst nicht alles so kompliziert machen, für Freundschaft gibt es auch keine Formel."

Es wurde Archie ganz warm ums Herz, als er ihn diese Worte sagen hörte. Sie waren eine tolle Familie und jeder von ihnen konnte sich glücklich schätzen, dazuzugehören.

„Gilt die Einladung zur Futter-Party noch immer?" Theatralisch legte Simon sich die Hand auf den

291

Bauch. „Ich habe noch nichts gegessen. Nach dem Säubern des Arbeitsplatzes hätte ich frei für den Rest des Tages."

Wow, endlich stellte mal jemand anderes die entscheidende Frage nach der nächsten Mahlzeit. Archie strahlte vor sich hin und fühlte Tommys Blick auf sich ruhen. Als er ihn anschaute, zwinkerte sein Großer.

„Ich fürchte, effen darf ich mit der Wunde noch nicht. Aber daf heift nicht, du follft verhungern", flüsterte ihm Tommy zu. „Fonft habe ich dich gleich wieder in der Taffe und du kannft mir reinkötteln."

Wie peinlich, aber es stimmte natürlich. Sich aus Treibstoffmangel wandeln zu müssen, war auch nicht in Archies Sinne, darum sollte er die Gelegenheit nutzen, sich wieder den Bauch vollzuschlagen. Es war unfair: Er durfte etwas schnabulieren und Sex haben, aber beides machte ohne Tommy keinen Spaß.

„In deiner Hemdtasche ist es ja ganz gemütlich und ich höre deinen Herzschlag, aber ich pupse im Schlaf, dadurch möffelt es ziemlich." Breit grinsend half er Tommy beim Aufstehen, es war erstaunlich, wie schnell er sich wieder erholt hatte. „Aber ich schlafe gern an dich gekuschelt."

„Dann bleib doch einfach bei mir." Tommy hatte sich die Tamponade mit den Fingern herausgefischt. Man sah von außen auch gar keine Schwellung mehr. „Möchtest du nicht mit mir zusammen wohnen?"

„Wirklich?", fragte Archie zögernd. „Ich habe gar kein Geld." Er hatte kaum Zeit, zu bemerken, wie klar Tommys Aussprache plötzlich war. Ein leichtes Lispeln war noch zu hören, weil er natürlich vorsichtig redete und die Zunge den Zahn nur leicht berührte.

Man hörte Shawn sich räuspern. „Darf ich euch stören? Ihr könnt bei Simon im Wagen mitfahren, ich packe den Rest wieder bei mir in die Karre."

Der Pathologe stand bereits wartend da und schaute ihnen entgegen. Oh ja, er sah hungrig aus, das konnte Archie sehr gut nachvollziehen. Trotzdem wartete er auf Tommys Antwort.

„Lass uns kurz abwarten, was uns Shawn gleich mitzuteilen hat. Vielleicht wendet sich ja alles zum Guten", sagte Tommy leise. Er war auch nicht gerade reich, das wusste Archie. Und es war ein teures Vergnügen, ihn durchzufüttern, vor allem, wenn er als Mensch leben sollte. So ein Mäuserich wurde noch eher satt.

Aber da waren ja ihre Pläne, als Ermittler für die Animalos zu arbeiten. Darauf schien Tommy zu hoffen und das alles kam Archie noch immer unwirklich vor. Wer oder was war er schon? Ein Dieb, wenn er es genau betrachtete, denn er stahl sich sein Futter bei den Menschen zusammen. Die ganz klassische Tour, nur, dass er Kühlschränke öffnen konnte, wenn sie schliefen. Allein dafür hatte er seine menschliche Gestalt meist genutzt und ansonsten als Tier sein Dasein gefristet. Ein Hungerleider, wie er im Buche stand.

„Komm mal her, starker Mann, ich stütze dich ein bisschen", sagte Archie und legte den Arm um Tommys Hüften, als er die ersten Schritte lief. „Nur zur Vorsicht und weil ich deine Wärme so gerne spüre."

„Archie Gambit, würdest du mir am heutigen Abend die Ehre eines Dates erweisen? Ich werde ein vollendeter Gentleman sein", raunte Tommy ihm ins Ohr. „Gezwungenermaßen, weil wir ja keinen Sex haben dürfen." Die letzten Worte hatte er geknurrt und Simon dabei strafend angesehen.

„Das Keuschheitsgelübde für zahntransplantierte Wandler ist Gesetz. Ich habe die Regeln nicht gemacht." Lächelnd trat ihnen Simon entgegen und schaute sich noch einmal die Wunde in Tommys Mund an. Anscheinend war er sehr zufrieden mit dem Ergebnis. „Es tut mir sehr leid, wenn ich eure wilden Pläne durchkreuzt habe. Aber dieser Mann musste sich ausgerechnet gestern in seiner Kältekammer einsperren."

Er schlug im Vorbeigehen gegen die Tür des Kühlfaches, in dem der Metzger wieder lag. „Danken wir ihm dafür. Der grausige Sprachfehler war unerträglich."

Tommy lachte und zog Archie fester an sich. „Ich danke dir, Simon, du hast das toll hinbekommen. Das sagen auch nicht viele deiner Patienten zu dir, oder?"

Während sie den Sektionsraum verließen, schickte ihnen der Pathologe einen schrägen Blick. „Ich ziehe es vor, sie meine Kunden zu nennen. Und ja, ich mache eher selten eine Zufriedenheitsabfrage. Von der steifen Bande würde ich ohnehin keinen Applaus bekommen."

Leise kicherte Archie vor sich hin. Der Kerl war doch komplett verrückt, aber er mochte ihn.

„Ist mir eine Ehre, heute dein Tischherr zu sein", säuselte er Tommy seine Antwort zu. Es würde überaus schwer werden, auf intensive Kuscheleinheiten zu verzichten, denn Archie wusste mittlerweile ziemlich genau, womit er seinen Großen verführen konnte. Vier Wochen – er würde behaarte Handflächen bekommen. Für so etwas war ein Mäusebock nicht geschaffen.

„Danke, dass du es nicht vergessen hast. Es war aber dumm von mir, das von dir zu verlangen. Ich vermisse das Lispeln jetzt schon", fügte Archie auf dem Weg zum Parkplatz hinzu. „Den Klang meines Namens mochte ich sehr, wenn du ihn gesagt hast. Aber jetzt kannst du mit Stolz allen mitteilen, wer *du* bist."

Tommy schwieg, bis er ihm die Tür des gammeligen Toyotas aufhielt, den Simon fuhr. „Ich bin Thomas Walsh. Wenn wir schon nicht vögeln dürfen, schlagen wir uns die Wänste voll. Vielleicht verschieben wir die Verabredung, ich würde dich gern zum Essen ausführen, allerdings nicht heute, wo wir sowieso eingeladen sind. Und ich bin ja auch noch ein bisschen gehandicapt."

Hach, wie schön. Obwohl sie sich noch nicht lange kannten, wusste Tommy, was er am zweitliebsten tat. „Sehr gerne." Genüsslich rieb sich Archie den Bauch, in dem es schon wieder grummelte. Das Leben war ja doch eine tolle Sache.

Kapitel 20

Geduldig beobachtete Tommy, wie ihm Archie seine Portion Kartoffeln mit Soße zu Brei verarbeitete. Der Doktor saß mit am Tisch, also musste er genau seinen Anweisungen folgen, darauf achtete Simon mit Argusaugen.

„Ist das denn nun unser offizielles Gründungstreffen?", fragte Tommy Shawn, um sich die Wartezeit zu verkürzen. Archie sah zu niedlich aus, wie er die Zungenspitze über die Lippen huschen ließ, um ihm sein Essen auch ordentlich zu zermatschen. Das hätte Tommy auch selbst tun können, aber er wollte ihm das Vergnügen lassen, ihn zu umsorgen.

„Ja, wir sind vollzählig versammelt und ich kann euch einen aktuellen Stand der Entwicklungen geben", antwortete Shawn kauend. Er saß vor einem gut gefüllten Teller und Tommy lief das Wasser im Mund zusammen, als er den saftigen Braten sah.

„Gehöre ich jetzt automatisch zu eurer Vereinigung?" Simon Coldwater nahm sich einen Nachschlag, er sah sehr zufrieden aus und hatte das gemütliche Heim bestaunt. „Neben Orson bin ich ja der einzige Mensch. Wie kommt es, dass ihr mir so einfach euer Vertrauen schenkt?"

Für einen Moment breitete sich Stille am Tisch aus und man hörte Patsy laut schlucken.

Dann schaute Shawn Simon mit einem gefährlich liebenswürdigen Lächeln an. „Schon bei Orson wusste ich, wie viel schneller vier Beine sind", schnurrte er regelrecht. „Ich hoffe auf ehrliche Loyalität, aber wir besitzen unsere überlegenen Sinne als Rückversicherung. Ein humaner Verräter würde nicht weit kommen und obendrein glaubt ihm niemand die Geschichte von den Mischwesen."

Ihr Pathologe grinste. „Irgendwo ist doch immer ein kleiner Haken dabei."

Orson nickte und schaufelte sich noch etwas nach. Die ganze Bande war mehr als verfressen. Sehnsüchtig schielte Tommy zu Archie, der ihm endlich seinen Teller reichte. Alles schwamm in Soße, also hatte er es besonders gut gemeint.

„Danke, Mausi."

„Wenn du darauf bestehst, mich so zu nennen, muss ich dich leider kräftig zwicken. Und ich weiß, wo es wehtut." Grinsend zwinkerte ihm sein Kleiner zu. „Du willst auch nicht Fifi oder Lumpi gerufen werden, also mach mich bitte ein bisschen größer als ich bin."

„Alles klar, Rambo." Bei ihrem Abenteuer hatte sich Archie als Held erwiesen, er hatte keine Einwände.

Der Löffel schwebte vor Tommys Nase und es duftete umwerfend. Er konnte es nicht erwarten, endlich zu futtern. Hmm, klasse! Kauen konnte er zwar nicht, aber Archie hatte ihm den Brei wirklich gewissenhaft kleingemacht. Essen zum Lutschen, nicht unbedingt sein Traum, aber gerade notwendig. Lecker war es auch so.

Zwischen zwei Bissen hob Orson kurz den Blick. „Ich habe nicht ohne Grund mit meinem Kätzchen eine Familie gegründet. Die Animalos sind toll und ich finde Shawns Anstrengungen, sie zu vereinen, sehr löblich."

Nachdenklich spielte Simon mit seinem Essen und schob es mit der Gabel herum.

„Es ist euch aber klar, wohin das führen kann? Ihr Gestaltwandler seid uns Menschen gegenüber kräftemäßig im Vorteil und habt euer Schattendasein bisher nur geführt, weil ihr vereinzelt und ohne Selbstbewusstsein wart. Das möchte ich zu bedenken geben. Unser friedliches Miteinander könnte vorbei sein, sobald ihr euch formiert und nicht länger im Verborgenen leben wollt."

„Was soll das denn heißen?", fauchte Cat und schaute ihn mit einem zornigen Sprühen im Blick an. „Sollen wir Fußabtreter bleiben, damit ihr uns weiter ausschließen könnt?"

„Stopp!" Energisch schob Shawn seinen Teller von sich. „Genau diese Gedanken möchte ich bereits im Keim ersticken. Mit mir als Anführer wird dieser Krieg nicht stattfinden. Es muss eine moderate Form geben, denn wir wollen nicht um diese Welt kämpfen, sondern vielleicht als Ziel erreichen, dass wir sie uns friedlich teilen. Aber wir sind noch sehr weit davon entfernt, unsere Existenz offenbaren zu können."

Mit einem leisen Lachen putzte sich Simon den Mund ab. „Seid ihr Animalos nicht noch eine Spur rabiater, wenn es um die Durchsetzung eurer Regeln geht? Und wir Menschen sind nun wirklich keine Engel."

„Seht ihr, wie wichtig Shawn ist?", warf Patsy ein und blinzelte aufgeregt. „Albert Einstein hat gesagt, dass seine Entdeckung der Atomkraft keine Probleme erschaffen, sondern die bereits vorhandenen deutlicher gemacht hat."

Shawn schmunzelte. „Athene Noctua hat gesprochen, die Eule der Weisheit."

In Simons Blick lag Hochachtung, als er ihren Kauz betrachtete. „Sehr guter Einwand, es bringt wohl wenig, zwei Lager aufzumachen. Trotzdem wird hier vielleicht der Grundstein für einen zukünftigen Konflikt gelegt. Aber du hast recht, das Problem ist bereits da. Ihr müsst euch verstecken und notgedrungen das Geheimnis bewahren."

Dann stockte er. „Moment!" Ganz plötzlich schien Simon zu durchblicken, wie sich das mit dem König der Lüfte verhielt und Tommy musste seinen neuen Zahn mit einem Grinsen zeigen.

„Es ist üblich unter Wandlern, ein bisschen zu schummeln, wenn es um die Tierform geht", sprang er für Patsy in die Bresche, bei dem der Adamsapfel aufgeregt Aufzug fuhr. „Du siehst, wir erkennen uns gegenseitig nicht und wissen nicht genau, wen oder was wir vor uns haben. Darum ist es so wichtig, Wissen über unsere eigene Spezies zu sammeln."

Simons Handbewegung wirkte ungeduldig, als er Patsy mit einem Blick fixierte, der keine Widerrede zuließ. „Zeig dich, du bist der Einzige, der sich gestern nicht gewandelt hat, Steinkauz."

„Aber nur kurz." Mit Besorgnis in den Augen betrachtete Shawn seinen Eulerich. „Eine der drängendsten Fragen, die du erforschen sollst, ist die der Lebensspanne kleiner Wandler und ob man sie durch das Verbleiben in Menschengestalt verlängern kann."

„Ich verstehe." Als Pathologe wusste Simon natürlich, wovon Shawn sprach. „Dann verzichte ich darauf, ich habe bereits einen Kauz gesehen."

Auch in Tommy stieg die Verlustangst wieder auf, wenn er an Archie dachte. Die Maus hatte den mit Abstand schnellsten Stoffwechsel ihrer Runde, also war sein Gedanke nicht abwegig. Trotz allem lebten sie im Hier und Jetzt, jeder Moment zählte und war zu wertvoll, um sich solche Sorgen zu machen.

Simon schien genau zu wissen, was Tommy gerade durch den Kopf schwirrte, während Archie vom Essen abgelenkt war.

„Die Antwort sitzt genau neben dir, Tommy. Schau nicht so verschreckt, aber Nager besitzen normalerweise längst nicht so ein langes Leben, wie Archie es bereits hatte", stellte der Wissenschaftler fest.

„Was ist mit mir?" Offenbar reagierte sein Kleiner auf die Nennung seines Namens und horchte auf. „Du willst mich erforschen?"

„Ja, das will ich, deine metabolischen Prozesse sollten sehr aufschlussreich sein, Archie. Aber als erste Tat werde ich euch, Shawn und Patsy, von dem Übernachtungsgast in eurer Tiefkühltruhe befreien und William Overlords Überreste sezieren." Vergnügt zeigte Simon auf die noch immer gefüllten Schüsseln. „Wir danken ihm für dieses wundervolle Mahl, aber ihr braucht das Gerät für weitere Vorräte, falls wir öfter hereinschauen."

„So weit kommt das noch", gab Shawn zurück und zwinkerte. „In Zukunft werden wir unsere Mitgliedsversammlungen im *Shapeshifter* abhalten. Damit bin ich auch schon beim Thema Riley, der sich anscheinend auf der Flucht befindet."

Da war ihre Chance und Tommy musste sie jetzt ergreifen. „Ich möchte vorschlagen, dass Archie und ich uns als Ermittler zur Verfügung stellen. In der Vergangenheit hat mich Riley oft ausgeschickt, um persönliche Informationen über hochrangige Mitglieder unserer Gemeinschaft herauszufinden und sie auszuspionieren. Er hat etwas vor ... und das wird nicht in unserem Sinne sein, wenn ich seinen Charakter betrachte."

Shawn hob die Hand. „Einen Moment, Tommy, dazu komme ich gleich. Wir waren heute Morgen, als du operiert wurdest, noch einmal in Rileys Wohnung und auch im Club, um uns seine Räumlichkeiten dort anzusehen. Er hat alles an Bargeld mitgenommen und es scheinen auch Geschäftspapiere zu fehlen."

Knurrend kommentierte Tommy diese Nachricht. Hatte er doch gewusst, was für ein Wichser sein Boss war!

Nach einer kurzen Pause fuhr Shawn fort: „Das *Shapeshifter* ist sehr wichtig für uns und es ist das A und O, dass niemand vor verschlossener Tür steht. Darum muss die Bar unbedingt weiter geöffnet bleiben und ich möchte euch beiden bitten, den Laden am Laufen zu halten, Tommy und Archie. Das Gebäude geht vorübergehend in den Besitz der Stiftung über und ihr werdet als Angestellte gut entlohnt."

„Entlohnt?", fragte Archie ganz verdattert. „Wir bekommen ein Gehalt für unsere Arbeit?"

„Natürlich." Lächelnd nickte Shawn. „Das hatte ich Tommy schon gesagt, obwohl er zu dem Zeitpunkt zur Aufklärung vorgesehen war. Aber wir haben das noch nicht dingfest gemacht, weil es bisher keine Eile gab. Jetzt sieht es anders aus und ich werde euch das erste Geld gleich aushändigen."

„Ich … ich kenne mich ein bisschen mit Buchhaltung aus", erklärte Archie aufgeregt. „Der Mensch, in dessen Haus ich bisher gelebt habe, ist Steuerberater und ich habe ihm im Büro schon öfter über die Schulter geschaut. Das finde ich sehr interessant und würde die Aufgabe gern übernehmen, während Tommy hinter der Theke steht und den Club leitet."

„Bestens, the show must go an", murmelte Tommy anerkennend. Puh, er war so erleichtert, sich nicht um den Schriftkram kümmern zu müssen. „Den Wareneinkauf könnte ich dann machen. Und wir haben ja auch noch unseren Türsteher Barney, den ich sowieso im Auge behalten soll. Sicher wäre er nicht böse, seinen Job ein wenig auszuweiten und etwas mehr zu verdienen."

„Wusste ich doch, das *Shapeshifter* ist in guten Händen." Shawn schmunzelte. „Das gilt ab sofort, ihr macht also heute Abend wie üblich auf. Kann sein, dass ein Türschloss ausgewechselt werden muss, ich habe noch eines im Schuppen liegen."

Lachend nickte Tommy und zuckte, weil das doch noch ein wenig schmerzte. Dann hatten sie wohl einbrechen müssen. „Ihr hättet einen Tommy gebraucht."

„Jaaa, ich habe gehört, du bist ein Profi im Schloss knacken", rief Patsy begeistert. „Du hast uns gefehlt!"

„Ich habe die Schlüssel, kleines Hühnchen." Alles war gut, sie hatten ihr Auskommen und vielleicht konnten sie sogar in die etwas größere Wohnung über dem Club ziehen, die Riley bisher für sich beansprucht hatte, obwohl er gar nicht im Haus lebte.

„Solange wir keine anderen Ermittler haben, können wir aber trotzdem ein bisschen Detektiv spielen, oder?" Patsys Augen waren so groß wie Turmuhren, als er Shawn diesmal anstarrte, ohne zu blinzeln. „Ich beobachte alles von oben, Archie passt überall hinein und Tommys Nase ist unschlagbar. Biiiiiittteeeeeeeee-e!"

Nur mit Mühe konnte Shawn ernstbleiben, das war offensichtlich, als er feierlich nickte. „Orson wird euch begleiten und euch durch die Gegend fahren, bis ihr ein eigenes Auto habt. Okay?"

„Japp!" Ihr Freund sah im Moment aus wie ein großer Junge. Er war wohl ganz froh, mal von der schlecht gelaunten Cat wegzukommen. „Ich bin im Team!"

„Wie schade, ich muss weiter an Toten herumschneiden", maulte Simon, aber er grinste breit. „Das ist so cool! Ich werde bahnbrechende Entdeckungen machen. Und ich habe ja genug Leute, mit denen ich sie teilen kann. Hier wird Geschichte geschrieben!"

Kapitel 21

Hatte Tommy jemals in seinem Leben so viel ge-
grinst? Er konnte sich nicht daran erinnern, aber er
hatte ja auch jede Menge Gründe dazu.

Nicht nur, dass er seit zwei Wochen seinen Zahn
zur Schau stellte, sie befanden sich auch mitten im
Umzug in ihre erste gemeinsame Wohnung. Archie
zog zu ihm, Shawn hatte ihnen grünes Licht gegeben,
sich die Räumlichkeiten über dem Schankraum herzu-
richten. Sogar mietfrei, weil sie Mitarbeiter des Clubs
waren.

Das war so schön, hoffentlich würden sie lange zu-
sammenbleiben können.

Überall standen noch Sachen in der Gegend herum, aber jetzt mussten sie erstmal das *Shapeshifter* auf
Vordermann bringen. Da gab es einige Veränderungen, die Tommy anstrebte, er wusste genau, was ihm
gegen den Strich ging. Gleich wollte ihn Barney ablö-
sen, weil es so ruhig war. Ihr Türsteher war jetzt auch
jeden Abend da und übernahm in der Woche die Bar.

Jetzt schaute der riesengroße Kerl zu, wie Tommy
den Tresen polierte. Dabei grinste er breit. „Ich habe
da was für dich", sagte er, als er Barney genervt anschaute.

Behutsam legte er seine Faust auf die Theke und
öffnete sie. Auf dem Handteller saß sein Mäuserich,
der sich auf die Hinterbeine setzte und aufgeregt
schnupperte. Dann entdeckte er die Snackschale und
flitzte darauf zu.

„Ich habe ihm gesagt, er soll nicht so lange am
Stück arbeiten", erklärte Barney und kicherte, als sich

Archie über die Nüsse hermachte. „Das Essen hat er wohl vergessen und sich prompt gewandelt. Im dunklen Flur wäre ich fast auf ihn getreten."

„Fuck!", entfuhr es Tommy. „Wie gut, dass nichts passiert ist!"

Archie knabberte vor sich hin und fiepte dabei zufrieden. Es war also keine Panik angesagt, seinem Kleinen ging es gut.

„Sag mal, Barney", begann Tommy, während sie Archie gemeinsam zusahen, „brauchst du eine neue Bleibe? Shawn hat angeboten, du könntest auch kostenlos hier wohnen, du bekommst dann meine alte Bude unter dem Dach. Ist nur etwas schwierig mit dem Kopfeinziehen für dich."

„Hey, cool!" Leise lachte Barney vor sich hin. Wahrscheinlich stellte er sich vor, wie er mit den Schrägen zu kämpfen hatte. „Ich wohne in einem überteuerten Loch. Können wir so machen."

Die Snackschale klapperte und einen Augenblick später saß ein nackter Adonis neben ihr auf der blanken Mahagonitheke. Na ja, oder auf ihr, denn Archie zog sich das Ding mit einem verlegenen Grinsen unter dem Hintern weg.

„Du bekommst demnächst überall Notfallschalen mit Knabberzeug aufgestellt", brummelte Tommy, denn Barneys Blicke gefielen ihm gar nicht. Archie hielt es offensichtlich nicht für nötig, sich zu bedecken.

Ehe er sich's versah, lag Tommys Hand über Archies Körpermitte und es zuckte unternehmungslustig unter seinen Fingern. Ihm wurde warm und auch in seinen Jeans wurde es eng.

„Musst du dich so schamlos präsentieren?", fragte Tommy anklagend. „Du weißt doch, ich darf noch nicht wieder … und Barney bekommt Stielaugen."

Seine OP war gerade einmal zwei Wochen her, Simon würde ihn umbringen, wenn er ihm den transplantierten Zahn auf den Seziertisch legte. Der Pathologe war sowieso gefrustet, weil die Obduktion des Tigerkadavers rein gar nichts ergeben hatte. Wenn sie gewandelt waren, unterschied sie biologisch nichts von ihren tierischen Zeitgenossen.

Dafür war Patsy doch ziemlich geschockt gewesen, seine Küchenwaage für die systematische Erfassung der Organe hergeben zu müssen. Simon nahm es sehr genau und arbeitete ebenso akribisch wie im Institut. Immerhin hatte er den Tatort sauber hinterlassen und mit Shawns Hilfe die Überreste entsorgt. Jetzt schlummerten nur noch ein paar Gefriertüten mit Gewebeproben in ihrer Kühltruhe – auffällig gekennzeichnet, damit sie nicht aus Versehen in der Pfanne landeten.

„Ich gucke gar nicht hin", behauptete Barney schmunzelnd. Der wandelnde Kleiderschrank war kein Kind von Traurigkeit, immerhin hatte er die Member Cards ihrer Clubbesucher gefälscht, wenn sie sich ihm gefällig zeigten. So war Patsy zum Adler geworden … darüber mochte Tommy gar nicht nachdenken. An Archie hatte der Kerl zum Glück keinen Finger gelegt, sonst hätte er Barney umbringen müssen und das wäre sicher nicht gut für Tommy ausgegangen.

Unter seiner Hand wuchs Archies Schwanz zu seiner vollen Pracht heran und Tommy bekam einen trocken Mund. Allein die Erinnerung, wie es war, dieses Mordsding in seinem Körper zu haben, beschleunigte seinen Atem. Es war so schön, Archie zu fühlen und ganz eins mit ihm zu werden.

„Geht es dir gut, mein Großer?", fragte Archie scheinheilig und tat besorgt, während er das Becken sanft vor und zurückwiegte, um sich an ihm zu reiben. An seinen Fingern spürte Tommy die Feuchtigkeit und er wusste so genau, wie sie schmeckte. Der Duft überwältigte ihn. So ein ruchloser Verführer!

„Ihr solltet dringend die Kartons in eurem Schlafzimmer umstapeln", schlug Barney noch immer amüsiert vor. „Am besten packst du Archie beim Schaft und lässt dich von ihm führen." Ja, er hatte gut lachen, ihm fiel ja auch kein Zahn aus, wenn er sich wandelte.

Genau das würde Tommy jetzt tun: Archie mit Genuss einen runterholen und dabei an tote Fische denken. Dann hatte eben nur sein Kleiner seinen Höhepunkt, es machte trotzdem Spaß, ihn zum Stöhnen zu bringen.

„Ich gebe mich ganz in deine Obhut, du wilder Mäuse-Rambo", brummte Tommy und hob Archie vom Tresen. Das bereute er sofort, denn ihn nackt in den Armen zu halten, war doch mehr als anregend. Überall warme, zarte Haut, er ließ die Fingerspitzen darüber gleiten.

Himmel, wie sollte er das überstehen? Es war gerade einmal die Hälfte ihrer Abstinenzzeit vorbei und er krepierte regelmäßig, wenn er Archie neben sich im Bett hörte, während er sich selbst Lust verschaffte. Diese ganzen Eindrücke, die Geräusche, das atemlose

Hecheln, wenn er kam … und dann der Geruch, der die ganze Nacht an ihm klebte. Entspannt rollte sich der Mäuserich in seinem Nacken zusammen und duftete vor sich hin. Das war unmenschlich, das war tierisch – ja, sogar noch schlimmer!

„Na, ob ihr es noch bis ins Schlafzimmer schafft?", hörte er Barney wie aus weiter Ferne. „Ich bin dann mal an der Tür."

Archies Lippen waren da, sie umspielten seinen Mund, dann berührte ihn die feuchte Zunge und er konnte nur noch in ihren Kuss seufzen. So zärtlich, so voller Gefühl.

„Ich liebe dich, Artfie", flüsterte er mit einem bewussten Lispeln. Klar, das war nicht mehr nötig, sein neuer Schneidezahn saß bombenfest im Kiefer. „Wenn du mich auch fo nimmft, ift es mir feifegal, ob ich wieder meinen Fprachfehler habe."

Kichernd legte ihm Archie die Arme um den Hals und zog ihn an sich. „Du dummer Schnuffelhund, mir ist das auch egal. Lass uns was Dummes machen."

Schon bei diesen Worten, schälte ihn sein Mäuserich aus dem Hemd und fuhr ihm mit den Händen über die Rückenmuskeln. „Mein starker Mann, ich werde dich dringend über diese Theke legen müssen. Und verdammt, ich liebe dich auch."

Archie ließ sofort Taten folgen, seine Finger legten sich über das stramme Paket in Tommys Jeans und im nächsten Moment sah er sein Spiegelbild in der polierten Holzplatte des Tresens. Er schaute ziemlich überrascht aus der Wäsche, denn mit der Kraft, mit der Archie ihn umdrehte, hatte er nicht gerechnet.

„Nicht lange fackeln, ich habe einen mächtigen Druck", stöhnte Tommy, als er die flinke Zunge zwischen seinen Backen fühlte, nachdem Archie ihm die Jeans samt Boxershorts in einem Rutsch heruntergezogen hatte. Heiße Schauer jagten ihm über die Haut und sein Ständer presste sich gegen das kühle Holz. Dieses sanfte Kitzeln brachte ihn um den Verstand!

Bei einer Lustwelle verlor er einen ganzen Schwall Precum, als Archie langsam mit seinem Schwanz in ihn eindrang. Tote Fische, tote Fische … aaaaah, es nutzte nichts. Seit zwei Wochen war er nicht mehr gekommen, selbst diese Gammelflossen waren sexy. Die Suppe lief nur so am Tresen herunter.

„Ja, ja, jaaaaaaaaaaaa!", schrie er, als er das ganze Riesenteil in sich aufgenommen hatte und Archie begann zu pumpen. Oh, verdammt, Tommy lag zitternd und mit zusammengebissenen Zähnen vornübergebeugt, aber er konnte sich nicht mehr zügeln. Jetzt war jede Zurückhaltung vorbei, zuckend kam er, sobald seine Prostata auch nur kurz angestoßen wurde.

Alles ging rasend schnell. Sein Körper wurde von ekstatischen Krämpfen geschüttelt und sein Keuchen wurde zu einem lustvollen Winseln. Gleichzeitig spürte er einen heißen Guss, aber dann war Archie verschwunden. Auf allen vieren passte Tommy auf, nicht auf ihm zu landen.

Da! Da war Archie! Behutsam nahm Tommy ihn zwischen die Vorderpfoten und schleckte ihn ab. Diesmal war sein Mäuserich zwar nicht voller Sperma, aber das Abschlabbern war sein größter Liebesbeweis. Schade, dass er als Hund nicht lachen konnte, er hatte dem Kleinen eine Sturmfrisur verpasst. Nass und strubbelig stand sein Fell in die Höhe.

Doch da bekam er einen Nasenstüber, als sich Archie zurückwandelte. „Du hast mich vollgeglibbert", maulte er ihn schwer atmend an und rieb sich über das Gesicht.

Aber dann setzte sich Archie neben ihn auf den Boden. „Komm schon, du Memme. Sonst bist du doch schneller wieder Mensch als ich."

Erwischt, Tommy blieb im Moment lieber, wie er war, und legte Archie den Kopf in den Schoß. Schnuppern war unnötig, der Geruch von Sex war allgegenwärtig, allerdings ließ er es doch lieber, ihn jetzt mit der Zunge zu verwöhnen. Er wusste noch nicht so ganz, wie Archie dazu stand.

Zärtlich streichelte ihm Archie durch den Pelz und kraulte ihn hinter den Ohren. Vielleicht war das die Lösung: Er würde einfach sein Hund bleiben. Es gab Schlimmeres.

„Muss ich dich herauslocken? Ich möchte mit dir raufgehen und kuscheln", beschwerte sich Archie erneut. „Hab keine Angst, ich liebe dich doch mit oder ohne Zahn."

O ja, das wäre schon schön. Ihn noch ein wenig im Arm halten und warten, bis seine Atemzüge gleichmäßig wurden. Archie liebte ihn. Genauso, wie er ihn. Tommy stand auf und leckte ihm noch einmal über das Gesicht, dann ergab er sich dem Kribbeln.

„Da bist du ja wieder", begrüßte ihn sein Kleiner lächelnd. „Und?"

Ganz, ganz vorsichtig berührte Tommy mit der Zunge seine Zähne. Das Transplantat war noch da.

Es war weder locker, noch hatte es seinen Platz gewechselt. Horridoh!

„Das Lispeln ist wohl ein Teil der Geschichte, die wir laut Simon schreiben", sagte er erleichtert. Ohne Lücke war es doch besser. Er war jetzt Gastwirt, Geschäftsführer und Sherlock vom Dienst für die Wandler-Bewegung. Thomas Walsh hatte für einen Archibald Gambit zu sorgen und ihn zu beschützen. Da war es schon schöner, ernstgenommen zu werden.

„Ab ins Bett mit uns Nackedeis!" Er traute Barney problemlos zu, ohne Vorwarnung Gäste in den Club zu lassen. „Diese Waffe solltest du nicht in der Öffentlichkeit führen."

„Und morgen folgen wir Rileys Spuren", gab Archie zurück, als hätte er seine Gedanken geahnt. „Aber bif dahin haben wir Fekf, viel Fekf!"

Hallo, ich bin's noch mal.

Wenn ihr in Zukunft mehr Geschichten aus dem *Shapeshifter* und von unseren Wandler-Freunden lesen möchtet, haltet die Augen offen: Unter „Patsy's Tales" erwartet euch noch einiges. Ich schiebe euch einen saftigen Wurm rüber, zerteilen müsst ihr ihn allerdings selbst. Jeder nur ein Stück, er soll für alle reichen.

Mit kauzigen Grüßen
Euer Patsy

Aaaah, bevor ich es vergesse … über unseren Pathologen Simon Coldwater und den geheimnisvollen Jack gibt es auch etwas zu berichten. Schon bald werdet ihr von ihnen hören: „Der frühe Vogel"